Lisa Lynch

COISAS PRA FAZER ANTES dos 30

perder peso, escrever um livro, engravidar,

vencer um câncer de mama

Tradução
Carolina Caires Coelho

CB080135

Este livro segue as normas do novo ACORDO ORTOGRÁFICO

PANDA BOOKS

Diretor editorial
Marcelo Duarte

Coordenadora editorial
Tatiana Fulas

Assistente editorial
Vanessa Sayuri Sawada
Juliana Paula de Souza

Assistente de arte
Alex Yamaki

Estagiária
Leika Regina Inoue

Diagramação
Olivia Chiavareto Pezzin

Preparação
Alexandra Fonseca

Revisão
Carmen T. S. Costa
Juliana de Araujo Rodrigues

Impressão
Corprint

CIP – BRASIL. CATALOGAÇÃO NA FONTE
SINDICATO NACIONAL DOS EDITORES DE LIVROS, RJ

Lynch, Lisa
Coisas pra fazer antes do 30/ Lisa Lynch; [tradução Carolina Caires Coelho].
– 1.ed. – São Paulo: Panda Books, 2011. 304 pp.

Tradução de: *The C-Word*

ISBN: 978-85-7888-119-1

1. Lynch, Lisa. 2. Mamas – Câncer – Pacientes – Biografia. I. Título.

11-1847 CDD: 926.1699449
CDU: 929:618.19-006

2011

Panda Books
Um selo da Editora Original Ltda.
Rua Henrique Schaumann, 286, cj. 41
05413-010 – São Paulo – SP
Tel./Fax: (11) 3088-8444
edoriginal@pandabooks.com.br
www.pandabooks.com.br
twitter.com/pandabooks
blog.pandabooks.com.br
Visite também nossa página no Facebook e no Orkut

Para Cyril e Jean

Sumário

Introdução ..*6*

1 Um pedido de desculpas ..*10*
2 Pedaços de realidade ..*19*
3 Me deixe tirar isso do peito ..*32*
4 O dia mais comprido ..*40*
5 Bolas novas, por favor ..*45*
6 O equalizador ..*56*
7 Salve Ferris ..*64*
8 A cláusula "sem filhos" ..*71*
9 Um pouco de ciência ..*79*
10 Minha forma ..*88*
11 Força na peruca ..*99*
12 Voltando para a terapia ..*108*
13 Meu traseiro ficou grande? ..*115*
14 Meus lindos 29 anos ..*123*
15 Os velhos olhos vermelhos voltaram ..*129*
16 Estarei com você ..*138*
17 Posso ser solta ..*145*

18 Continuando ..*153*
19 Algo mudou ..*160*
20 Clube dos corações solitários ..*168*
21 Um passo à frente ..*176*
22 Exame da cabeça ..*182*
23 Coragem ..*193*
24 Fuga para o interior ..*200*
25 Sem peruca ..*206*
26 E nunca pensei ..*214*
27 Reabilitação ..*222*
28 Até o fim ..*230*
29 Restauração ..*241*
30 Quantos anos eu tenho mesmo? ..*248*
31 Pondo os pingos nos Is ..*254*
32 Imagem que combina ..*265*
33 Uma mudança de estação ..*274*
34 Feliz aniversário ..*286*
35 A melhor atitude ..*295*

Introdução

Na minha extensa lista de coisas pra fazer antes dos 30: ver a aurora boreal, engravidar, escrever um livro, perder peso, comprar sapatos Christian Louboutin, não havia pensado em incluir enfrentar um câncer de mama. Mas olha só.

O problema nem era incluir esse fato na lista, mas o tempo precioso que esse inconveniente terrível tiraria dos meus quase trinta anos. Eu tinha um monte de coisas sérias para fazer, como fazer compras, usar lindos sutiãs, passar finais de semana românticos e me embriagar em jantares (não que isso fosse ajudar muito no item "perder peso"). Mas enquanto precisei me conformar com o fato de que a Porcaria (como passei a me referir à doença) teria prioridade por um período, estava determinada a recuperar os bons tempos, não permitindo que ela levasse nada além de meu cabelo (e, para ser honesta, eu estava bem errada).

Sempre achei que, independentemente de qual fosse a verdade, é sempre melhor conhecê-la. (A verdade pode doer, mas é sempre preferível saber quando sua calcinha está aparecendo, não é?) Também nunca fui de manter a boca fechada. Por isso comecei um blog, Alright Tit [Tudo Bem, Peito], no qual mantive um diário a respeito de minha experiência com o câncer. E escrever durante a luta é uma estratégia que tem dado certo – além de manter meus amigos e minha família informados sobre todas as coisas que eles nunca tinham ouvido de Kylie (ou Corajosa Kylie, para citar seu nome completo), também foi um método catártico de me manter longe do divã do psicanalista (na maior parte do tempo).

Não estou fingindo ser a única mulher de vinte e poucos anos no mundo a ter recebido um diagnóstico de câncer. Mas provavelmente sou a mais bocuda. Porém todo mundo precisa de uma estratégia, e a minha tem sido escrever ao longo da Porcaria (e sair de tudo isso mais alta, em cima de um par de Louboutin).

* * *

Carrie Bradshaw caiu em uma loja da Dior, eu caí em Debenhams. Era maio de 2008, e foi espetacular. Sapatos de salto desconfortáveis + chão escorregadio + cabeça nas nuvens por causa de um vestido de festa = *puf*. Braços esticados acima da cabeça, dentes no piso frio, peito e joelhos amortecendo a queda. Foi teatral, exagerado, um mico perfeito. E foi um momento importante, o número 1, em que descobri que tinha câncer de mama grau três.

O momento importante número 2 veio um mês depois, quando meu marido e eu estávamos brincando de lutar. Por fora, somos um casal de profissionais que mora em Londres, com um financiamento imobiliário, uma cafeteira e um olho em nosso pacote de milhas aéreas. Dentro de quatro paredes, batemos cabeça, escutamos os discos dos Beatles no último volume e fazemos cócegas um no outro até perdermos o ar de tanto rir. Tentando revidar enquanto aos poucos perdia a capacidade de reação e tentando manter o controle sobre minha bexiga cheia, pensei que seria inteligente ganhar um pouco de tempo passando da pose de "lembre-se de que ainda estou com dor por causa do tombo que levei" para a de "sou menina, cuidado comigo". Mas quando se tem o marido mais competitivo do mundo, essas desculpas patéticas não representam nada, e ele partiu para o golpe final segurando minhas mãos para trás e tentando tocar meu seio esquerdo, que ainda tinha o hematoma da queda. Quando P. deu um tempo na brincadeira porque a pegadinha no seio havia doído mais do que deveria, quando ele não tinha feito nada além do que sempre fazia, percebi que havia algo errado (P. nunca desiste primeiro.) E foi exatamente nesse momento que a diversão acabou e minha viagem com o câncer começou.

Na verdade, escolhi uma palavra bem esquisita, porque detesto dizer "viagem" quando me refiro ao câncer. Uma viagem quer dizer um passeio agradável à praia, um *tour* mágico e misterioso ou uma epifania durante uma experiência que muda a vida. O câncer não é uma viagem. É uma bomba nuclear lançada no centro do seu querido mundo – nesse caso, sem nenhum alerta. Não existe nada de libertador, passível de comemoração ou de crescimento nisso.

Receber o diagnóstico de câncer é como receber a notícia de que você tem vinte minutos para se tornar proficiente em um idioma que nunca viu. (*Parlez-vous quimio?*) Você entra na consulta acreditando que seus dias de estudo ficaram para trás e sai de lá cega por uma terminologia assustadora e que precisa conhecer, que é tão incomum quanto um boneco de neve para um morador das ilhas Fiji. A literatura é toda bem escrita, repleta de informações frias ("pode ser que você encontre...", "existe a possibilidade de...", "pode ser que você descubra...", "se sentir...") e de uma atitude tão doce, do tipo "isso não é tão ruim", como uma cortininha tentando esconder o corpo enorme de um elefante.

Não quero que me digam que perder os cabelos me dará mais tempo para dormir de manhã, tempo esse que eu teria gastado secando-os, ou que comprar uma variedade de perucas me dará a chance de testar diferentes personalidades dentro do quarto (li essas duas coisas em "uma animadora compilação de frases" de pessoas que sobreviveram a um câncer). Também não quero dar essa impressão a mais ninguém. É irresponsável e, sejamos francos, totalmente absurda – antes mesmo de eu passar por isso, sabia que elas não seriam daquela maneira. Eu teria feito qualquer coisa no mundo para manter meus cachos queridos. Além do mais, as drogas usadas na quimioterapia costumam acabar com sua vida sexual, e o tratamento de câncer de mama nem de longe melhora sua imagem corporal. (Não me lembro de já ter visto em uma revista uma moça de vinte e poucos anos, careca e sem um dos seios na lista das mulheres mais sensuais do mundo.)

Chega de clichês e de histórias sem graça nenhuma a respeito do câncer ("pense em todo o dinheiro que você vai economizar em cremes/cabelos/depilação"), de "informações" que mascaram a verdade e de livros de autoajuda. Estava na hora de alguém dizer *realmente* como é.

E foi exatamente isso que fiz.

1

Um pedido de desculpas

Junho de 2008

Por falta de uma conversa decente e de uma tendência à curiosidade, meu primeiro namorado (inadequado) e eu começamos a entrar numa rotina de falar pouco e, em vez disso, usar um ao outro para experiências. Nem sempre era bom nem certo, mas tínhamos quinze anos, sentíamos tédio e queríamos impressionar nossos amigos. Certa tarde, bem entusiasmada, em uma casa vazia, acabei com o mamilo direito machucado. Como? Só Deus sabe. Mas as semanas seguintes foram sem experiências, enquanto o mamilo cicatrizava e meu namorado inadequado procurava outra pessoa com quem experimentar.

Treze anos depois ainda culpo esse acontecimento por ter meu seio direito como o menos favorito. Nada demais, fique sabendo, porque sempre me senti feliz no que diz respeito aos meus seios, e saiba também que as poucas pessoas que já os viram foram muito sortudas – mas todos temos favoritos, não é?

Hoje, gostaria de pedir desculpas ao meu seio direito. Em primeiro lugar, por chamá-lo de "seio", que é uma daquelas palavras que odeio sem motivo aparente.

Mas, acima de tudo, gostaria de pedir desculpas ao meu peito direito (ah, infinitamente melhor) por sempre ter preferido o esquerdo, sendo que este teve câncer e se foi.

É tarde demais para mudar de lado?

* * *

– Mais uma bebida, Lis?

Eu e meus amigos havíamos nos encontrado para uma meia esbórnia (tradução: três horas bebendo sem comer) em nosso pub londrino preferido. Era uma daquelas noites gloriosas, que ocorrem uma vez por ano por aqui, quando o clima finalmente fica bom o suficiente para trocar a calça e as botas por pernas de fora e sandálias. Eu me sentia bem: estava usando meu primeiro vestido do verão, havia coberto minha pele branca com um autobronzeador que me deixava com um tom alaranjado bem forçado, e tinha penteado minha recém-crescida franja meio para o lado, querendo ficar um pouco parecida com Jessica Rabbit (mas, na verdade, parecendo ter um olho só).

– Melhor não – respondi a uma plateia de olhos surpresos. – É sério. Vou ao médico amanhã de manhã. Estou com um cisto no seio que está me incomodando, bem aqui – por algum motivo, apontei para o seio machucado. Depois de alguns drinques a mais, eu queria dar a meus amigos uma aula de biologia. Ninguém pareceu se preocupar nem um pouco. Afinal, é lógico que um caroço no seio na minha idade é um cisto, certo? E eu estava muito mais incomodada com o fato de que minha consulta logo de manhã me faria voltar cedo para casa.

– A gente se encontra quando eu voltar de férias, tudo bem? Quando eu tiver um bronzeado *de verdade* para exibir – e dizendo isso, mostrei uma perna com faixas alaranjadas ao mesmo tempo que pendurava a bolsa no ombro enquanto percorria, em zigue--zague, o caminho até o táxi mais próximo.

Nem mesmo minha ginecologista ficou preocupada: – Sim, tenho certeza de que é um cisto – ela disse. – Vai ter desaparecido quando você voltar de férias.

P. e eu havíamos passado meses planejando nossa viagem: primeiro iríamos para Los Angeles visitar Ant, uma de minhas melhores amigas; depois iríamos para o México para relaxar, beber cerveja Corona, curtir o sol e comer nachos. Secretamente, ambos desejávamos que eu conseguisse engravidar também (depois de dois abortos em seis meses, ter bebê estava se tornando uma obsessão). Assim, nenhum de nós estava a fim de permitir que um cisto intrometido e de encher o saco (ou melhor, o peito) arruinasse nossa programação regada a sol.

Mas depois de uma semana de desconforto ao usar biquíni e afastando a mão de P. de meu peito esquerdo, o caroço começou a me preocupar. Estava endurecendo, dolorido ao toque e, francamente, acabando com meu prazer de usar vestidos de verão frente única. Contei sobre o caroço a Ant.

– Você consegue movê-lo? – ela me perguntou quando estávamos bebendo em Venice Boardwalk. Então enfiei a mão por baixo da blusa e mexi no caroço, acreditando que, em plena Praia dos Músculos, ninguém notaria uma inglesa branquela com a mão no peito esquerdo.

– Hum, sim, acho que sim – eu disse, pensando se de tanto apertar o caroço ele não acabaria explodindo como um frasco de xampu a grande altitude.

– Então é um cisto – ela disse. – Vá ao médico de novo quando voltar. Aposto que ele poderá tirá-lo na hora.

E foi o que fiz, apesar de não ter sido imediatamente. Enquanto estávamos no México, recebemos a notícia que eu vinha temendo receber desde que minha querida avó morrera um ano antes: meu avô havia ido ao seu encontro. É especialmente esquisito receber esse tipo de telefonema em uma varanda, quando se está olhando o mar em uma manhã de sol brilhante. Seus pais explicam o que aconteceu e por fim não têm mais o que dizer, forçando-se a estabelecer uma conversa normal, perguntando: "Está se divertindo?", "Como está o tempo?", e você fica sem saber o que responder. Eu queria voltar para casa na mesma hora, mas ninguém concordou. Só restavam alguns dias até nossa volta e, por ser algo que todos já esperavam, não havia nada que eu pudesse fazer se voltasse correndo. Assim, chorei sob o sol até voltar para casa, quando então chorei sob a garoa. Tendo um funeral para organizar e com mil histórias brilhantes de vovô para contar, o cisto teria de esperar. Não que eu ainda estivesse preocupada com ele. Se havia alguma coisa ruim para acontecer, a perda de vovô certamente tinha dado conta do recado.

Uma semana depois do enterro, finalmente consegui um horário para que meu caroço fosse examinado mais uma vez. Voltei para falar com minha ginecologista, sugerindo que se não fosse um cisto, talvez devessem ser os primeiros sinais de gravidez. (Por ter sofrido dois abortos, sabia que os hormônios atingiriam diretamente meu seio.)

– Pode ser que você tenha razão – ela disse, passando a mão sobre sua barriga de fim de gravidez. – Mas vou pedir uma biópsia mesmo assim.

Tudo parou. Ou eu, de repente, estava dentro de um episódio do seriado *Heroes*, com os poderes de Hiro Nakamura de parar o tempo, ou minha ginecologista havia acabado de dizer a palavra "biópsia".

– Desculpe... hum... biópsia? – gaguejei, ainda sem sutiã, sentada na maca. Ela fez um gesto para que eu me vestisse, dizendo que não era nada muito preocupante, dada a minha idade (28 anos) e o meu histórico familiar sem casos de câncer de mama. Nem mesmo a espera de oito semanas para a biópsia (padrão em casos de "baixo risco") fez com que ela ficasse preocupada. Mas somando a palavra "biópsia" à minha tendência de demorar a dormir depois de um episódio de *24 horas* à noite, uma espera de oito semanas mais parecia um milênio, por isso pedi para ser encaminhada a um especialista. Oito semanas viraram 48 horas.

P. havia me acompanhado à minha segunda consulta com a ginecologista – talvez mais por querer sair cedo do trabalho do que por preocupação –, e aproveitamos a chance para curtir o sol do final da tarde enquanto os trabalhadores de Londres voltavam para casa. Tomando uma cerveja em um banco do lado de fora de um pub da região, fingimos da melhor maneira possível não estar preocupados, reduzindo a importância da biópsia que seria feita no fim de semana. Uma vez por ano, P. tem de trabalhar aos sábados e, claro, trabalharia naquele.

– Não tem problema – eu disse. – Vai ser uma coisa rápida com a agulha. De qualquer forma, não podem fazer nada além disso no dia.

Telefonei para meus pais quando P. entrou no bar para pegar mais cerveja.

– Então ela me mandou fazer uma biópsia com agulha no sábado – contei-lhes, recebendo um silêncio incomum como resposta.

– Certo – minha mãe disse por fim. – Entendi. Certo. Como você vai até lá?

– Bom, estarei de carro porque P. vai trabalhar. Então vou dirigindo – respondi, sentindo a preocupação na voz dela, mas não dando muita importância, uma vez que minha mãe costuma se preocupar da mesma maneira se eu avisar que vou atravessar a rua, pegar um ônibus à noite ou encontrar uma amiga para beber algo.

Meu pai estava ao fundo, fazendo comentários.

– Diga-lhe que podemos ir à casa dela amanhã à noite. Diga-lhe que podemos estar lá de manhã, se precisar de nós. – Minha mãe repetiu o recado.

– Não, está tudo bem – insisti. – Parem de se preocupar.

Contei a P. que minha mãe parecia preocupada.

– Sua mãe sempre se preocupa – ele disse. – Você está bem. Olha só: vai ficar tudo bem.

Mas aquele sábado ficou longe de ser bom, e não necessariamente por causa da biópsia. A manhã começou com uma das duas brigas que P. e eu geralmente temos (a outra é nossa discussão de sempre acerca de quem é o melhor beatle, John ou Paul): ele havia voltado para casa às três da manhã – o que não teria sido um problema se não tivesse me dito que estaria em casa às 23:30 horas e deixado o celular cair dentro do vaso sanitário –, e eu já havia começado o dia passando um sermão nele por ter me deixado preocupada, como uma mãe nervosa à meia-noite porque o filho está fora de casa curtindo sua primeira balada. Ele foi para o trabalho depois de escutar um monte de desaforos, e eu me dirigi para o hospital bastante brava.

Na pequena sala de consulta, fui recebida com as palavras de tranquilidade que agora já eram padrão – mais uma vez citando minha idade e ausência de histórico familiar – enquanto o médico bem-vestido enfiava uma agulha em meu peito. Ele anotou um número de telefone em um cartão de visita.

– Tenho certeza de que posso obter os resultados até terça-feira – ele disse. – Telefone para minha secretária e ela vai conseguir um encaixe para você à tarde.

Apesar de ter ficado surpresa com a rapidez com que teria uma resposta, pensei que seria melhor do que passar dois meses roendo as unhas e esperando.

Enquanto dirigia de volta para casa, pensei na agenda incomum da semana seguinte na agência de conteúdo da qual eu era editora – reunião com cliente durante toda a segunda-feira, prazo vencendo na terça-feira –, e pela primeira vez fiquei feliz por ter tanto com que me ocupar. Um barulho me tirou de meus pensamentos. Clack-clack-clack.

– Mas o quê...? – eu disse ao notar o motorista atrás de mim fazendo gestos sem parar, o dedo indicador apontando para mim.

– Qual é o seu problema, cara? – perguntei olhando pelo espelho retrovisor, acelerando um pouco na descida que leva à minha rua.

O barulho continuava. Clack-clack-clack. Parei em frente ao meu apartamento e, saindo do carro enquanto ainda puxava o freio de mão, vi o pneu furado.

– Merda! – eu disse, um pouco alto demais para minha rua tranquila, e entrei no apartamento para pegar a bolsa e telefonar para P. Enquanto chamava, voltei para o carro para avaliar o prejuízo, batendo a porta com raiva. Outro palavrão ecoou pelo bairro: – Que bosta! – minhas chaves ainda estavam dentro da bolsa. A criança da casa ao lado olhou por cima da cerca e sorriu, impressionada com minha boca suja. Deixei mais alguns palavrões na caixa postal de P. e fiquei pensando se aquilo era a maneira maldosa de o universo prever uma tempestade de problemas.

Com ambos muito atarefados no trabalho nos dois dias seguintes, P. e eu fizemos o melhor que conseguimos para nos manter ocupados em casa também, evitando falar sobre o óbvio. Na segunda-feira, fomos jantar com minha mãe, que estava passando a noite em Londres para assistir a uma conferência. Sempre que a conversa era sobre o dia seguinte, nós três, de modo robótico, repetíamos o que o médico tinha tido, como se fosse um tipo de mantra para evitar o pânico.

– Então precisarei sair um pouco mais cedo amanhã – eu disse à minha chefe no início da segunda-feira. – Fiz uma biópsia de um caroço no seio no fim de semana e vou pegar os resultados.

Ela olhou para mim enquanto continuava lavando as mãos na pia do banheiro do escritório de nosso cliente.

– Mas não é nada preocupante, é?

Franzi a testa e assenti.

– Provavelmente um cisto – eu disse. – Voltarei para checar as provas na quarta-feira de manhã.

Não voltei.

– Estamos um pouco atrasados, mas faremos a sua mamografia assim que a sala estiver desocupada – a enfermeira disse, agachando na nossa frente e colocando a mão em meu joelho.

– Ela acabou de tocar na minha perna – sussurrei a P. – Nunca a vi antes. O que está acontecendo?

Até mesmo a sala de espera era confusa para mim. Não sabia que tinha uma mamografia agendada. P. afastou minhas suspeitas.

– Ela provavelmente é só uma daquelas pessoas que gostam de tocar as outras enquanto falam – ele disse sem me convencer, voltando a mexer no celular enquanto continuava segurando minha mão esquerda.

Uma hora se passou. As pessoas que chegaram muito tempo depois de nós estavam sendo atendidas quase imediatamente. Evitei perguntar à recepcionista o que estava acontecendo e optei por resmungar em voz alta e virar a cabeça para ver com que frequência a porta da sala de mamografia era aberta. Finalmente, outra enfermeira apareceu no fim do corredor. Ela me entregou um avental e me levou por uma porta, enquanto elogiava minhas sapatilhas vermelhas.

– São sapatos para qualquer lugar – ela disse, enquanto eu me postava na frente de uma máquina de 1,80 metro e ela ajustava um prato de metal plano sobre o qual eu deveria colocar o seio.

– Acho que sim – comentei, mais preocupada com o segundo prato que descia sobre meu peito.

– Vai apertar um pouco, mas só por alguns segundos – ela explicou enquanto eu respirava de modo curto para evitar chorar ao ver, e pela dor, meu peito sendo amassado como se fosse massinha de modelar. – Eu queria uns sapatos assim – ela continuou. – Com os quais você pode trabalhar e ir a um bar depois e não ficar com bolhas. E vermelho é uma cor bem versátil – a máquina voltou para a posição inicial.

"Tem alguma coisa acontecendo", pensei. "Ninguém fica tão animado com uma sapatilha barata." E, de repente, o toque no joelho da outra enfermeira fez sentido. Eu estava sendo preparada para receber o diagnóstico de câncer.

Vestindo novamente minha camiseta de estrelas, a enfermeira levou P. e a mim para a sala do médico, ainda fazendo elogios exagerados com a voz estridente. Havia um exame de meus peitos em uma caixa de luz na parede. Fiquei surpresa com a rapidez com que havia chegado ali; lembrei de quando quebrara o pulso na infância e de como fiquei animada no hospital, vendo meus raios X e usando gesso. Mas pela expressão séria do médico e da enfermeira atrás dele, P. e eu percebemos que meus dias de consultas animadas no hospital haviam terminado.

Atrás da mesa imponente, meu médico apontou para uma área mais clara do exame, dizendo frases das quais não me lembro, mas que só poderiam apontar para uma conclusão. Escutei as palavras "câncer de mama". O resto foi só barulho.

Depressão pós-férias. Meu bronzeado nunca sumiu tão depressa.

2

Pedaços de realidade

"*Provavelmente* é só um cisto."

"Tenho *certeza* de que é totalmente benigno."

"*Se* por acaso for câncer..."

"*Se* você precisar de quimioterapia."

"Na *improbabilidade* de os resultados dos exames mostrarem câncer em outros órgãos..."

Blá-blá-blá. Será que alguém pode me dar uma resposta direta, por favor?

Perdoe meu mau humor, mas neste momento estou lutando para manter a atitude positiva que engana a todos e faz pensar que estou sabendo lidar com tudo isso. Hoje, não estou enfrentando nada. No momento, só consigo ver o fato de que câncer mata. E antes de você começar, não venha me dizer que o tempo está do meu lado, que câncer de mama é bem curável atualmente, que eu sou uma guerreira... Sei bem de tudo isso, muito obrigada. E sei que se você estivesse na minha situação, também estaria pensando no pior resultado.

* * *

– Não consigo entender o que eles me disseram – comentei com P. enquanto caminhávamos do hospital para o estacionamento. – Não consigo assimilar. – Eu estava no automático. P. também. Só Deus sabe como ele conseguiu nos levar para casa.

– Eles nos deram a notícia – ele disse. (Nesse momento, nenhum de nós conseguia dizer a palavra "câncer", e foi assim que sua substituta, a "Porcaria", surgiu – o "você sabe quem".) – E também disseram que precisam ver se é invasivo ou não. Se for não invasivo, melhor, você pode tirá-lo sem precisa de quimioterapia, mas se for invasivo, você vai precisa fazer quimioterapia e radioterapia assim que realizar a mastectomia.

Eu não conseguia entender o vocabulário médico que tive de aprender de repente.

– E a tal da mastectomia precisa mesmo ser feita? – perguntei, como se fosse P. quem decidisse o que seria feito.

– É, querida – ele respondeu, ignorando meu tom grosseiro. – Eles dirão a data da operação quando voltarmos na sexta-feira para ver os resultados da sua biópsia de fragmento.

A biópsia de fragmento tinha sido terrível. Antes de realizá-la, mas logo depois de receber "a notícia", fui levada pelo médico e pela enfermeira que me deram o diagnóstico e tomei uma xícara de chá. Eu diria que P. e eu estávamos chorando, mas a verdade é que choramos aquele tipo de choro sem lágrimas. Choro de susto. Choro de confusão. Choro de medo e pavor. O tipo de choro que coloca seu corpo em um choque paralisante a ponto de seus dutos lacrimais não funcionarem, por isso você apenas funga, resmunga e treme, como um ator incapaz de produzir lágrimas em cena.

P. olhou para o celular.

– Droga – ele disse, olhando para mim com outro nível de terror nos olhos. – Seus pais. Perdi um monte de ligações.

Merda. Meus pais. Como eu ia contar para eles? Enquanto estávamos no hospital, minha mãe devia estar no trem, voltando de um longo dia de conferência em Londres para Derby, minha cidade, onde meu pai dirigiria até a estação para buscá-la. Estávamos no hospital havia quase quatro horas. Os dois telefonaram sem parar o tempo todo. E uma vez que eu sempre – *sempre* – dou um jeito de falar com eles todos os dias, seja na fila do aeroporto, em sessões de caraoquê regadas a bebida, seja em campos cheios de lama em Glastonbury, o fato deles ainda não terem conseguido falar comigo só podia significar uma coisa.

– Não podemos ligar para minha mãe enquanto ela estiver no trem – eu disse a P., sugerindo sutilmente com um "nós" que eu não telefonaria. – Precisamos falar com meu pai. – E foi o que fizemos. Não... Foi o que P. fez.

Outra enfermeira apareceu para me acompanhar à minha biópsia de fragmento e P. assentiu enquanto eu era levada.

– Vou fazer isso agora – ele disse, numa demonstração de coragem que se tornaria comum em seu comportamento ao longo da Porcaria. Não sei o que foi dito naquele telefonema. *Jamais* vou querer saber o que foi dito naquele telefonema.

Sentindo-me culpada por saber que meu corpo idiota logo arrasaria com a vida de meu pai, de minha mãe e de meu brilhante irmão mais novo, Jamie, assim como havia feito com meu marido um pouco antes, caminhei até a pequena e escura sala, sentei-me na maca e tirei a blusa, ainda arrasada, trêmula e estupefata. A enfermeira explicou como seria a biópsia de fragmento, mas é claro que eu não estava escutando, por isso foi um choque terrível quando aquilo que só pode ser descrito como um tiro ao alvo entrou em meu peito, tirando uma amostra do tumor que estava ameaçando arruinar minha vida, deixando-me com hematomas e inchada. Durante todo o tempo, fiquei olhando, com os olhos marejados, para um quadro de aquarela do outro lado da sala. Até hoje detesto aquarela.

– Você telefonou para ele? – perguntei a P. quando voltei para a sala de espera, apesar de saber, por sua palidez, que ele havia telefonado. Fiquei estarrecida pensando nas palavras com que P. dera a meu pai – a meu brilhante pai, a única pessoa no mundo com quem quero me parecer – a notícia para a qual um pai nunca está preparado.

– Você precisa telefonar para ele – P. me disse com seriedade ao sairmos da clínica, ao mesmo tempo que acenava para o médico e a enfermeira. (O diagnóstico de um câncer de mama, descobri, costuma aumentar a polidez inglesa – amabilidades, conversas sobre o tempo, xícaras de chá... –, como se, em uma crise, a educação seja a única coisa que nos resta.)

É engraçado ver o que nosso cérebro esquece. Além de "tudo vai ficar bem", não consigo me lembrar do que disse a meu pai enquanto P. e eu dirigíamos para casa depois do hospital. Também não me lembro do que disse à minha mãe algum tempo depois, quando conversamos. Tampouco me lembro da reação de meus melhores amigos, que receberam o mesmo tipo de telefonema. Sequer me recordo das palavras de minha chefe, com quem conversei naquela noite.

Recentemente, perguntei à minha família do que eles se lembram daquele dia, esperando escutar relatos meticulosos e precisos do que foi dito, de como o tempo estava e de qual música estava tocando no rádio. Mas nem mesmo eles conseguem se lembrar de detalhes. Minha mãe se lembra de pouco mais do que "uma sensação de terror absoluto". Meu pai se lembra bem de ter se sentido "confuso" e tentado se controlar enquanto conversava com P., mas afirma ter chorado muito assim que o telefonema terminou. Jamie pensou que minha mãe estivesse enganada quando disse "é câncer", mas logo pensou "caramba, é verdade", quando viu meu pai chorando dois passos atrás. E P.? Bem, P. estava comigo. E além de não acreditar, de se sentir confuso e incapaz de engolir a própria saliva, as lembranças dele são tão vagas quanto as minhas.

Não se trata, de jeito nenhum, de um relato perfeito daquelas horas sombrias, mas esses trechos, esses pequenos momentos foram o que restou na sala de edição. É como se nossas mentes tivessem apagado tudo como um disco rígido de computador que esperávamos proteger; como se o que foi guardado não tivesse utilidade; como se estivéssemos melhores sem nada disso. E me sinto grata por isso. Eu *quero* ser protegida dessas coisas, daqueles momentos dolorosos que marcaram o começo da Porcaria. Os telefonemas, as conversas, o momento em que vi meus pais pela primeira vez depois deles terem colocado o que puderam em uma mala, deixado as chaves e a notícia terrível com Jamie, antes de seguirem para Londres o mais rápido possível.

No entanto, algo que nem meu cérebro nem meu *disco rígido* apagaram foi o e-mail embaraçoso e para diversos remetentes que enviei aos amigos com os quais não havia conversado por telefone:

Assunto: Bem, aqui estou eu para perturbar sua manhã de quarta-feira

Olá, pessoal,

Em primeiro lugar, peço desculpas pela mensagem coletiva. Não quero enrolar aqui, pois este e-mail já é difícil o suficiente, por isso aqui vai: tenho câncer de mama. Esperamos que ele esteja nos primeiros estágios e, apesar de ser incomum alguém da minha idade ter esse tipo de problema, dizem que isso me ajudará a vencê-lo. Fiz uma biópsia de fragmento ontem que determinará se o câncer é invasivo ou não (esperamos que seja não invasivo), e isso, por sua vez, determinará qual será o tratamento adotado. De qualquer modo, depois de sexta-feira, começaremos o tratamento e as coisas ficarão mais fáceis (inocente que sou), porque poderemos partir para a ação em vez de apenas agirmos de modo emotivo (e, para dizer a verdade, não consigo lidar com o lado emocional disso). Essa é a notícia. Peço desculpas a quem está entrando em contato comigo agora depois de muito tempo com essa notícia, e prometo que manterei todos vocês informados da maneira que puder. Agora, pelo amor de Deus, alguém pode contar uma piada ou qualquer coisa do tipo?

Lis XXX

Quando leio esse e-mail, só consigo balançar a cabeça em reprovação e rir com sarcasmo da mensagem. O tom de moça mal preparada, mal-informada, simplista e vítima me dá raiva. Eu era estupidamente ignorante. Mas o que eu sabia? Naquele momento, torcia para que meu câncer estivesse nos primeiros estágios, não fosse invasivo, e para que fosse tratável com um pouco mais do que uma mastectomia. A consulta de retorno na sexta-feira revelou uma história bem diferente.

Com meus pais hospedados no flat, preenchemos os dois dias anteriores à minha consulta com a tarefa mais esquisita: medindo televisores pequenos na loja de eletrônicos para que eles tivessem algo a que assistir no quarto que se tornaria o segundo lar deles; escolhendo um protetor de colchão na Ikea para tornar o sofá-cama mais confortável; comprando pijamas na Marks & Spencer porque minha mãe insistia que meus conjuntos de camiseta de banda de rock e shorts não eram adequados para uma internação de cinco dias no hospital. É muito comum que isso ocorra em minha família: diante de uma crise, partimos para a ação imediatamente. Dizemos que se trata de algo europeu, mas acredito que seja comum na maioria das famílias. Sim, foi dado um diagnóstico de câncer, mas ainda há roupa para esfregar, louça para lavar, jardim para aparar e programas na tevê para assistir. Essas atividades simples, aparentemente comuns, que fazem o tempo passar, são a especialidade de minha família. (Mas se a água quente acabar, se alguém esquecer o cartão de estacionamento ou cortar mal a grama, é o fim do mundo.) Era a nossa maneira de melhorar as coisas ou de lutar para nos sentirmos indiferentes à dor. Não podíamos mudar o fato de eu ter câncer, mas podíamos tornar essa trajetória a mais fácil possível, fosse com novos travesseiros ou saquinhos de chá a mais, fosse com removedor de mofo para a porta do banheiro.

O problema com essa tática, no entanto, é que você pode preencher seus dias com o tanto de atividades inúteis que quiser, mas a emoção tem de ser extravasada em algum momento, por isso, o restante daquelas sombrias e surreais 48 horas foi preenchido com o tipo de angústia e dor que fazem com que você não consiga falar, comer ou parar de chorar copiosamente no meio de uma cafeteria cheia. Então a tristeza se transforma em raiva. Minha mãe gritou com uma atendente de loja por não permitir que entrássemos juntas no mesmo provador. Eu dei um chilique quando o pijama de bolinhas que ela me havia comprado fez com que eu parecesse "uma pessoa doente!". Meu pai ficou frustrado com os manuais de todos os equipamentos que havia comprado para me manter distraída no hospital. Todos queríamos alguma coisa –

qualquer coisa – que pudéssemos culpar, mas funcionários de loja, pijamas e caixas acústicas para iPod não davam para o gasto, infelizmente, e raiva se transformava em desespero confuso e frustrado.

Não vou saber por que achamos que sair às compras seria uma boa ideia. Nem mesmo nos melhores momentos somos uma família que se entende na hora das compras. Algumas pessoas veem as compras como terapia; nós, como quimioterapia. Minha mãe é conhecida por seu pavio curto. Meu pai, por seu desinteresse. E eu sou famosa por ter pouca paciência com o pavio curto e o desinteresse deles. Mas acredito que em um momento tão maluco, fazer compras representava algo normal. E tudo o que queríamos, mais do que qualquer outra coisa, era forçar um pouco de normalidade na situação, ainda que nada que estivesse acontecendo fosse normal.

Voltávamos para o apartamento depois de nossas missões de compras e eu imediatamente desaparecia embaixo do cobertor, totalmente vestida, precisando de menos de vinte minutos para me dar conta de que precisava de companhia, ainda que não a aproveitasse ao máximo. Não que aproveitássemos muito a companhia uns dos outros quando não estávamos fazendo compras sem sentido. Raramente fazíamos mais do que ficar sentados trocando olhares – eu no sofá, meu pai na poltrona, minha mãe no pufe perto da janela – com lágrimas silenciosas escorrendo pelo rosto até P. chegar do trabalho e se unir a nós.

Mas até mesmo estar cercada pelas pessoas de que mais gostava no mundo era inacreditavelmente solitário, porque ninguém sabia como era estar presa dentro de minha mente torturada e de meu corpo inútil – e eu também não tinha vontade de contar. Eu precisava de uma válvula de escape. Algumas pessoas confiam em terapeutas, mas eu não tinha um. Outras recorrem ao confessionário, mas eu nunca tinha ido a uma igreja. Outras, ainda, conversam com seus gatos, mas eu não era muito fã de animais. Se o problema fosse qualquer coisa diferente de câncer – por exemplo, um problema no trabalho ou de relacionamento –, eu teria, instintivamente, conversado com minha família e amigos sobre ele. Mas eu estava completamente CANSADA de falar sobre câncer depois de alguns dias com esse assunto sendo o centro de minha vida, pois sua chegada já havia chocado meus confidentes o bastante, e acrescentar minha ideias sombrias àquela realidade terrível não teria feito com que eles – ou eu – se sentissem melhor. E, assim, minha mente ficou repleta de pensamentos não revelados, medos, questionamentos, preocupações, emoções e frustrações que eu não fazia a mínima ideia de como ou onde descarregar.

Até certa tarde de quinta-feira, quando um e-mail que eu estava escrevendo de alguma forma se tornou mais parecido com uma narrativa e ficou claro que eu estava recorrendo ao meu Mac para ter consolo (isso nunca teria acontecido em um PC). E perdoem-me pela explicação ruim, mas escrever sobre a situação frustrante e péssima na qual eu me encontrava, e que mudou minha vida, pareceu a coisa mais natural a ser feita. Eu não estava conscientemente escrevendo um diário; não estava sequer começando, conscientemente, um blog – mas com mais pensamentos invadindo minha mente do que eu era capaz de reter, precisava colocá-los em algum lugar, e meu teclado oferecia uma solução simples.

Por um momento, fiquei animada por poder me tornar a Carrie Bradshaw do câncer de mama – com meu cabelo penteado, de pernas cruzadas na cama, sonhando com sapatos e mandando ver no MacBook. Mas então a realidade bateu, e eu vi que não estava em um apartamento bacana do Upper East Side, mas em um flat barato em Wandsworth. E por mais que eu pudesse tentar me convencer de que as calças de pijama da White Company são o ápice da sofisticação, duvido que elas causariam o mesmo *frisson* de uma saia rosa.

Então passei o tempo até a consulta da sexta-feira seguinte escrevendo minha coluna sobre câncer. Eu disse a todos antes da consulta:

– Independentemente do que seja, é melhor que eu saiba. Assim poderemos voltar a agir em vez de ficar apenas imaginando.

P. e eu apresentamos meus pais ao médico e à enfermeira que haviam nos atendido na terça-feira anterior.

– Oh, que *bom* que seus pais estão por perto – a enfermeira disse ao apertar a mão de meu pai. – Espero que continuem assim – ela prosseguiu de modo enigmático, enquanto minha mãe analisava sua intenção com aquilo. – Desculpe a demora, Lisa – ela disse, virando-se para mim –, mas o doutor queria ver os casos fáceis primeiro; ele quer passar um pouco mais de tempo com você.

Olhei para P. e depois para meus pais quando a enfermeira se afastou. Meu pai me disse, mais tarde, que meu olhar vai assombrá-lo pelo resto da vida.

– Bem, então é isso – resmunguei derrotada. – Ela está me preparando para o pior – ninguém discordou. Todos sabíamos que eu estava prestes a escutar a palavra “invasivo”.

Mas não foi tudo o que P. e eu escutamos. Dentro do consultório, o médico apontou com uma caneta para o diagrama de um seio que me lembrava um trabalho de biologia. Ele explicou que meu tumor de cinco centímetros – *cinco centímetros!* – era invasivo e, ainda por cima, não era dos primeiros estágios, mas possivelmente de grau dois ou três, dependendo se ele descobrisse mais sinais em meus nódulos linfáticos durante a mastectomia.

– Quantos graus existem? – perguntei, uma novata no câncer desesperada para aprender mais.

– Quatro – respondeu a enfermeira.

– Merda – eu disse, rapidamente pedindo desculpas pela perda de compostura. Puxei a cadeira para a frente, repousei os dois braços na mesa do médico, com as mãos abertas sobre a madeira escura, falando sério. – O que não consigo compreender – eu disse de modo frio e profissional – é como não descobri isso antes. Como nenhum de nós encontrou isso antes – continuei, fazendo um gesto para P. – Afinal, tem cinco centímetros!

O médico desenhou mais formas no diagrama do seio para demonstrar que o tumor estava crescendo imediatamente sob meu mamilo, e que havia começado a ir para o lado – o lado onde P. e eu o descobrimos – conforme crescia.

Minha mãe também não soube esconder sua incredulidade.

– Como é que ninguém viu isso antes? – ela gritou com a enfermeira de modo acusatório. – Como pode ser um cisto em um momento e um enorme tumor invasivo no outro?

Fiquei boquiaberta.

– Vou pegar chá para todo mundo e responderei às suas perguntas – disse a enfermeira. Com certeza não era a primeira vez que ela se via numa situação como aquela.

– Só acho *assustador* que ninguém tenha visto isso antes! – minha mãe gritou, cada vez mais estridente e mais vermelha.

Meu pai estava arrasado, tendo os mesmos pensamentos irados, mas incapaz de verbalizá-los devido à tristeza que o sufocava. P. segurava a cabeça com as mãos trêmulas enquanto olhava para um pedaço de carpete que estava sendo ensopado com suas lágrimas de pesar. E tudo aquilo era minha culpa. Meu corpo, meu seio, meu câncer haviam feito com que minha mãe ficasse lívida, com que meu pai se estressasse e com que meu marido mergulhasse em uma melancolia fúnebre. Eles estavam reagindo como se eu estivesse morta, mas ali estava eu, participando daquela cena trágica. Olhei de meu pai para minha mãe e para P., de meu pai para P. e para minha mãe, de minha mãe para P. e para meu pai. Aquilo tudo era coisa demais. Eu estava sufocando. Não conseguiria enfrentar.

– Chega! – gritei, levantando da cadeira de plástico e chutando-a para trás com o calcanhar em um movimento de fúria. – Não consigo suportar isso. EU NÃO CONSIGO. – Eles olharam para mim como se estivessem surpresos por meus gritos e revolta, por me verem diante deles, me fazendo mais alta do que meu 1,70 metro. – Vocês PRECISAM parar com isso. Todos vocês. Sei como isso é difícil, é uma porra IMPOSSÍVEL, mas NÃO VOU CONSEGUIR ENFRENTAR vendo todos vocês assim. (Percebi que aquele seria um bom momento para começar a dizer "porra" na frente de meus pais.) Simplesmente NÃO CONSIGO LIDAR com esse tipo de emoção. Então vocês podem continuar sendo como são e eu vou lidar com tudo isso sozinha, ou parar e me ajudar. Porque eu CONSIGO fazer isso, sabe? – continuei com ironia, sabendo que estava sendo infantil. – Eu consigo fazer isso sozinha e passar por tudo sem problemas, obrigada, mas simplesmente NÃO CONSIGO lidar com os sentimentos de vocês e com os meus também. ENTENDERAM? Então, como vai ser?

A enfermeira escolheu aquele momento para voltar para o consultório com chá e lenços. Ela se mostrou bastante chocada. Ou ela havia escutado o que havia sido dito ali – caramba, tenho certeza de que metade de Londres escutou – ou ficou totalmente surpresa com o silêncio estupefato que se fez na sala graças à minha explosão inesperada.

– Querem que eu explique tudo de novo? – ela perguntou

a meus pais, que calmamente concordaram, como duas crianças pequenas arrependidas de uma briga. Aquilo foi melhor para eles do que para mim, mas a enfermeira se dirigiu a mim quando explicou sobre a quimioterapia na parte em que disse: "... e você *vai* perder os cabelos".

Olhei para minha mãe com tristeza. Ela sabia o que eu estava pensando.

– Não conseguirei ir ao casamento de Jamie – eu falei. O grande dia de Jamie e Leanne seria dali a quatro meses, bem no meio de meu provável tratamento de quimioterapia.

– É claro que vai – a enfermeira disse. – Você vai poder usar uma linda peruca, um belo lenço de cabeça e ficará maravilhosa.

Ignorei o comentário. Não podia participar de uma ocasião tão importante usando uma peruca. Perucas são para ocasiões casuais, não para casamentos. E um lenço? Não seja ridícula. Quem ela pensava que eu era? Uma vidente? Enquanto continuava explicando meu diagnóstico, minha mente criou uma cena de nós quatro ao lado da bela noiva e do orgulhoso noivo – mamãe, papai e P. com suas roupas finas, e então, em pé e meio esquisita ao lado deles, uma mulher careca e inchada com um vestido de festa, acabando para sempre com as fotos do dia mais feliz de meu irmão.

3

Me deixe tirar isso do peito

As pessoas sempre dizem que eu não preciso continuar "sendo corajosa" e que eu "não tenho de ser positiva o tempo todo" (colocar "corajosa" e "positiva" na minha lista de mais odiados AGORA MESMO). Elas dizem que quando eu quiser extravasar tudo, ficar muito brava ou chorar, posso conversar com elas. E é bom quando dizem isso.

Mas preciso dizer uma coisa: não estou conscientemente *sendo* nada. Nunca vou *querer* chorar, reclamar ou gritar. Essas coisas acontecem espontaneamente: experimentando um pijama numa loja, regando o jardim, mexendo meu chá, apagando uma vela antes de dormir. No momento, *toda* reação é espontânea (que o diga uma pobre adolescente, assistente de loja, que enfrentou minha fúria recentemente).

Na verdade, essa é a primeira maldita vez em toda minha vida que parei de me preocupar com a maneira como estou agindo, sendo ou me comportando com as pessoas. Repito: não estou tentando *ser* nada, só estou vivendo.

Nenhuma dessas palavras, hoje ou em qualquer outro dia, são para o seu bem. Não estou "sendo corajosa" para o seu bem. Repito: EU NÃO ESTOU. Não precisa se preocupar com a forma como estou passando por isso. Não existe "como" aqui. Só estou passando. Não existe maneira boa ou ruim de lidar com isso. Você só passaria também.

* * *

– Vamos pegar alguma coisa para comer antes de voltarmos para casa? – perguntei a P. e a meus pais enquanto saíamos do hospital, ainda sendo a relutante líder que balançava a bandeira em nosso *tour* guiado do câncer. Depois de meu ataque no consultório, eles sabiam que não deviam sugerir outra coisa e me acompanharam ao restaurante mais próximo, como patinhos recém-nascidos seguindo a mamãe pata. No restaurante espanhol, cada um de nós puxou um banquinho; então jogamos sobre a mesa nossas bolsas e um monte de folhetos informativos sobre câncer, equivalentes a uma floresta tropical inteira de árvores. Torci para que a presença dos folhetos explicasse nossos rostos de olhos vermelhos, assustados e tristes ao garçom, que pareceu preocupado.

Somos uma família irritantemente educada na maioria das vezes – apenas pedimos entrada quando fica claro que todo mundo quer a mesma coisa, dando a vez para o outro escolher o DVD na locadora, tornando o processo de seleção do filme mais comprido do que o filme em si –, mas naquele dia, mais do que nunca, foi impossível combinar o que todos queriam comer, já que estávamos arrasados com os detalhes de meu diagnóstico. Então tomei as rédeas da situação de novo, rapidamente pedindo pratos de *bravas*, *croquettas* e *tortillas*, na tentativa de alimentar a todos e de espantar logo o garçom, cada vez mais confuso.

Nossos papéis, pelo que notei, estavam trocados. De repente eu era a mãe, cuidando de nosso grupo com cara de crianças perdidas; dizendo os "não se preocupe" e "vai ficar tudo bem" que eu esperava que fossem confortá-los. Mais tarde, meu pai admitiu temer que eu estivesse me transformando na matriarca da família tão cedo. E, por mais mandona que eu seja, não é um papel que me interessa. Assim que as palavras "câncer de mama" entraram em nosso mundo, era como se todos, de repente, estivessem procurando força e orientação comigo, tentando descobrir como agir ou o que dizer. E metade de mim estava feliz por eles agirem assim; mas a outra metade se sentia uma criança perdida e sem saber o que fazer. O que fazia todos pensarem que aos 28 anos – *28!!!* – eu estava mais bem preparada para lidar com aquilo do que eles? Por que, de repente, me transformei na líder? *Eu* era a filha. *Eu* estava com problemas. *Eu* estava precisando de ajuda. Como eu podia exigir que meus pais se submetessem a mim num momento e no seguinte esperar que me confortassem? Nada, absolutamente nada daquilo era justo, e eu queria chorar, resmungar, fazer escândalos e dar socos no chão do restaurante. Mas apesar de não ser justo manter o controle diante de todos que eu amava, isso era, ao mesmo tempo, a única coisa que consegui fazer.

Quando nossa comida chegou, incentivei P., minha mãe e meu pai a comerem alguma coisa, usando essa desculpa para ignorar minha comida e, em vez de comer, fazer uma lista das pessoas que eu devia manter informadas. Jamie foi o primeiro, e depois minha amiga Tills.

– Talvez eu deva contar a J. – minha mãe disse.

– Não, eu devo fazer isso – retruquei em um tom de rainha autoritária. – Vou fazer isso agora mesmo – insisti, pegando meu telefone da mesa como se ele fosse uma prancheta com a qual faria a chamada na sala de aula. Fiquei em pé do outro lado da rua, observando P. e meus pais olharem para seus pratos enquanto eu telefonava para Jamie, raspando a tinta de umas barras de ferro enquanto esperava que ele atendesse.

– Mano, sou eu... é invasivo – revelei, arrependendo-me de ter dito aquilo daquela maneira e não de um jeito mais delicado.

– Merda! – foi a resposta no mesmo instante. – Que droga, mana... merda! O que eles vão fazer?

Recontei tudo como quem lê uma lista de compras.

– Bem, primeiro vou conversar com um especialista em fertilidade para saber se posso congelar alguns óvulos antes de a quimioterapia acabar com a maioria deles. Depois, na próxima sexta-feira, vou fazer uma mastectomia, e quando estiver recuperada, enfrentarei alguns meses de quimioterapia – escutei fungados do outro lado da linha, mas continuei com minha explanação sobre o câncer. – E depois vou fazer um pouco de radioterapia e, por fim, uma terapia hormonal, ainda que, para ser honesta, não saiba o que é isso.

Jamie se recompôs. – E tudo isso vai dar certo, não é? – Percebi o pânico em sua voz e tremi de medo.

– É melhor que... Claro, mano, é claro que vai dar certo – eu me corrigi, decidindo manter minhas dúvidas em segredo. – Todos estão muito otimistas, J. – eu disse, finalmente conseguindo um tom mais sensível. – Eu sou jovem e forte o bastante para lidar com isso, sabe, e eles estão investindo tudo o que têm.

Olhei de novo para a janela do restaurante, tentando ler os lábios de P., de mamãe e de papai para descobrir o que diziam. Percebi que aquilo era apenas um aperitivo do que estava por vir: pessoas falando sobre mim sempre que eu estava longe, mas sem eu saber o que era dito.

– Você vai ficar bem, cara? – perguntei a Jamie.

– É claro que *vou* ficar bem, cabeça de vento – ele respondeu, e eu fiquei feliz por finalmente ver alguém tornando as coisas mais leves. – Só quero que *você* fique bem, mana.

Meu telefonema a Tills ocorreu de maneira bem parecida. Contei sobre o tumor e recitei a lista do tratamento. Ela mostrou-se surpresa nos momentos certos e disse "merda" muitas vezes. Tills claramente já estava se preparando para escutar o pior, e de imediato entrou em um modo superprático, decidindo a quem contaria por mim e dizendo que eu podia contar com ela quando precisasse. Ela foi brilhantemente franca, e eu me senti agradecida.

– Não vou conseguir lidar com lágrimas agora, Tills – eu disse.

– E exatamente por isso não vou chorar – ela respondeu. – Na verdade, é sua obrigação mandar as pessoas calarem a boca quando quiser. Você precisa passar por isso da melhor maneira, e não vai ajudar se todo mundo ficar tagarelando do seu lado.

Contei-lhe sobre o chilique que tive com minha família e ela me parabenizou por ele.

– Essa é a minha amiga. Arrasou! – ela disse.

Aparentemente, de alguma forma, alguém arrasou dentro do restaurante – apesar de eu não saber quem foi. Quando terminei os telefonemas e voltei para lá, P. e meus pais estavam sentados eretos e forçando sorrisos, decidindo que ser diretos e práticos era a melhor tática dali em diante.

– Estávamos conversando – meu pai disse –, e se vocês dois quiserem ficar um pouco sozinhos, só precisam dar um toque que pegaremos a estrada.

"Agora, sim", eu pensei. Meu pai dizendo "dar um toque" e Jamie me chamando de cabeça de vento era exatamente o tipo de discurso que eu queria. Sim, aquela era a pior notícia da história do mundo e, sim, era algo doloroso, triste e assustador, que exigiria muito esforço de nós para ser superado, mas não havia nenhuma possibilidade de passarmos por aquilo se não encarássemos a situação de maneira mais leve.

– Sim, vou dar um toque, acho que vocês devem ir – pisquei para papai enquanto virava-me para P. para ver se ele concordava. (Como se ele fosse discordar! Ele teria aceitado qualquer maluquice que eu quisesse naquele momento.)

Pagamos a conta, entramos no carro e voltamos para o apartamento, fazendo mais listas de quem avisar e como, todos nós enviando mensagens de texto pelo caminho. Mas conforme todos mantinham o pacto secreto de manter-se práticos, úteis e positivos, nossos papéis começaram a mudar de novo, e eu me tornei a criança carente e petulante com os guardiões calmos e pacientes. Fazendo bico, olhei pela janela à procura de meninas da minha idade, observando os turistas com suas mochilas, passeando pelas ruas. "Por que isso não aconteceu com você?", pensei quando passamos por uma bela moça, aparentemente feliz, de vinte e poucos anos, de braço dado com o namorado – igualmente irritante – bonito. "Por que *você* não teve isso?"

Imaginei todas as coisas que ela poderia ter feito para justificar um tumor no seio. Talvez já tivesse enganado alguém, cometido fraude, ou, quem sabe, seu namorado não tivesse ideia de que ela tinha marido e filhos que acreditavam que ela estava trabalhando. Fiz uma lista mental de todas as coisas que eu havia feito que poderiam ter mudado meu carma daquela maneira, e pensei nas brigas da adolescência, em ter exagerado em meu currículo e roubado um carpete de um restaurante indiano. Mas mesmo que tivesse riscado todos os meus CDs, matado aula e traído todos os meus namorados, isso significava que eu merecia ter câncer?

– Essa merda não é justa – eu disse quando voltamos para casa e retomamos nossos postos: P. em uma almofada no chão, eu no sofá, meu pai na poltrona e minha mãe no pufe perto da janela. Não estava com vergonha, chorosa nem assustada. Só brava. Com o sangue fervendo. Precisava bater os pés, gritar, xingar e dar socos nas coisas – e precisava fazer tudo aquilo sozinha. Assim, por mais egoísta que pareça, meus pais arrumaram as coisas e voltaram para Derby, a fim de dar a meu irmão o apoio de que ele precisava tanto quanto qualquer um de nós, e de se organizarem com suas férias anuais para me ajudar a enfrentar a Porcaria.

Meu telefone não parava de tocar. Todo mundo sabia que eu voltaria ao hospital para ter detalhes de meu diagnóstico, e os telefonemas misturavam a curiosidade de algumas pessoas em saber o tamanho da doença e a busca de informações das que já sabiam a verdade. Ignorei todos eles, escolhendo arrumar a cozinha, jogando os pratos sem cuidado dentro da pia e guardando os talheres com muito barulho dentro das gavetas, além de bater as portas dos armários. Enquanto isso, P. desempenhou o papel de secretária, interrompendo todos os toques de meu celular, mas, por fim, aceitando uma ligação em conferência de meus chefes.

Pegando o telefone, P. timidamente explicou o que haviam dito: eu estava dispensada do trabalho a partir daquele momento e deveria informar se eles podiam me ajudar de alguma forma: táxi para o hospital, assistência, assinaturas de revistas... Eles deveriam ser informados. Poucas empresas seriam tão generosas, mas nem mesmo aquele ato de generosidade conseguiu tirar de mim a raiva que eu sentia. Eu estava cada vez mais irritada e nervosa. Abrindo as portas dos armários e arrancando as peças com pressa, comecei a colocar todas as roupas que havia acabado de comprar dentro de sacos, em protesto pela diversão de verão da qual não participaria.

Quando os ataques passaram, P. me segurou em seus braços reconfortantes, acalmando-me com carinhos quando a campainha tocou. Minha amiga Ali estava lá, com um bolo, para fazer o que pudesse para me consolar. Ela costuma entrar como um furacão, mas dessa vez estava mais quieta do que o normal ao entrar pela porta da frente, ir para a cozinha e preparar um chá. P. e eu reconhecemos silenciosamente o grande esforço que tinha sido para ela fazer aquela visita, uma vez que perdeu a mãe para a mesma doença.

– Bem – ela disse ajeitando-se no sofá –, tenho algo que vai animar vocês. – Ela pegou o celular do bolso, mostrando uma série de vídeos de noites no caraoquê que eu desejava que P. nunca visse.

– Seja lá a merda que acontecer com você daqui para a frente, Mac – Ali disse, uma das poucas pessoas que ainda me chamava pelo apelido dos tempos de solteira –, não pode ser pior do que isso. – Então ela me puxou para mais perto com um braço só enquanto nós três chorávamos de rir ao ver o vídeo no qual eu cantava rap como uma metralhadora automática.

– Sua palhaça – eu disse, dando-lhe um empurrão com o ombro. – Você não sabe que tenho câncer?

4

O dia mais comprido

É solstício de verão, o dia mais quente do ano. Estou acordada há pouco mais de uma hora e já sei que este é o dia mais negro, mais triste, mais sombrio e mais terrível de minha vida.

Ontem à noite, mandei meus pais de volta para casa, acreditando que P. e eu precisávamos de algum tempo sozinhos. E precisamos, mas na verdade, com a segurança de saber que eles estão por perto, bagunçando por aqui. Vamos para a casa deles assim que eu terminar de publicar este texto no blog.

Hoje estou tendo dificuldades para encontrar minha força para a luta. Literalmente, não consigo lidar com isso. Provavelmente já disse essa frase algum tempo antes – talvez depois da morte de meus queridos avós... de meu esforço na faculdade... um pouco antes dos exames finais... ou quando flagrei meu namorado na cama com a ex dele. Sempre que disse isso, não era verdade. *Lidei* com tudo antes. No momento, não consigo mais.

Na verdade, estou ansiosa, à espera da cirurgia semana que vem. QUERO TIRAR ESSA COISA DE MIM. Pode me abrir, tirar meu mamilo, faça a mutilação, deixe-me marcada. Mas tire de mim.

Por mais assustada que tenha me sentido ontem, no momento quero fazer a quimioterapia, me sentir terrível e perder meu lindo cabelo comprido. QUALQUER COISA deve ser melhor do que estar no meio dessa droga patética e sem poder fazer nada. Mas meu cabelo e meu mamilo podem ir agora, o quanto antes, porque vai significar que algo está sendo consertado.

* * *

Por termos ido dormir rindo na noite anterior, não admira o fato de a realidade nos ter surpreendido no dia seguinte. E, como doeu. Nossa rotina de sábado de manhã geralmente envolve o tipo de preguiça embaixo do edredom que eu, aos 19 anos, teria criticado: chá com torradas na cama, jornal, programa de culinária na televisão e um pouco de conversa antes de partir para as compras dos ingredientes do jantar daquela noite. É um costume adorável – o melhor da manhã – e P. e eu não nos importamos em dizer que ele é o momento favorito da semana. Mas naquele sábado foi diferente. Assim como acordamos pela primeira vez depois de saber da morte de um ente querido, a lembrança arrasadora de meu tumor invasivo nos acordou aos chacoalhões, envolvendo nossa cama, não permitindo que tivéssemos um segundo de ignorância antes do peso tenebroso da realidade sobre nós. Era como se o câncer nos estivesse punindo por não termos dado atenção a ele na noite anterior.

Chorei logo depois de acordar.

– Não quero passar por isso – resmunguei contra o ombro nu de P. – Acho que não consigo – olhei para cima e vi seu belo rosto banhado em lágrimas.

– Mas você precisa – ele disse. – Precisa! Precisa! Você precisa! Precisa... – Ele chorou mais com cada palavra, e então percebi pela primeira vez que eu não tinha sido a única a receber aquele diagnóstico, tínhamos sido nós dois: eu *e* P. Coisa de equipe. Sempre estivemos prontos para rebater o que nos lançassem. Mas aquilo? Não era uma conta de gás nem um apartamento com problemas – nem mesmo mais um aborto. Aquilo tinha o potencial de acabar com tudo. De acabar comigo e com P. De diminuir nosso casamento perfeito para 18 meses. Choramos e gritamos no travesseiro um do outro, apertando a pele nua um do outro como se a separação ali significasse admitir a derrota cedo demais.

Afastei os cobertores e caminhei para a sala de estar, colocando a cabeça para fora da janela em busca de ar, como se estivesse sendo sufocada pela dor que engolia nosso quarto. O sol do início de junho aparecia feliz entre as nuvens, como se mostrasse o dedo do meio para mim e para os problemas que estavam ameaçando minha vida. A cortina se remexeu quando a fechei de novo, furiosamente declarando para o mundo lá fora que aquele era o pior momento de minha vida.

Era só ver o que havia feito conosco. O que havia feito com nossa rotina de sábado de manhã. Como ousava? E era só ver o que ainda faria: estouraria nossa bolha de recém-casados, roubando uma parte necessária de meu corpo e arruinando o que restaria, deixando lembranças tenebrosas, roubando nosso otimismo. Mas acima de qualquer coisa, aquele era para ser o *nosso* momento. Como aquela coisa ousava acabar com o nosso momento perfeito?

A atmosfera pesada de nossa manhã arruinada fez com que não conseguíssemos respirar. Precisávamos sair. Jogamos o que pudemos dentro de uma bolsa e nos unimos aos viajantes de final de semana na M40, pegando a estrada para um local onde, no mínimo, haveria alguém para nos fazer chá e preparar nosso banho – tarefas simples que de repente nos tornamos incapazes de executar. Meus pais estavam na porta para nos receber, com Jamie e sua noiva Leanne a dois passos atrás; os quatro fazendo o que podiam para disfarçar os olhos vermelhos.

– Vou preparar o jantar hoje à noite – Jamie disse.

– Como se você já não tivesse sofrido o bastante – meu pai disse, com a provocação de sempre escondendo sua chateação. Jamie e Leanne afastaram todos para me envolver em um abraço; o tipo de abraço que dura um pouco demais; o tipo de abraço que sugere que eles estão com medo de perder você.

– Pronto – eu disse, esfregando as costas dos dois, em uma maneira de consolá-los e de diminuir a seriedade da situação. – Vai ficar tudo bem. E agora, quem vai me servir uma cerveja?

Em outra conversa da qual eu não havia participado, um plano de ação já havia sido combinado para que aquela noite fosse bem alegre. Jamie estava sendo hilário como sempre, fingindo ser o *chef* Jamie Oliver para fazer o frango assado e respondendo às interferências de mamãe com um sarcasmo que sugeria que ela mesma nunca utilizava a própria cozinha. Leanne falou sobre seu casamento que estava prestes a acontecer, tentando imaginar se ela ou Jamie ficariam piores depois da festa. Sugeri que, já que estaria careca no dia da cerimônia, talvez eu devesse tentar alegrar as pessoas e fazer meu discurso com um sotaque engraçado também.

Comemos nosso frango e falamos sobre lembranças de infância. De Jamie participando de um show de talentos imitando Michael Jackson e de ter chorado no palco. Das muitas manhãs na casa de nossos avós, montando tendas dentro de casa, criando campos de golfe no jardim e arrancando massinha de modelar do carpete. E do dia em que minha mãe me deixou no penico para atender ao telefone, e ficou surpresa ao ver minha boca suja de "chocolate" ao voltar. Leanne riu muito; ela era a única pessoa na casa que não conhecia esse meu segredinho nojento. Normalmente eu teria ficado irritada com aquela história, mas naquele dia deixei meus pais em paz, porque ainda que revelasse o fato de eu já ter comido cocô, aquele era um bom exemplo de que minha família tinha uma capacidade incrível de fazer piada em *qualquer* situação – e por isso me senti grata.

5

Bolas novas, por favor

O dia anterior a uma mastectomia deveria ser nervoso, preocupante, daqueles dias em que não se consegue comer nada. Mas não sou o tipo de pessoa que faz as coisas da maneira comum. Assim, passei o dia anterior à *minha* mastectomia olhando para o traseiro do Rafael Nadal.

Um ex-chefe meu e amigos muito legais sabiam que a noite antes da mastectomia poderia ser muito difícil, por isso eles compraram para mim e P. ingressos na segunda fila para os jogos de Wimbledon, na tentativa de fazer com que não pensássemos tanto na remoção de peito do dia seguinte. E foi uma distração maravilhosa.

E a maior distração, sem dúvida, foi o belo traseiro do Rafa. Redondo, malhado, perfeitamente em forma. Eu seria capaz de morder aquele bumbum. Se você me visse pela TV, teria percebido que a minha cabeça era a única paralisada em apenas um lado da quadra, sem seguir a bola de tênis de um lado para outro. Fiquei quase tão obcecada pelo traseiro do Rafa quanto recentemente me tornei obcecada pelos seios das outras mulheres. Não estou secando ninguém, se querem saber... é só pesquisa. (E, meninas, podem acreditar nessa frase pelo menos uma vez na vida.) Estava para acontecer. Com toda aquela conversa sobre peito, rapidamente me tornei mestre em seios. Mas, sério, quando o assunto é meu peito, obsessão é pouco.

Entrei em pânico ontem, enquanto P. e eu passeávamos por Londres em um ônibus sem teto (a tática dele para me distrair do inevitável acontecimento de amanhã). Ele vai continuar gostando de mim depois da mastectomia (cara, odeio essa palavra), quando eu estiver toda inchada, me sentindo péssima e *sans* mamilo? E, principalmente, será que vai continuar gostando de mim quando eu estiver pálida e sem cabelos, e ainda inchada por conta dos esteroides? P. é tão adorável que se ofereceu para raspar a cabeça dele quando meu cabelo cair. Mas eu lhe disse para não fazer isso – ele é tão lindo que isso acabaria com sua beleza; e eu gosto dele do jeito que ele é. E isso seria bem ridículo, não?

* * *

– Se mais alguém me pedir para ser forte – P. disse na manhã da minha mastectomia, enquanto dirigíamos para a clínica de fertilidade –, vou usar o pouco de força que ainda tenho para estrangular o idiota.

Ri, aliviada, por conseguirmos transformar nossa situação em uma piada só entre nós. Mas a frustração de P. era mais do que justificada. Nos últimos dias, só tínhamos ouvido "seja forte", "aguente firme", "mantenha o pensamento positivo", "você consegue...", e nem preciso dizer que isso não ajudava em nada, assim como não preciso dizer que não queria perder meu cabelo.

Quando o choque inicial passa (o que é confuso, porque nunca passa), as reações das pessoas passam da surpresa à tentativa de ajudar. Mas existem, obviamente, diversas maneiras de tentar ajudar.

Para mim, ajudava receber livros, revistas e DVDs. Ajudava ganhar ingressos para Wimbledon. Ajudava não ser tratada de modo diferente; não ser analisada com cara de pena; não ser considerada uma doente. (Até hoje, ainda lanço olhares mortais a quem ousa mostrar preocupação formal comigo. Mesmo um simples "Você está bem, querida?" faz com que eu parta para a vingança com um truque maligno de Jedi.) E muito me ajudava quem *não* me pedia para "ser positiva" (como se eu ainda não tivesse pensado nessa opção) e quem não reagia às notícias a respeito de meu câncer com um irritante "Tenho certeza de que você não permitirá que isso a derrube". ("Tem certeza disso? Porque preciso contar que estou no limite.")

Mas aqui está o primeiro problema do câncer: por mais bem-intencionadas, frustrantes, alegres, sem sentido e preocupadas que as palavras sejam, nada que alguém disser pode mudar o fato de que você tem câncer. Não quero parecer mal-agradecida – até mesmo "não deixe que isso a derrube" é melhor do que não dizer nada. E não estou sugerindo, de jeito nenhum, que sei exatamente como reagir às notícias ruins das outras pessoas. Afinal, quem *sabe* o que fazer numa situação assim? Na adolescência, recebi o telefonema da mãe de um namorado para me contar a terrível notícia de que o pai dele havia falecido. Eu não sabia o que dizer. Disse que não acreditava. Disse que sentia muito. E então, inexplicavelmente, perguntei se ela precisava de leite. Porque a reação correta à notícia da morte do marido de alguém é, obviamente: "Caramba, e se ela não tiver leite?".

Assim, dá para ver que eu sou a última pessoa que pode dar sermão em alguém a respeito da maneira correta de reagir às notícias ruins. E isso me leva ao segundo problema do câncer: a resposta sobre o que é melhor dizer é, claro, diferente para cada um. Algumas pessoas podem querer ser ignoradas. Algumas podem querer fingir compreensão ("Coitada de você, deve ser horrível"). Algumas podem preferir a raiva, simplesmente ("Não acredito que essa merda está acontecendo com você"). Mas o que eu queria? Bem, entre todas as mensagens que recebi, as que eram compreensivas e discretas ("Amo você, estou pensando em você, não precisa responder"), engraçadas ("Não se preocupe, querida, vou visitá-la nos fins de semana... Bem, desde que meu time não esteja jogando em casa") ou com piadas sobre câncer ("Alguém me disse que passam aspirador de pó na bunda da Cher") eram as mais certeiras.

Mas de todas as reações à minha notícia tenebrosa, a minha favorita, sem dúvida, foi a de um ex-colega. "Câncer de mama?", ele perguntou surpreso. "Que droga... Você tem seios tão lindos." (Aplausos.)

"E eles voltarão a ser lindos", eu disse a ele, mais por mim mesma do que por ele. Porque, por mais que eu estivesse convencida de que perder um peito não era nada perto de perder o cabelo (o que é bem ridículo, se pensarmos bem), eu estaria mentindo se dissesse que não estava aterrorizada com a remoção do meu lindo peito esquerdo.

Os dias anteriores à minha operação foram, felizmente, tão repletos de atividades que mal tive tempo de ir ao banheiro, muito menos de pensar no que estava prestes a perder. Mas depois de acordar naquele dia e de encarar um café da manhã de lágrimas em vez de torradas, e de vida real em vez de cereal, a ficha caiu. Antes de vestir meu vestido xadrez preto e branco (achei que estampa de florzinha não seria apropriada para a ocasião), fiquei sem sutiã diante do espelho do meu quarto. "Então é isso", sussurrei para meu peito preferido. "Chegou a hora de você ir embora." E com dedos impassíveis abotoei a minha roupa – foi a última vez que vi meu seio esquerdo. Não olhei para baixo enquanto o cirurgião fazia as marcas pré-operação, não dei uma olhada de canto de olho quando vesti o avental do hospital. Deixei-o bem ali, como se me despedisse dele na plataforma de uma estação sem olhar para trás para ver o trem partir.

– Caramba, que lugar chique – P. disse quando estacionamos diante da entrada da grande clínica de fertilidade em estilo vitoriano na Harley Street. Meu oncologista havia nos indicado aquele lugar, garantindo que o especialista que estávamos prestes a conhecer era a nossa melhor chance para obter ajuda no congelamento dos meus óvulos antes que a quimioterapia acabasse com eles. Pouco à vontade naquele ambiente, fizemos o melhor possível para disfarçar nosso sotaque do Norte quando falamos com a recepcionista, cuidando da pronúncia e nos sentando na sala de espera com móveis de carvalho que mais parecia o escritório de um diretor de escola do que uma sala para casais enfrentando problemas de fertilidade.

– Vocês devem ser o senhor e a senhora Lynch – disse o Homem Óvulo (o que não foi muito difícil de deduzir, uma vez que éramos as únicas pessoas na sala de espera). Assentimos com a cabeça e o seguimos para uma outra sala, igualmente surpreendente, escutando-o com atenção enquanto ele explicava que aquele momento era essencial, e que nossa melhor solução para a retirada de óvulos adequados seria eu receber uma dose de hormônios para aumentar a produção.

– Mas tudo isso é só uma hipótese neste momento – o Homem Óvulo explicou, sentado atrás de uma mesa tão grande sobre a qual seria possível jogar bilhar. – Tudo vai depender do que o colega descobrir ainda hoje, mais tarde, a respeito da natureza do seu tumor.

P. franziu o cenho para combinar com o meu.

– Desculpe, não estou... não estamos... – ele começou a dizer com uma voz esquisita e séria, que disfarçava sua origem de Liverpool. (Acho que o que ele queria mesmo perguntar era: "Do que você está falando, cara-pálida?")

– Dependendo dos resultados da histologia, o médico pode decidir, por exemplo, que é mais seguro adiar a quimioterapia por algumas semanas para que você receba os hormônios – continuou o Homem Óvulo, marcando pontos em seu bloco de notas sem perceber. – Isso se o tumor estiver apenas onde acreditamos que está. E depois há a questão a respeito de determinar se o tumor é receptivo a hormônios. Em caso afirmativo, pode não ser sensato enchê-la de estrógeno se ele tiver sido a causa do problema.

– Claro que não – concordei. – Então, deixe-me ver se entendi: se meu câncer for receptivo ao estrógeno, eu não devo realizar o tratamento com hormônios. Se não for, poderemos realizá-lo.

– Isso. E se o tumor estiver apenas onde pensamos que está – ele repetiu.

– Sim, certo – eu disse, batendo na mesa de madeira dele de maneira supersticiosa. – E como vamos descobrir isso? – perguntei, mais preocupada com a administração intra-hospitalar do que com o relatório da histologia.

– O médico vai telefonar para me passar o resultado.

– Tudo bem, então – concluí, feliz porque os detalhes essenciais sobre o meu tumor não seriam enviados a ele via pombo-correio, telepatia ou qualquer coisa parecida.

– Não consigo pensar em nada disso neste momento – eu disse a P. enquanto saíamos da clínica de fertilidade e nos dirigíamos ao hospital. – Não tem espaço na minha cabeça.

Ele tirou a mão da minha cintura e colocou-a na parte baixa das minhas costas – como havia feito no dia do meu diagnóstico; como sempre faz quando está tentando me proteger – e disse:

– Tudo bem, querida. Uma coisa por vez, tá? Apertei com força a mão dele enquanto subíamos a rampa da entrada do hospital, levando atrás de mim a mala de rodinhas que geralmente levávamos para viagens românticas de fim de semana.

Antes de aparecer em meu quarto, a enfermeira me apresentou à freira da minha ala.

– Esta é a Lisa – ela disse. – Ela está aqui para a mastectomia.

A irmã franziu o cenho por cima dos óculos de maneira suspeita, olhando do meu rosto para o meu peito, como se não conseguisse entender o sentido de câncer. Eu conhecia aquele olhar. O olhar "mas ela é tão jovem". Mais tarde, eu veria aquele mesmo olhar na clínica de oncologia e na sala de quimioterapia, e também na loja de perucas.

– Oh – ela disse sem emoção. – Entendo.

Compreendendo a estranheza da situação, minha enfermeira rapidamente me levou e mudou de assunto, dizendo que, antes da minha operação, ela acompanharia a mim e ao "doutor" – adorei quando ela chamou o médico de "doutor" – a uma clínica ali perto, onde injetariam em mim a tinta radioativa que mostraria se o câncer havia se espalhado para meus nódulos linfáticos (conhecidos no mercado como "biópsia de nódulo", fãs do assunto).

– Como está se sentindo? – o médico me perguntou quando entramos na ambulância que estava estacionada na frente do hospital.

– Oh, estou bem – sorri. – Ótima – e sorri um pouco mais, tentando entender se era o medo que me forçava a ser tão simpática ou o fato de que aquele homem estava prestes a remover do meu corpo o tumor que ameaçava acabar comigo antes dos trinta anos. Provavelmente o segundo motivo, pensei. (Caramba, se você não conseguir ser simpática com o homem que está prestes a salvar sua vida, é hora de começar a pensar se vale a pena salvar sua vida.)

– Como tem sido a sua semana? – perguntei, disposta a forçar uma conversa normal com meu cirurgião. – Trabalhou todos os dias?

– Oh, não. Todos os dias, não. Fui a Wimbledon uma vez esta semana.

– Oh! Eu também. Fui ontem – me empolguei. – Quem você viu?

– Ladies... – ele fez uma pausa. – Não consigo entender por que eles gemem daquele jeito para jogar – disse enquanto eu me mostrava feliz por poder conversar sobre jogadores de tênis um pouco antes do acontecimento mais preocupante da minha vida. – Não existe uma razão anatômica do porquê eles precisam fazer isso – ele continuou. – É irritante, não acha?

Concordei de maneira entusiasmada.

– Totalmente. Totalmente. (Suspeitei que concordaria com ele do mesmo modo animado se ele sugerisse tirar meu seio com uma colher de pegar sorvete ou se dissesse que fatiar minha perna esquerda aumentaria minhas chances de sobrevivência.)

– E você? Quem você viu? – ele perguntou, virando a cabeça para conversar comigo, que estava no banco de trás.

– Eu vi o Nadal – respondi. – Foi brilhante. Nós nos divertimos muito. Meu ex-chefe nos presenteou com os ingressos na esperança de que não ficássemos pensando no dia de hoje.

– E ajudou? – ele perguntou erguendo as sobrancelhas.

– Sem dúvida – respondi.

– Puxa, que bom – ele sorriu. – E você se sentiu bem no resto da semana?

Pensei nas lágrimas, nas tapas e no terror, e disse a ele que os últimos dias tinham sido "esquisitos". Comentei com ele que o câncer, até aquele momento, se parecia com o dia do meu aniversário: trazendo gestos lindos, café da manhã na cama, cartões, telefonemas, cartas, presentes, flores, ingressos, bolos, visitas, chocolate, desenhos de crianças e um balão de hélio em forma de cavalo-marinho.

– Pelo visto você tem um grupo especial por perto – o médico comentou ainda sorrindo.

– Sim, em casa *e* no hospital – eu disse, quase resistindo ao desejo de piscar.

Nós três continuamos a conversar e a sorrir na clínica, enquanto o médico fazia marcas em mim com uma caneta azul: uma ao redor do meu futuro ex-mamilo, onde ele havia analisado a parte de dentro do meu seio; outra embaixo do braço, onde coletou a amostra de nódulos linfáticos para a minha biópsia; e uma terceira, a última, oval, de 15 centímetros, nas minhas costas, de onde ele pegaria um pouco de músculo que formaria a base do meu novo seio, criado em cirurgia.

– Você está indo muito bem – ele disse enquanto injetava tinta radioativa embaixo do meu braço.

Eu corei, fazendo o máximo de piadas bobas que a situação permitia, na esperança de parecer jovial e grata, e não tensa e assustada. A enfermeira tocou meu ombro com carinho ao me ajudar a colocar o vestido antes de voltarmos ao hospital.

– Aqui vamos nós – eu disse, enquanto esperávamos pelo elevador, e a enfermeira e o médico olharam para mim com olhos que me pareceram repletos de compaixão.

– Estávamos falando sobre você ontem – meu médico disse, fazendo um gesto para a enfermeira enquanto apertava o botão do térreo. – E devo dizer que estou impressionado com a maneira como você tem lidado com tudo isso até agora. – Arregalei os olhos e lágrimas começaram a se formar neles quando ele concluiu: – Eu gostaria de ser mais como você.

Surpresa com o elogio, perdi a capacidade de responder.

– Puxa – eu disse. – Bem, uau... – ele continuou sorrindo para mim. – Ah, sei lá, não sei de nada disso – respondi, demonstrando que ainda não havia aprendido a receber um elogio. Senti-me um tanto desconfortável e murmurei um "obrigada" sem jeito, feliz quando as portas finalmente se abriram. Desde então, sempre revivo aquele momento em minha mente – o que, até o então, ocorreu 693.821 vezes. Sou muito mais tranquila do que estava de fato, brincando, piscando para ele e dizendo: "Ah, aposto que você diz isso a todas as suas pacientes". Mas por mais brincalhona que estivesse sendo naquele momento, não conseguia ignorar o sentimento de que o homem que eu estava considerando tanto havia dito que *ele* queria ser mais como *eu*. Era a mesma sensação de receber um boletim cheio de As, e eu não estava nem um pouco preocupada de ter agarrado a oportunidade de ser a queridinha do professor.

Dentro da minha ala, P., meus pais e Jamie estavam esperando ao redor do leito que se tornaria a minha base pelos cinco dias seguintes, fazendo o que podiam para tornar o quarto menos parecido com um quarto de hospital e mais parecido com um de república: P. levou um ursinho de pelúcia, minha mãe levou flores, meu pai montou uma estação para o iPod, e Jamie colou na parede um pôster do Foo Fighters que trazia uma imagem animal de Dave Grohl. Vesti o avental e coloquei um par de meias que cobriam até os joelhos, recomendando algumas lojas que eles podiam visitar durante as seis horas que eu ficaria em cirurgia. Foi bem estúpido, na verdade, fingir que eles sairiam felizes a fazer compras em vez de ficarem roendo as unhas de ansiedade até o meu retorno. Todos estavam tão assustados quanto eu, e evitar o assunto parecia ser a melhor tática, se não a única.

– Você está pronta para ir, querida? – perguntou alguém pela porta entreaberta.

– Mais pronta do que nunca – respondi, dando de ombros. – Vamos lá – eu disse, olhando para a cara de preocupação dos meus pais. – Vamos encarar.

Minha coragem não durou muito, apenas o tempo suficiente para que mamãe, papai e Jamie pudessem me beijar e dizer que me amavam, pois no momento em que fui levada para o elevador, segurando a mão de P. o tempo todo, eu já estava chorando. Meus olhos queimavam de medo enquanto eu pedia a uma força superior que me permitisse acordar com aquela *coisa* – aquela coisa *maldita* – fora do meu corpo, para que nunca mais voltasse. Não olhei para mais nenhum outro lugar, apenas para os lindos olhos de P. – mesmo quando fui apresentada ao anestesista –, pensando que se não conseguisse sobreviver àquilo, os olhos dele eram a última coisa que eu desejaria ver.

– Você já tomou anestesia geral antes? – o anestesista perguntou. Balancei a cabeça, ainda chorando. – Bem, não precisa se preocupar com nada – ele continuou –, vai ser como tomar umas e outras.

Minha cabeça respondeu: "Eu bem que podia tomar umas agora", mas não tive a energia de articular meu pensamento, por estar muito concentrada no adorável rosto do meu marido quando espetaram uma agulha nas costas da minha mão.

E então, como se tivesse bebido todas, dormi.

6

O equalizador

Ah, morfina. Estou despeitada.

Sem brincadeira.

E no espírito induzido pelos remédios, quando vejo tudo mais lindo, vou dizer uma coisa que vai fazer seu coração derreter. Acabei de encontrar a seguinte mensagem de texto no celular do meu marido (posso estar presa a uma cama de hospital, mas ainda sou danada o suficiente para mexer no telefone dos outros quando eles não estão olhando): "Sei que esta é uma mensagem estranha de enviar para a minha sogra, mas acabei de ver o seio esquerdo de sua filha e ele é lindo". E eu achando que a morfina era boa.

Posso até ter um monte de carne esquisita, sem cor e sem forma no lugar do seio esquerdo, além de uma cicatriz nas costas que vai me impedir de usar blusinhas sem alça e de um cateter cheio de urina verde (é a tinta, não o aspargo que comi), mas é tudo por um motivo: oba, o tumor se foi!

Porém no meio do turbilhão causado pelo câncer, também recebi notícias ruins: junto com meu peito esquerdo foram para o cesto de lixo (bem, acho que foram para lá) os nódulos linfáticos da minha axila esquerda. Um monte deles. Aquele tumor sem-vergonha havia se alojado em boa parte da minha axila (mais tarde vamos descobrir até que parte, com a ajuda cuidadosa do Google Maps ou de qualquer coisa parecida que eles usam), mas felizmente meu Cirurgião Sorridente, caído do céu e super-herói, tirou todos eles de uma só vez. Então, apesar do contratempo, posso dizer com tranquilidade que, nessa partida, eu saí perdendo no placar, mas marquei um baita gol de placa para empatar o jogo.

Lisa 1 X 1 Porcaria. Eu daria um peixinho para comemorar, mas acho que não seria uma boa ideia no momento.

* * *

– Então essa história de câncer ainda vai render, é isso? – Jamie perguntou quando entrou no meu quarto um dia depois da cirurgia.

– Um saco isso – respondi, sorrindo enquanto ele tirava a jaqueta.

– Na verdade, P., mamãe e papai queriam que eu mantivesse segredo, mas acho que precisa saber que você foi um erro – ele piscou para mim enquanto eu olhava para ele do outro lado da cama.

– Beleza, cara, mas dá uma olhadinha nisto aqui para mim, tudo bem? – eu pedi, apontando para o cateter de cor esquisita que ele ainda não tinha visto.

– Claro, mana, o que é... Ai, caramba, sua sacana – ele disse com nojo, olhando para a bolsa de xixi verde. Jamie pode ser um grandão másculo e obcecado por esportes, mas é meio fresco com essas coisas. Ri o máximo que meu peito dolorido permitiu, ameaçando mostrar o corte da cirurgia se ele continuasse xingando a irmã enferma.

Gosto de ver Jamie, ainda mais naquele dia. Porque ali, de cama e toda dolorida, usando aquele avental superchique da última coleção do hospital em um local nada familiar e cheio de preocupação, com tubos saindo de quase todos os orifícios do corpo, realmente não teria ninguém melhor para ver e conseguir um pouco de normalidade para a situação do que Jamie. Ele devia ser contratado pelas pessoas nessa situação. Isso, ou então ele deveria trabalhar falando nos alto-falantes dos hospitais: "Parem de frescura, seus maricas", ele diria antes de tocar *Everybody hurts*, *The drugs don't work* ou – para aumentar o susto da galera – *Another one bites the dust*.

O telefonema no restaurante de tapas foi a última conversa séria que eu e Jamie tivemos a respeito do câncer. Desde então, todas as nossas conversas sobre a Porcaria sempre foram carregadas de bom humor. Mesmo nos piores momentos da quimioterapia, ele se divertia me chamando de hipocondríaca, de "despeitada", e insistindo com todos que o câncer tinha sido apenas mais uma das minhas táticas para chamar a atenção – e eu deixei que ele dissesse o que quisesse. Para irmãos tão próximos como Jamie e eu, não rir um com o outro teria sido tão terrível quanto o câncer em si. Não apenas uma tragédia, mas algo totalmente *esquisito*. Esse precedente foi estabelecido no momento em que fui levada à sala de recuperação depois da cirurgia. Apesar da esperada letargia pós-operação, assim que abri os olhos e vi P. e minha família reunida do lado de fora do quarto, encontrei energia para mostrar o dedo do meio a Jamie antes de dormir de novo com o barato da morfina.

Mas o que não percebi naquele momento de malcriação foi o alívio estampado no rosto dos meus familiares, ou as lágrimas que rolaram enquanto eu estava sendo tirada da maca e colocada na cama do hospital. Porque enquanto eu estava sendo operada e era mantida inconsciente, eles ficaram ocupados e tomados por preocupação. Assim, sob muitos aspectos, fiquei com a parte fácil. Afinal, foram eles que tiveram de caminhar sem rumo pela região central de Londres enquanto o Cirurgião Sorridente cortava ao redor do meu mamilo para acessar o tumor que ele passou a tarde toda retirando. Foram eles que se ocuparam com missões de compras para passar o tempo (flores, cartões, um novo pingente para a minha pulseira, um travesseiro de lavanda para me ajudar a dormir) enquanto meu seio era substituído por um implante murcho temporário. E foram eles que esperaram ansiosamente no hospital, pulando de susto a cada barulho, quando minha cirurgia com previsão de seis horas passou da marca das oito. Percebi que, às vezes, é melhor estar no meio da merda do que do lado de fora, preocupando-se com quem está dentro.

Não me lembro muito dos dias seguintes à cirurgia, em que fiquei no hospital, o que pode ser explicado pela morfina incessante ou pelo fato de que a coisa toda foi tão chata que meu cérebro imediatamente apagou tudo, mas me lembro da expressão no rosto dos meus visitantes quando espiavam pela porta do quarto. Ficou claro que as táticas de provocação de Jamie não seriam o estilo de todos, e percebi que teria de aprender a decifrar, 15 segundos após a chegada do visitante, como ele desejava jogar. Uma amiga começou a chorar assim que me viu, por isso eu a consolei da melhor maneira que consegui. Outra ficou totalmente pálida, razão pela qual ofereci a ela um de meus muitos chocolates. Outra ficou mais animada do que já era. A primeira coisa que um amigo me disse foi: "Cara, seu cabelo está bonito". E outro: "E aí, doente?". E um terceiro jogou um pacote de biscoitos de monstrinhos no meu colo quando entrou no quarto.

Por mais que tenha sido adorável receber tanto carinho, foi o primeiro gosto que tive do que seria me sentir como uma peça de museu; um show de horror completo. (Preparem-se! Preparem-se para ver a mulher de um peito só!) Mas em vez de desempenhar o papel da pessoa doente ou de ficar com vergonha do meu seio novo e esquisito, dei às pessoas o que elas queriam, levando a mão ao meu não seio sempre que ele era mencionado, mostrando os sacos que estavam colhendo o excesso de sangue dos meus ferimentos, e fazendo o máximo de piadas sobre câncer que consegui (a já mencionada "despeitada" se tornou a minha favorita). Tudo isso fez com que eu me sentisse melhor. Fez com que eles se sentissem melhor. E foi a melhor arma em meu arsenal de luta contra o câncer.

Mas durante uma visita em particular, a alegria não surgiu de modo muito natural. Foi na tarde depois da minha cirurgia, quando o Cirurgião Sorridente foi me ver pela primeira vez e era a hora de a minha mãe me fazer companhia.

Então entrou meu herói, todo sorridente e simpático, sorrindo de orelha a orelha, claramente feliz com seu trabalho:

– Você me parece muito bem – ele disse com alegria ao cumprimentar a mim e à minha mãe.

– Puxa, obrigada – eu corei quando minha mãe se moveu e ficou ao meu lado da cama, nós duas muito atentas ao que ele tinha a dizer.

– Então, a operação foi bem – ele continuou enquanto assentíamos como duas bonecas de plástico. – Mas a biópsia de nódulos mostrou que o câncer havia se espalhado para os nódulos linfáticos, por isso eu os removi imediatamente – ele explicou.

Engoli em seco, olhando de soslaio para minha mãe, que estava igualmente calada. Eu não estava chocada, necessariamente. Caramba, eu era o choque em pessoa. Acho que se ele tivesse revelado que um voluntário cego havia feito a minha cirurgia, eu teria me mantido razoavelmente controlada. Talvez fosse mais decepcionante.

– Então ele se espalhou *mesmo* – eu disse com calma, sem saber exatamente a quem.

– Sim, ele se espalhou – ele assentiu. – Mas estou muito otimista. Lembre-se de que agora ele foi totalmente removido. E a quimioterapia vai acabar com qualquer célula pequena demais para ser tirada com a cirurgia.

Parei de escutar como estava se tornando o caso durante aqueles momentos bombásticos, deixando que minha mãe fizesse as perguntas e falasse sobre o prognóstico e os relatórios da histologia (felizmente, por trabalhar em um hospital, ela conhece esse tipo de linguagem). Enquanto eles conversavam, tentei colocar em ordem as últimas notícias. "Vamos analisar os fatos", eu disse a mim mesma. "Primeiro, era só o seio. Depois, passou para o meu sistema linfático. Mas agora já foi. Sumiu. O médico me livrou dele. Então, sim, é bem mais problemático do que você pensava, mas fez grande diferença? Você sabia o que eram nódulos linfáticos antes de tudo isso? Conseguiria explicar o que são? Não. Então, a função deles não devia ser algo tão essencial assim ao seu bem-estar. Pense bem, as pessoas vivem perfeitamente bem e por muito tempo sem um rim, e você sabe para que serve um rim. Então, o que são alguns nódulos linfáticos?" Posso dizer que os analgésicos administrados me ajudaram a pensar assim, e a insistência da minha mãe de que isso não influenciava no resultado desde que os nódulos tivessem sido retirados me assustou mais pela calma que ela demonstrou do que pelas notícias em si.

Compreendo que essa seja mais uma maneira inglesa de analisar as coisas, mas quando o pior acontece, que importa mais um contratempo? É como pegar uma chuva forte na rua ao voltar para casa e pisar em uma poça d'água. Sim, é uma droga, mas às vezes as coisas pioram antes de melhorar. Conversei com minha tia sobre isso recentemente, e desde então ela me relacionou a uma brincadeira feita em programa humorístico inglês: um dedo decepado por engano é lançado a um cachorro e, diante da cara de faminto do animal, decepavam mais um.

– Ah, querida, o que é outro dedo? – ela disse.

A questão é que nessa série de minibatalhas que caracterizou meus primeiros dias no hospital, para mim, a realidade grau três do meu câncer era apenas mais um obstáculo a ser ultrapassado. Na situação em que me encontrava – na qual até mesmo me sentar e beber uma xícara de chá parecia um grande sacrifício –, qualquer senso de perspectiva estava se jogando da janela do quarto andar do hospital.

Por exemplo, o dia em que consegui vestir meu pijama foi muito importante para mim. Isso parece bem bobo agora que vejo escrito, mas na época, com a dor que eu sentia no peito e nas costas e com a falta de mobilidade que me impedia de mover o braço esquerdo normalmente, até mesmo dobrar o braço para colocar a mão dentro da manga do pijama era uma baita conquista. (Não importa que meu pijama tenha ganhado o título de pijama menos atraente do mundo. Só deixei minha mãe comprá-lo porque isso a fez se sentir melhor.) Foi uma conquista tão grande, na verdade, que se tornou a primeira de uma série de fotos de triunfos da época do câncer que minha mãe mandou por celular a meu irmão, na qual estou mostrando o dedo do meio para ele de novo. Não é exatamente a foto que vai para o álbum de família, tudo bem, mas mesmo assim... foi um momento importante. ("Aqui está Lisa no hospital, mostrando o dedo do meio a Jamie. Aqui está ela de novo, comendo a primeira refeição depois da quimioterapia, mostrando o dedo a Jamie. E aqui está Lisa com seu lenço de cabeça, mostrando o dedo a Jamie mais uma vez...")

Outro objetivo foi conquistado na primeira vez em que andei pelo corredor do hospital. Na verdade, meus primeiros passos foram totalmente hesitantes, graças à parte vazia do lado esquerdo da parte de cima do pijama e por ter tido de segurar um monte de tubos da sonda de um lado e um saco de urina do outro. Você pode estar achando que as bolsas do hospital me envergonharam mais, mas, ainda assim, quando vi Tills e seu marido Si no fim do corredor, a estranha combinação de alegria por vê-los e de vergonha por eles me verem foi mais pelo pijama de vovó que eu vestia do que pelo saco de urina que segurava.

Porém o maior obstáculo a ser ultrapassado ocorreu de uma forma ainda mais chata – e num ambiente igualmente chato: no banheiro. Quanto ao câncer, eu já estava me acostumando. Mas quanto à prisão de ventre? Merda! (Ou sem, no caso.) Nossa, aqueles folhetos que eles entregam quando o diagnóstico é dado deveriam trazer a frase:"Bem-vinda ao câncer de mama. Deixe sua vaidade do lado de fora e vamos ver o que sai".

É uma equação simples. Anestesia geral + montes de remédios = intestino mais difícil de ceder do que qualquer coisa. E assim, na minha penúltima tarde no hospital, sujeitei uma enfermeira à tarefa inevitável de colocar um supositório em meu traseiro (bem no fim do turno dela, maldade!), e posteriormente vi o padrinho de P. fazer uma careta quando escutou uma conversa do médico a respeito da textura das minhas fezes (Vaidade? Que vaidade?). Que bom que P. e eu já estávamos casados, caso contrário, tal fato poderia ter sido usado no discurso durante a festa de casamento.

Mas depois da dificuldade, claro, vem a facilidade. E, mais tarde naquela noite, ao som de 15 mil fãs de tênis em Wimbledon na televisão do hospital (e um marido-técnico me incentivado do lado de fora do banheiro), eu fui à forra. "Obrigada, Wimbledon", eu disse a mim mesma no espelho enquanto lavava as mãos. "Vocês foram maravilhosos. Não conseguiria sem vocês."

7

Salve Ferris

Julho de 2008

Ninguém nunca gostou tanto de ficar doente (especialmente da atenção que se recebe) como meu avô. Depois de sua cirurgia cardíaca, ele passou os anos seguintes sentado em uma cadeira respirando alto, com a mão apoiada de propósito no peito, apenas esperando que todos percebessem.

Depois do meu diagnóstico, comecei a brincar dizendo que poderia chamar a atenção se caminhasse por aí com a mão apoiada de propósito no peito esquerdo. E olha só! Aqui estou eu, sentada na cadeira ao lado da minha cama no hospital, digitando com a mão direita enquanto seguro o peito esquerdo com prótese. Meu braço esquerdo continua bem ferrado – a ponto de nem conseguir amarrar o cabelo para trás e de precisar de ajuda para me vestir –, por isso segurar o peito com prótese do lado esquerdo não é lá muito útil. Pode ser fisioterapia.

Pois é... O câncer se torna mais glamouroso a cada dia que passa, posso dizer. Bem quando eu estava me animando por estar me livrando de todos os meus diversos drenos antes de receber alta de minha internação de cinco dias, entra a minha muito querida (e sempre totalmente certa a respeito de tudo) enfermeira, que me ajuda a vestir o sutiã que devo usar todos os dias até que alguém me mande parar. Olha, acredite quando digo que esse sutiã não tem nada de sexy. Mas falo mais sobre ele depois.

Mas o sutiã tem, no entanto, um bolsinho muito útil para abrigar minha prótese de seio atual (fique de olho nele na próxima Fashion Week). Ele é redondo, tem enchimento de pelo de carneiro, e se parece um pouco com um nariz de palhaço. E ainda que eu esteja feliz por tê-lo por enquanto, para não parecer despeitada, vou ficar mais feliz ainda quando pudermos nos divertir enchendo meu implante salino. (Dito isso, a diversão tem limites: só tem do tamanho quarenta, comum, meu tamanho normal, por isso raramente participarei de um concurso de *air bags*.)

Por falar em inflação, tem ocorrido um efeito colateral pelo qual eu não tinha esperado. Você já deve ter visto *A fantástica fábrica de chocolate*, certo? (Aquela porcaria dos anos 1970; não a versão bacana com o Johnny Depp.) Pois bem, pense em Violet Beauregarde inchada com geleia de uva depois de mascar aquele chiclete esquisito e vai ter uma boa ideia de como meu lado esquerdo está desde que os drenos foram retirados dos cortes. A Enfermeira Sempre Certa avisou que minha pele poderia começar a parecer uma bolsa de água quente cheia e, realmente, ela não está errada. Felizmente o Cirurgião Sorridente tem os "bagulhos" certos para me drenar na próxima semana. E espero que, depois disso, esse maldito sutiã fique um pouco mais confortável; não que meu lado esquerdo recentemente esvaziado fará com que minha *lingerie* para pacientes com câncer fique mais bonita, mas você entendeu o que quero dizer.

À distância (de um campo de futebol, digamos), o sutiã se parece com um *top* para atividade física, ou com um *top* de sustentação (daqueles bem chamativos, que se vê em mulheres de sessenta anos fazendo caminhada na rua). Bem de perto, parece uma peça que poderia ter feito parte do guarda-roupa da minha avó. É *off-white*, ou seja, "branco velho" (naturalmente, não existe em outras cores), com alças largas e flores meio sem forma bordadas, daquelas que a gente encontra em colchas velhas. Esse sutiã é a prova de que o mundo da medicina simplesmente não está acostumado a lidar com o câncer em mulheres com menos de trinta anos. É totalmente antissensualidade. Coitado do P., que precisa lidar com ele. E não me parece que essa peça sairá logo de cena.

* * *

– Minha amiga, você anda bem famosa, né? – perguntou a simpática carteira da minha região, entregando-me um monte de cartas na porta de casa, algo que vinha se repetindo todos os dias desde que as pessoas ficaram sabendo da Porcaria. O aniversário sem fim sobre o qual comentei com o Cirurgião Sorridente não parecia estar perto de terminar, principalmente desde a minha volta do hospital, e eu me esforcei para lidar com a avalanche de gentileza que estava vindo em minha direção.

Não conseguia acreditar no que as pessoas estavam fazendo por mim. Elas enviavam pacotes enormes repletos de coisas que pudessem ajudar, saindo de outros países para me visitar, contratando serviços de transporte para me levar de casa para o hospital e vice-versa, telefonando para médicos da cidade para saber onde encontrar o melhor profissional para acompanhamento antes da quimioterapia... tudo *maravilhoso*. Eu meio que já estava esperando ver meu nome em um *outdoor*, nas manchetes dos jornais locais ou no placar de um jogo de beisebol.

Foi tudo extremamente adorável – e de grande ajuda –, mas lutei para entender até que ponto deveria aceitar tudo aquilo. Não que eu não estivesse me aproveitando da situação. Na verdade, logo percebi que a doença parecia a desculpa perfeita para absolutamente qualquer tipo de comportamento que eu quisesse adotar – e eu iria usá-la. Se havia alguém relutante em me dar preferência na rua, eu logo mandava um "Vá se danar, eu tenho câncer". Pode até parecer uma brincadeira de mau gosto, mas, em situações assim, precisamos aprender a encontrar oportunidades de diversão em tudo. E às vezes, por mais que fosse bacana explorar o câncer até onde fosse possível, o tratamento que eu estava recebendo das pessoas era tão maravilhoso que senti vontade de parar com tudo aquilo.

Quando eu questionava a gentileza delas, escutava como resposta que estavam fazendo aquilo porque me amavam e porque, se eu não fosse tão bacana, elas não teriam vontade de fazer o que faziam. Mas eu ficava preocupada pensando que, na verdade, elas talvez estivessem enganadas, e que todos aqueles grandes esforços fossem em vão. Porque a verdade é que eu nem sou tão legal assim o tempo todo.

Sei ser uma vaca bem mal-humorada/egoísta/reclamona/preguiçosa/teimosa/sensível/manipuladora/chata quando quero. Fiquei mal quando a princesa Diana morreu e arruinou meu aniversário de 18 anos. Raramente sirvo cerveja a meus amigos. Certa vez, usei o escritório de outra pessoa – e não foi para trabalhar. Eu me atraso para TUDO. Já devolvi na loja roupas que usei. Já consegui de graça mais cigarros do que comprei. Já matei mais aula na faculdade do que assisti. E já inventei desculpas esfarrapadas para conseguir mais prazo no trabalho. Sempre corrijo o que as pessoas dizem de errado e levo comigo uma caneta vermelha para corrigir acentos e vírgulas em cartazes/cardápios/cartões de aniversário.

Eu também minto. Já menti no meu currículo. Mas geralmente minto em situações nas quais sei que vou envergonhar alguém. Como quando eu disse a P. que a banda Outkast era de Pontypridd, e não da Geórgia, e então observei enquanto ele tentava convencer os outros da mesma coisa. Ou quando telefonei para meu irmão doida para contar que um conhecido nosso receberia um título de nobreza da rainha em reconhecimento por seu trabalho de caridade. (Parecia que quanto mais absurda a mentira, melhor o resultado.) Ou quando comecei a contar para as pessoas que havia recusado uma vaga nas Spice Girls para poder me formar na faculdade. Ou o dia em que contei a meus amigos de escola que meu pai era um famoso ex-jogador de futebol. E então houve a noite em que meu irmão deu uma festa em casa e pedi a um amigo que ligasse para ele fingindo ser um policial telefonando para avisar que os vizinhos haviam reclamado do barulho. O resultado foi incrível: os amigos de Jamie nunca deixaram que ele se esquecesse desse dia, e isso ainda faz com que eu me sinta o máximo. Com um histórico irritante desses, é bem surpreendente que alguém tenha acreditado nas notícias da menina que chorava lágrimas de câncer.

Foi estranha a semana depois da alta hospitalar. De repente, parecia que a Porcaria não era mais apenas uma notícia nova, mas um acontecimento real, presente o dia todo, sobre o qual todas as pessoas queriam saber. E seria impossível parecer mais surreal. Na minha vida pré-câncer, eu escutava a palavra "câncer" e já pensava em todas as coisas que essa palavra feia traz à mente: que deve ser arrasador;

que deve fazer a pessoa se sentir péssima; que você provavelmente já sabia estar doente antes mesmo de confirmar. Mas é claro que não é assim. E, nos primeiros estágios, não é o câncer que faz com que você se sinta tão mal, mas o tratamento. E justamente o tratamento era meu próximo passo.

Mas o problema era que eu não *me sentia* com câncer. No máximo, eu tinha a impressão de que havia passado por uma cirurgia estética e, tirando os pontos, o inchaço e tudo o mais, eu me sentia estranhamente bem. Então, apesar do fato de eu ter uma doença que podia me matar antes mesmo dos trinta anos, eu continuava gravando os episódios de um seriado que acompanhava na TV a cabo. E apesar do fato de eu estar com um tumor que ameaçava a minha vida crescendo embaixo do meu mamilo apenas alguns dias antes, me ocupei preenchendo minha agenda com almoços pré-quimioterapia, encontros em pubs e festas com amigos. Na verdade, eu estava mais popular do que nunca. O câncer de mama, aparentemente, havia me tornado interessante.

O que era estranho, pois sempre me senti bem desinteressante. Se a minha escola tivesse feito um livro dos alunos, eu teria sido a menina com mais chance de ter uma vida normal, e eu gostava e não gostava disso ao mesmo tempo. Sempre fiz tudo como era esperado, exatamente como havia planejado. Notas boas. Passando de ano com facilidade. Formada aos 21 anos. Editora de revista aos 25. Casada aos 27. Tudo exatamente como devia ser. Sem falhas, sem roubos, sem tatuagem, sem *piercings* inapropriados, sem prisões, sem gravidez indesejada, sem envolvimento com drogas, sem períodos em casas de reabilitação, sem *raves* ilegais de fim de semana, sem romances malucos com roqueiros de má influência (caramba). Então, será que a minha adolescência tranquila escondia uma rebeldia que perto dos trinta anos se transformou em um tumor? Será que aquilo era uma vingança contra o meu comportamento certinho?

Não se engane: eu aproveitei toda a diversão boba e sem planos que uma moça de 28 anos podia ter aproveitado, e passei pela minha fase de beber tequila até cair, sexo casual e vômitos da janela de táxis, mas tudo isso foi feito garantindo a integridade de todos os envolvidos. ("Diversão com regras", como diria P.)

Eu estava feliz com a minha vida como ela era. Mas às vezes desejava que ela pudesse ser um pouco mais interessante. Pois sabe de uma coisa? Agora eu *era* interessante – mas não queria nada disso. Por mais bacana que fosse receber tanta atenção, de vez em quando eu me lembrava do motivo pelo qual tudo aquilo estava acontecendo e a realidade me assustava como um cão que morde o próprio traseiro de repente. Num momento, eu estava arrumando lindas flores num vaso; no momento seguinte, estava chorando frustrada diante da pia da cozinha, assustada com o rumo do meu tratamento e com medo do que ainda podia acontecer.

Meu tratamento de câncer era, claro, o motivo pelo qual as pessoas estavam agindo daquela maneira. Elas me mimavam com gestos gentis porque era a única coisa que podiam fazer. Não podiam tirar o câncer de mim nem fazer o tratamento no meu lugar. Mas o que elas *podiam* fazer era me mostrar – de modo mais intenso do que normalmente acontece no Natal, no aniversário ou no casamento – o quanto me amavam e me garantir que, independentemente das surpresas que a Porcaria havia reservado, estariam ali para me ajudar a ficar de pé de novo; a rede de segurança embaixo do meu trapézio.

8

A cláusula "sem filhos"

Hoje, o Cirurgião Sorridente e a Enfermeira Sempre Certa estavam bem em minha consulta de acompanhamento pós-mastectomia. Eles estão numa onda de que independentemente da notícia que tenham para me dar, ela não pode ser pior do que a que me deram há três semanas. Assim, eles são sempre muito sérios e sinceros, e dispostos a falar de tênis antes de câncer.

Tivemos um momento bem legal hoje, quando meus curativos foram tirados pela primeira vez e todos pudemos admirar o trabalho do Cirurgião Sorridente. Cara, aquele médico deveria abrir um negócio, porque os pontos dele são o bicho. Tenho uma cicatriz levemente diagonal nas costas, mais ou menos do comprimento de um palito de sorvete, e uma embaixo do braço menor que um palito de dente. As duas estão bem legais e cicatrizando direitinho, e não me deixarão com vergonha de mostrá-las no futuro. (As blusas com abertura nas costas podem voltar à lista de compras. Ou poderiam voltar, se eu as usasse com frequência.)

Mas... rufem os tambores... a mãe de todas as feridas fica na frente. E que belezinha está. Nunca fui de exibir os seios, mas posso mudar de ideia agora. Na minha mente, eu havia imaginado uma cicatriz horrível, em forma de X, roxa, com hematomas por todo lado, pontos saindo em ângulos esquisitos e com casquinha de sangue ainda. (Está jantando?) Mas, na realidade, meu peito está bem como deveria, levando em conta as coisas pelas quais passou. Em resumo, meu mamilo foi implantado (termo técnico) e substituído por um pedaço de pele das minhas costas. Imagine um seio de forma levemente oval-achatada, com círculo no meio, do tamanho de uma moeda grande, e vai ter uma ideia. Nada mal, né? Não é à toa que ficamos boquiabertos com ele hoje de manhã. Bem bonito.

Mas vamos falar sobre o restante da consulta. (Considere tudo o que detalhei até agora como "falar de tênis antes de câncer".) Porque o restante da consulta no hospital hoje girou em torno de coisas importantes a respeito dos relatórios da histologia e do tempo dos tratamentos. Então, antes de mais nada, as boas notícias:

1. Apesar de o tumor ter chegado perigosamente perto da minha pele, a biópsia teve bons resultados. E sejamos honestos: eu não merecia ter um câncer de pele.
2. Estou me curando rapidamente em todos os sentidos. Ainda não estou liberada para fazer exercícios físicos, mas agora posso usar isso como desculpa para ser sedentária.
3. O tumor se foi. A ressonância da semana que vem (que está me assustando mais do que posso admitir) determinará se ele se espalhou mais, porém o danado que causou toda essa bagunça foi retirado.

E agora as notícias não muito boas:

1. Por ser um câncer de grau três, ele é um filho da puta bem agressivo (o Cirurgião Sorridente deve ter usado palavras diferentes): ele havia se espalhado para 24 de 25 nódulos

linfáticos e, ao que parece, a um ritmo assustador. (Aposto que o nódulo linfático de número 25 foi um tremendo corajoso.) E, por conta disso, precisamos andar depressa com a quimioterapia.

2. Meu câncer é mais receptivo a hormônios do que pensávamos. Assim, a administração de hormônios antes da quimioterapia como meio de garantir que tenhamos opções quando o assunto for filhos está descartada, assim como a esperança de congelarmos óvulos antes da próxima fase do tratamento. Simplesmente não podemos esperar que meus ovários lancem a coisa boa e arriscar que o câncer se espalhe ainda mais.
3. Mas isso não é tudo. O lance da receptividade a hormônios pode ser, de uma maneira ou de outra, minha culpa. Exatamente há um ano sofri o primeiro de dois abortos, por isso existe a chance de minha gravidez ter sido o que acionou o câncer. (Viram, crianças? SEXO É PERIGOSO.) Não existe uma maneira definida de saber se a gravidez é responsável pela Porcaria, mas não podemos ignorar o fato de que ela pode ter sido o fator desencadeante. De qualquer maneira, talvez o estrógeno seja minha criptonita.

* * *

Ainda me surpreendo com a maneira como P. e eu reagimos ao baque na nossa fertilidade. Foi como aceitar um castigo quando já estávamos bem prejudicados. Ouso dizer que foi quase um lance de humor negro. Não consegui deixar de me lembrar de um cara tremendamente azarado com quem trabalhei. Se havia um buraco no caminho, ele caía ali. Se havia um copo quebrado no chão, ele pisava.

Se havia um ladrão na cidade, a casa dele seria assaltada. Se havia torcedores briguentos em um jogo de futebol, ele levava um safanão de graça. Assim, como era de esperar, ele ganhou o apelido de Sortudo. E ali estávamos nós: o senhor e a senhora Sortudo. Primeiro os abortos; depois um nódulo; depois o câncer; depois um espalhamento agressivo pelos nódulos linfáticos; depois os problemas de fertilidade. Ha-ha-ha.

– Estou começando a achar que fui uma líder nazista em outra vida – eu disse a P. quando estávamos deitados na cama, olhando para o teto sem acreditar. – É sério. O que a gente pode ter feito para merecer tanto azar desse jeito? Você não matou uma pessoa e não me contou, não é?

P. se aproximou mais.

– Não que eu saiba, amor – ele disse resignado. – Mas com todos esses acontecimentos, posso acabar fazendo isso. Que belo carma, hein?

A questão era que, com o prospecto desconhecido e assustador da quimioterapia a poucos dias de ser iniciada, não havia espaço em nossas mentes para levarmos mais um soco da Porcaria, por isso, meio que a ignoramos com uma atitude do tipo "Bom, já que é assim, fazer o quê?", por mais ridículo que pareça. É bem ridículo, na minha opinião, pensar que, antes da Porcaria, *tudo* girava em torno de termos um bebê.

Mas pela maneira como vejo as coisas, se tivessem nos dito em nossas consultas sobre fertilidade pós-aborto que não seríamos capazes de ter filhos biológicos, a decepção teria sido arrasadora. Teríamos chorado e sofrido pelos filhos que já tinham até nome (Maisy Jean para menina, Cameron Thomas Arthur para menino) e imediatamente colocado nossos nomes em uma lista de espera de adoção.

Mas agora as coisas eram diferentes porque, tirando o fato de aquela notícia ser bem dúbia ("ter filhos pode ser perigoso" é bem diferente de "vocês *não podem* ter filhos"), havia problemas maiores com os quais teríamos que lidar. Sabe como é: tipo manter-se vivo e coisa e tal. Sem falar das minhas preocupações a respeito do que a quimioterapia causaria... se ela funcionaria... como faria com que eu me sentisse e o que causaria à minha aparência.

Lembro-me de um sonho recorrente que eu tinha quase todas as noites, no qual vários rapazes que eu conhecia ficavam sabendo que eu tinha câncer de mama. Eles me olhavam de maneira estranha em nossos encontros, um de cada vez, e, no fim da noite, me beijavam com vontade, como se quisessem provar que não tinham problema nenhum com a tal palavra com C. Tudo bem, não era um pesadelo propriamente – e era uma boa variação do sonho que eu sempre tinha, no qual precisava esperar muito tempo na fila do banheiro de uma boate cheia apenas para descobrir, quando chegava a minha vez, que o único banheiro disponível não tinha porta. Não sei se esse sonho estava relacionado ao meu medo de me tornar muito feia com a perda do cabelo e com o inchaço causado pelos esteroides. Porque – com ou sem filhos – *nada* era mais importante para mim do que ter P. por perto.

Uma noite naquela semana, P. voltou literalmente correndo para casa.

– Estou extravasando minha frustração na corrida – ele disse quando perguntei sobre a súbita mudança na sua maneira de voltar do trabalho. Ele disse que ao passar por uma garota sentada em um banco, ela havia feito um comentário sobre suas pernas. É claro que sim. P. é lindo. E obviamente eu não tinha sido a única a notar sua beleza (chegue perto dele e eu arranco seu olho, OK?), o que foi algo que tomou conta dos meus pensamentos mais do que normalmente teria. Na verdade, isso é dizer o mínimo. Eu estava morrendo de medo de que ele me largasse. Porque, sejamos honestos, uma mulher careca e inchada não é exatamente o que um bonitão espera ter a seu lado como esposa. Muito menos uma mulher careca e inchada sem chances de ter um filho dele.

As pessoas sensatas ao meu redor diziam que eu não deveria me preocupar com o que ainda não havia acontecido. Diziam também para eu lidar com o presente; enfrentar um dia de cada vez. Mas isso era mais ou menos como pedir a um cão que não latisse. Mesmo que eu não admitisse, a destruição da aparência e da fertilidade causada pelo câncer estava ocupando meus pensamentos mais do que deveria. Só conseguia pensar em como tudo aquilo estava sendo ruim para P. Será que o fato de não ter filhos se tornaria uma grande mágoa para ele? Será que um dia ele se arrependeria de ter me despertado às seis da manhã daquela quinta-feira com a promessa de uma maravilhosa vida juntos e uma linda caixinha da Tiffany's? E sempre haveria uma piranha sentada num banco pronta para elogiar as pernas dele, pronta também para desviar a atenção dele de sua esposa, que já foi bela.

Não sei muito bem como é ter grandes arrependimentos. Os meus são mais histórias mal resolvidas cujos finais eu deveria ter concluído melhor. Por exemplo, arrependo-me de não ter sido mais legal com um cara muito decente com quem mantive um quase relacionamento a longa distância depois de alguns encontros muito divertidos em nossa cidade, e que dispensei quando ele viajou quilômetros para me visitar em Londres (não porque não gostava dele, mas porque havia sofrido uma decepção amorosa nesse meio-tempo e estava com medo de chegar perto de outro cara de novo).

Arrependo-me de ter perdido contato com minha querida amiga Weeza, que não foi ao meu casamento porque nos distanciamos – um fato que sempre me perturbará enquanto eu viver. Arrependo-me de não ter sido mais firme em um emprego muito estressante que tive e de não ter feito mais para evitar a dor de cabeça que ele causou a mim e a meus colegas. E arrependo-me de ter gastado o dinheiro que reservava todos os meses para viagens em sapatos muito caros que usei no casamento de uma amiga. Eles torturaram meus pés e ainda os deixaram inchados – conclusão: nunca mais os usei.

Mas tudo isso não parecia nada perto dos arrependimentos que P. poderia ter mais tarde em relação à esposa escolhida. Em nosso casamento, optamos por juras diferentes das tradicionais "na alegria e na tristeza, na saúde e na doença" (por sorte). Juramos cuidar um do outro com amor e amizade; ajudar e consolar um ao outro nos momentos bons e ruins; respeitar e valorizar um ao outro e ser sempre fiéis. Mas naquele dia especialmente lindo em dezembro – apenas 18 meses antes –, nenhum de nós dois podia imaginar que os momentos ruins trariam tudo aquilo.

Graças aos dois abortos decepcionantes, P. e eu tivemos, obviamente, de considerar o fato de que talvez fôssemos só nós dois para sempre, sem filhos. Nesse caso, viajaríamos o mundo todo para assistir a partidas de críquete; passaríamos muitos fins de semana viajando; compraríamos um segundo imóvel na Espanha; iríamos sempre a Glastonbury em uma van de acampamento; e compraríamos um apartamento bem perigoso, com uma varanda toda aberta, totalmente contraindicada para crianças, mas perfeita para festas. Uma vida longe de ser ruim. Eu AMO pensar em viver essa vida com P. (Caramba, amo pensar em viver *qualquer* vida com P. Até em uma cabana no meio do nada seríamos felizes.) E mesmo durante os momentos mais sombrios da Porcaria, P. me dizia que sua ideia de futuro continuava exatamente a mesma.

Mas naquela época em que todos passaram a me tratar como uma bonequinha de porcelana, era difícil saber quando as pessoas estavam sendo sinceras ou quando estavam apenas evitando o assunto mais pesado e dizendo o que acreditavam que eu queria ouvir. Até mesmo P. Eu falava de meus receios da maneira mais leve que conseguia, e ele sempre os afastava como se fossem moscas ao redor de seu copo de cerveja.

– Não seja tão pessimista – ele dizia acariciando meus lindos cabelos compridos. – Você tem um rosto lindo... e isso não vai mudar, vai?

– Mas e as outras coisas? Não sou a esposa que você esperava, sou? – eu perguntava. – Sua vida não está como você esperou que estaria, não é?

E então ele mudava a minha maneira de pensar em um instante, de um jeito que só ele consegue.

– Você quer dizer *a nossa* vida – ele dizia entrelaçando seus dedos nos meus. – Estamos juntos nisso, está lembrada?

E eu sorria. E me calava. Porque não há como discutir diante disso.

9

Um pouco de ciência

Deixem a partida começar! Passei a tarde toda no hospital e saí de lá com tanta informação que me sinto como se estivesse fazendo um curso intensivo de outro idioma. Quando tiver uma pergunta difícil sobre câncer para responder em uma conversa de barzinho, pode telefonar para mim.

Ciente de que hoje começa a segunda fase da Porcaria, tomei a emancipadora atitude de abandonar meu sutiã de mastectomia pela primeira vez, e com muito orgulho vesti meu peito bacana com a blusa de que mais gosto e um colar com pingente que vai até os seios, uma calça jeans e meus sapatos posso-fazer-qualquer--coisa-desde-que-não-seja-andar-muito. O câncer pode levar meu cabelo, mas nunca vai levar meu estilo.

Entrei com hesitação no hospital e recebi um arquivo novinho em folha com meu nome nele, e me disseram que eu e ele precisávamos nos dirigir para um andar diferente. Por ser muito xereta, dei uma boa olhada no tal arquivo enquanto esperava o elevador: ele estava bem dividido e organizado em seções como "histologia", "relatórios de quimioterapia" e "relatórios de radioterapia". Quando as portas do elevador se abriram no meu andar, percebi duas coisas: 1) nem todos os arquivos eram tão organizados (parece que o tratamento de câncer prejudica o paciente *e* o arquivo); 2) eu era a pessoa mais nova da sala, com uma diferença de mais ou menos cem anos em relação aos outros.

Depois da ressonância de rotina, entrou a Cavalaria, também conhecida como o médico de cabelo encaracolado e sua bela subordinada. E os dois foram extremamente brilhantes: a mistura perfeita de conversa direta, sem medo e simpática, mas sem inclinar a cabeça numa demonstração de pena.

O Médico Encaracolado explicou que independentemente dos resultados da ressonância, eles não alterariam o curso da minha quimioterapia. Não importava se seriam ou não detectadas células cancerígenas em outras partes do corpo, porque o melhor a fazer era partir do pressuposto de que elas existiam, sim (uma vez que tantos nódulos linfáticos afetados tinham sido encontrados), notícia que, na verdade, veio como um grande alívio. Eu estava morrendo de medo antes (o que nem começa a definir como estava me sentindo), mas saber disso ajudou muito a diminuir minha preocupação. Alivia muito saber que, não importa o que a ressonância revele, eu terei o tratamento certo para acabar com o problema.

Após dizer isso, os olhares sérios de meus oncologistas fizeram com que tudo parecesse real demais. Eu queria interrompê-los no meio do caminho e dizer: "Ei, espere um pouco, deixe-me ver se entendi. Estou com *câncer de mama*? E vocês querem me submeter à *quimioterapia*? Isso é bem maluco, não?". Até agora, aparentemente, tudo o que já aconteceu vira fichinha quando se pensa nos meses de tratamento tóxico pela frente. Que coisa idiota!

E a ciência vai agir assim: começarei com três séries de aplicações durante três semanas de um tipo de quimioterapia, depois terei o mesmo número de aplicações de um tipo diferente. Os efeitos colaterais que o Médico Encaracolado relacionou não pareciam um cardápio de tratamentos de spa, e a Assistente Glamourosa assentiu com ele o tempo todo (na verdade, ela inclinou a cabeça em sinal de pena na parte da perda do cabelo, uma vez que os lindos cachos dela são mais bonitos até que os do médico). O Médico Encaracolado se esforçou para deixar claro que "eles iam apostar todas as fichas" e que, graças à minha idade e saúde, ele pretendia administrar a dose mais forte de quimioterapia possível. E então pediu que eu assinasse autorizações para concordar com a opinião dele.

Mas a notícia boa é que ele concordou em agendar minhas aplicações de quimioterapia de modo que o casamento de Jamie caia em minha "boa semana" (a terceira semana da quimio), para que eu possa retribuir o favor de dançar com ele e estar tão linda quanto possível sem cílios e usando uma peruca.

Mais tarde no hospital, fiz a ressonância para me distrair do tamanho das agulhas da quimioterapia, e foi muito mais divertido do que deveria. Fiquei deitada em uma cama em movimento em uma sala branca futurística enquanto uma máquina parecida com um túnel escaneava meu corpo e fazia com que eu me sentisse dentro do videoclipe de rap *Stronger* de Kanye West (mas usando um avental de hospital, e não uma cueca branca). E mesmo a injeção durante a ressonância foi engraçada graças às suas consequências incomuns: desde quando sentir como se tivesse urinado na calça é um efeito colateral aceitável? Foi uma coisa bem estanha e embaraçosa. Só para esclarecer: não cheguei *realmente* a fazer xixi na calça. Só tive essa impressão. Gostaria de poder dizer que nunca fiz xixi na calça, mas houve um vergonhoso pequeno acidente enquanto esquiava, já que minha roupa não permitiu que eu me livrasse dela antes de chegar ao banheiro.

Também consegui dar uma olhada na sala de quimioterapia. E, para ser honesta, não havia música relaxante, óleos essenciais e pessoas em aventais brancos e fofinhos. Mas também não era uma cena de *O exorcista*. Algumas pessoas ali pareciam bem debilitadas, mas outras davam a impressão de ter acabado de sair de um comercial de TV. Sempre disposta a fazer as coisas da minha maneira (ou de maneira nenhuma), decidi não ser uma paciente com câncer, mas simplesmente uma hóspede que reservou o dia para relaxar na sala de terapia. Vou colocar meus enormes óculos de sol, calça jeans confortável, camiseta descolada, meu All Star novo em folha, com a minha bolsa Marc Jacobs numa mão e meu iPhone na outra, e ignorar totalmente o motivo pelo qual estava ali. Senhoras e senhores, câncer de mama acabou de se tornar glamouroso.

* * *

– Essa aí não é você – P. disse enquanto eu calçava os tênis em pé ao lado da nossa cama de dossel e ajeitava o cabelo no lindo hotel na Ashdown Forest, onde havíamos ido passar uma noite romântica pré-quimio. Franzi o cenho.

– Como assim?

– Você. Essa aí – ele disse, largado na cama e lendo o jornal vestido com o roupão. – De tênis, desfilando por aí, toda serelepe. Não me entenda mal, querida, estou gostando, mas não tem nada a ver com você, só isso. Olha só, até as cortinas estão abertas.

– É, pois é. – Dei de ombros, mas P. estava certo. Não tinha nada a ver comigo mesmo.

Veja bem: passei muito tempo da minha vida querendo ser diferente. Na infância, detestava meu cabelo superencaracolado e de tom loiro-avermelhado (OK, ruivo). Meus dentes também nunca foram os mais bonitos. Na verdade, não estou sendo sincera, então usarei as palavras que meu pai usou no discurso do meu casamento: "dentes de coelho". Aos 12 anos, me convenci de que era a menina mais peluda do segundo ano e ameacei ligar para a delegacia de proteção à criança quando minha mãe não me deixou raspar as pernas. Aos 13, estava totalmente obcecada com a frequência assustadoramente lenta com que meus seios cresciam. (Parece que ter seios não é tão legal quanto a gente pensa.) Aos 14, só pensava na acne. Aos 15, jurei que nunca mais usaria saia por causa do meu joelho esquerdo protuberante. Aos 16, me preocupei com o tamanho do meu traseiro (não mudou nada desde então). E daí para a frente tudo gira em torno das minhas coxas enormes, dos meus braços flácidos e do meu umbigo em forma de T, passando por minhas canelas, dedos gordos e unhas grandes (um idiota engraçado me disse certa vez que elas parecem satélites).

Então como, com cicatrizes de cirurgia nas costas e debaixo da axila, um seio menor do que o outro e um círculo de pele das costas onde meu mamilo devia estar, minha autoconfiança havia aumentado a ponto de eu tirar a blusa na frente de quem precisasse? Talvez porque eu estivesse me sentindo melhor do que antes da operação. Talvez fosse a dieta antioxidante recomendada pelo Cirurgião Sorridente. Ou talvez fosse meu último momento de alegria antes de a quimioterapia trazer tristeza. Independentemente do motivo, enquanto eu penteava meu cabelo sem parar, desejei poder voltar aos meus 13, 14 ou 15 anos para chacoalhar aquela menina e dizer que ela não deveria ser tão encanada.

– Bem – eu disse a P. enquanto vestia a roupa que usaria no jantar daquela noite –, você deveria estar se aproveitando do meu *cabelo*, não do meu corpo. Em dois dias, senhor, você vai ter uma esposa de cabelos curtos.

P. se inclinou na cama, deixando de lado a seção de esportes do jornal.

– Bem, será que minha esposa de cabelo comprido pode vir aqui para eu poder me aproveitar dela antes do jantar?

Todos os sites, folhetos e fóruns que eu havia lido à exaustão desde meu diagnóstico recomendavam que a melhor coisa a fazer antes da quimioterapia era cortar o cabelo bem curto. Diziam que isso tornava a queda do cabelo menos traumática, pois assim eu não acordaria e veria tufos de cabelo soltos no travesseiro, e aparentemente faria com que eu sentisse que estava "retomando o controle" da minha vida. Mas na manhã do corte, enquanto eu chorava na frente do espelho penteando pela última vez o meu cabelo que ia até o ombro, a última coisa que eu sentia era que estava no controle de algo.

Minha superincentivadora (ainda que para a aparentemente ridícula preocupação com o cabelo) amiga Tills havia planejado o dia do corte perfeito para a químio: um almoço antioxidante, o corte de cabelo, e então um passeio para comprar alguma coisa que combinasse com meu novo estilo. No táxi para a cidade, analisei o penteado de todas as mulheres pelas quais passei – exatamente como havia feito com os seios antes da mastectomia. Quem seria capaz de manter aquele estilo? Eram as mulheres de cabelos longos ou as de cabelos curtos que chamavam mais a atenção dos homens? (Nenhuma, pelo que vi... mas aparentemente uma calça justa ajuda muito.)

Tills me viu pela janela quando cheguei à cafeteria. Um olhar de um milésimo de segundo para mim fez com que ela soubesse tudo o que precisava saber, mas em vez de tentar me acalmar, começou a mostrar penteados curtos e sensuais em revistas e a dizer que eu ficaria fabulosa.

Uma taça de champanhe foi a única coisa que me fez vencer a resistência dentro do salão no qual ela havia marcado o corte, mas quando ficou claro que o cabeleireiro sabia, intuitivamente, o que ficaria bem em mim (e percebeu que eu estava nervosa pra caramba), a experiência toda ficou mais divertida do que temida. Minha melhor experiência em um cabeleireiro, na verdade.

Para me salvar do susto, o cabeleireiro recomendou que eu usasse um corte que era curto e bonito, além de feminino, e, de verdade, fabuloso. Tão fabuloso que eu rapidamente mandei um e-mail para um monte de amigas pedindo a elas que me encontrassem em um pub na noite seguinte – uma maneira de: a) esquecer da quimioterapia da próxima semana e b) garantir que eu ficasse linda antes que as drogas da quimioterapia acabassem com a minha aparência.

Como parte das minhas táticas para fugir da tristeza, nesse meio-tempo combinei de me encontrar com P. naquela noite perto do nosso restaurante favorito. Sentada em um banco do lado de fora – que não era o nosso local de sempre – para beber algo sob o sol, eu o vi descer a rua na minha direção, totalmente sem saber que eu era a esposa dele do lado de fora do restaurante. Ele até estendeu o braço para abrir a porta da frente, e então se virou para a esquerda e viu a mulher ao lado dele.

– Oof! – ele exclamou de maneira entusiasmada. – Nossa, você está tão jovem!

– Isso é um elogio, então?

– Sim! Caramba, sim! – P. disse olhando melhor e inclinando a cabeça com a mão no queixo. – Mas, caramba, não vou parecer mais velho do que você de jeito nenhum.

– Não se preocupe, querido, não vou parecer nem um pouco careca ao seu lado.

– Oh, cale-se – parecia ser a resposta de todo mundo para as minhas piadas sobre cabelo. Assim como o grupo de amigas que encontrei no pub na noite seguinte, voltei a ficar bem animada, como havia acontecido no hospital depois da mastectomia, mostrando-me bastante sorridente, fazendo piadas, dando às pessoas o que elas queriam.

– Vocês têm que me engolir, pessoal – eu disse passando a mão pelo cabelo recém-cortado como se estivesse em um comercial de xampu. – Quando esse restinho cair, nunca mais vou sair de casa.

A nova cabeleira foi bem recebida pelos meus amigos. E com isso quero dizer que caminhei para fora do pub com um ego do tamanho do estado do Texas. E quando digo "caminhei" quero dizer tropecei – meu limite de duas taças foi mais do que suficiente para me deixar tonta. (Parece que o medo da quimioterapia + pouco álcool = idiota bêbada.) Mais pra lá do que pra cá. Fui falando para o P. até em casa como meus amigos eram brilhantes, como queria ter minha vida normal de volta o mais rápido possível para poder continuar dizendo bobagens em pubs com eles, sobre a sorte que eu tinha de estar passando por toda aquela Porcaria com uma rede de apoio tão maravilhosa (caramba, eu devia estar mesmo embriagada, porque disse "rede de apoio"), e como, apesar da Porcaria, eu ainda me considerava a pessoa mais sortuda do mundo. Toda essa declaração teria parecido mais impressionante e séria se eu não dissesse tudo isso rindo e fazendo piada.

Por falar nisso, passei por um momento tipo "show de comédia" aquela noite. Ali estávamos nós, sentados ao redor de uma mesa, conversando a respeito dos meus seios (como sempre acontece), quando uma voluntária se aproximou chacoalhando uma latinha.

– Dinheiro para câncer de mama, alguém? – a última coisa que a pobre esperava era que 12 pessoas rissem dela cuspindo cerveja, por isso ela olhou para todos nós com cara feia, como se dissesse que câncer de mama não era motivo de risada. Explicamos a razão pela qual achamos aquilo engraçado, mas obviamente ela entendeu como algo mais ofensivo ainda.

– Mas você *parece* bem – ela disse olhando para mim de modo acusatório por cima dos óculos.

– Posso estar bem agora, querida – respondi colocando uma nota dobrada de cinco libras dentro da latinha. – Mas volte para me ver daqui a dois meses, e aposto o conteúdo dessa latinha que você não vai dizer que pareço estar bem.

10

Minha forma

Como é a quimioterapia? Citando minha enfermeira eficaz: a quimioterapia é totalmente diferente de uma pessoa para outra: assim como cada parto é diferente. Quer saber o que eu acho da quimioterapia?

A primeira noite depois da primeira sessão de quimioterapia foi horrível. Fui muito tola de achar que podia colocar um pouco de glamour na situação entrando feliz no hospital, saltitando até a sala mais assustadora do mundo com minha saia de flores e tamancos, como uma consumidora perdida no mercado negro e não num shopping center repleto de lojas lindas. Porque, algumas horas depois de deixar o hospital, a realidade nada florida me abateu. Enjoo que me impossibilitava comer qualquer coisa, tremores, diarreia, vontade de arrancar as veias, fraqueza, mal-estar, palpitações e dor nos ossos, suor, pânico, incapacidade total de pensar, vendo minhas articulações inchadas e minha pele com coceiras, incapaz de dizer qualquer coisa que não fosse "PQP, PQP, PQP" sem parar. Dá para imaginar como deve ter sido difícil para P. e para meus pais verem aquilo? (Meus pobres pais, além de lidarem com o fato de a filha ter câncer, tiveram de lidar com o fato de ela dizer palavrão o tempo todo.)

Os dias seguintes, ainda que 100% melhores em comparação, ainda foram bem desafiadores. Náusea, exaustão, ossos doendo, dores de cabeça, dores de estômago e – o pior de tudo – uma mente totalmente maluca. A quimioterapia (pelo menos a primeira noite depois dela) deve ser como o vício em heroína: acaba com a sua aparência e com o seu raciocínio. Transforma você em uma pessoa diferente. Leva embora quem você é e faz com que se torne um ser choroso, deprimido, confuso, paranoico, chato e incapaz de entender as pessoas ao redor. Faz com que com certeza você fique irritado e nervoso com as pessoas mais próximas quando você só quer dizer que as ama muito e que elas são o único motivo pelo qual você consegue passar por tudo isso, pois, sem elas, não haveria motivo.

Como tantas pessoas passaram por isso? Como pode ser que tantas pessoas tenham passado por isso e chegado do outro lado? Acabei de começar meu ciclo de aplicações e já estou tentando imaginar como vou sobreviver a isso durante um ano. Provavelmente pela primeira vez desde que tudo isso começou, estou me sentindo bastante irritada e brava. Tenho 28 anos, droga. No fim de semana mais quente do ano, eu deveria ter ficado sentada na frente de um bar, bebendo cerveja, aproveitando o sol glorioso e discutindo com meu marido, meus pais ou amigos sobre para onde deveríamos viajar nas férias, quem iria fazer o quê no Ano-Novo, se haverá mais uma temporada de nossas séries favoritas na TV a cabo, entre outras coisas tolas. Mas em vez de tudo isso estou enfrentando uma sala fria e escura, poucas horas de sono decente por dia e tentando escapar dessa... não sei bem o quê... injustiça física e mental. Enfrentar a quimioterapia deve ser a coisa mais difícil na vida de um ser humano.

Não tenho muito mais o que dizer. A quimioterapia é uma desgraça.

* * *

Postei o texto acima no blog três dias depois da minha primeira sessão de quimioterapia. E nesse meio-tempo aquelas 72 horas estiveram entre as piores da minha vida. Já tinha começado bem – vestindo-me para a primeira consulta, fazendo cara de corajosa, tentando ao máximo engolir as lágrimas de tristeza que ameaçavam cair na frente do meu marido a caminho do hospital, e sorrindo para os olhares de estranheza que recebi ao entrar no andar da quimio.

Enquanto P. apertava a minha mão na sala de espera, a primeira coisa que nos ocorreu foi o tempo que passaríamos ali. Em primeiro lugar, você é pesada e medida. A seguir, é feito um exame de sangue para checar os níveis dos seus glóbulos brancos. Depois, esperamos para ver se esses níveis estão bons. Em seguida, ocorre uma espera ainda maior enquanto aguardamos que os remédios da quimioterapia sejam preparados. Teríamos tido tempo de ir para a Espanha e voltar até o tratamento começar.

Mas antes de tudo isso passamos em consulta com meu oncologista e a Assistente Glamourosa que eu havia visto na semana anterior.

– Boas notícias – ela disse quando entramos e nos sentamos no consultório. – Sua ressonância não encontrou nada.

– Oh, meu Deus – eu disse. – Tem certeza?

– Certeza absoluta – ela respondeu. (Não foi exatamente com a mesma ênfase de um "PQP, pode apostar que sim!", como eu esperava, mas estava de ótimo tamanho.)

– Isso é muito... é simplesmente... é totalmente...

– Maravilhoso – P. disse terminando a minha frase. – É maravilhoso!

– Então agora já sabemos contra o que estamos lutando – disse a Assistente Glamourosa. – Como você sabe, a ressonância não é capaz de captar as menores células de câncer, mas a quimioterapia serve para tratá-las.

Estragando um pouco a minha alegria, ela começou a ler uma lista de efeitos colaterais que eu já havia conhecido na última consulta e assenti depois de cada um ser dito, pensando de maneira otimista que, na pior das hipóteses, eu seria afetada por apenas uma parte daquela lista. Porque, afinal, não podia ser tão ruim.

Enquanto almoçávamos cuscuz e salada em um banco de praça perto do hospital, recebi o telefonema avisando que minha quimioterapia estava pronta. Então P. e eu voltamos, ainda com os dedos entrelaçados, para a sala do segundo andar, onde meu tratamento estava prestes a começar. Escolhi uma cadeira do canto e P. puxou um banquinho para se sentar ao meu lado, lançando-me aquele olhar com os lábios tensos de quem diz: "Você está sendo muito corajosa", sem usar a palavra que começava com B que eu havia proibido recentemente. Enquanto recebia minha cânula, sendo observada com desconfiança por mulheres de cinquenta e sessenta anos como se eu fosse uma atração de circo, pedi à enfermeira que me dissesse qual dos dois trios de quimioterapia seria o pior.

– Puxa, querida, é tão diferente de uma pessoa para outra – ela respondeu chamando outras duas enfermeira para pedir a opinião delas. Uma acreditava que o primeiro tipo seria o pior pelo enjoo, mas que o segundo seria mais doloroso para o meu corpo. A outra disse que nenhum deles era "brincadeira", mas que a maioria das pessoas achava o segundo tipo pior de enfrentar por causa da acelerada perda de cabelo. Então a primeira enfermeira se mexeu, saindo da frente de uma paciente que se submetia à quimioterapia e que participou da conversa.

– Pff – ela disse, olhando por cima do livro que estava lendo e dando de ombros, sugerindo que eu provavelmente não seria capaz de compreender naquele estágio inicial antes de voltar para a página onde tinha parado. As enfermeiras olharam para mim esperando que aquela expressão da paciente tivesse respondido à minha pergunta.

– É isso aí – eu disse. – Melhor começarmos logo, então.

Mas antes de receber a medicação em si, primeiro passei uma hora com a cabeça dentro de uma geladeira. Ou, pelo menos, era o que parecia. Eu já havia lido histórias de sucesso a respeito das toucas frias – que servem para esfriar o couro cabeludo, restringindo o acesso da medicação da quimioterapia aos folículos capilares – e havia implorado em uma consulta anterior para usá-la. Eu teria feito qualquer coisa – *qualquer coisa* – para aumentar as chances de manter meus lindos cachos e, olhando para o reflexo da touca fria na tela de meu iPhone, percebi o que aquele *qualquer coisa* envolvia. Eu parecia uma astronauta.

– Tomara que isso dê resultado – eu disse a P. por baixo do peso desconfortável daquele capacete rosa e chique, e ele fez o que pôde para esconder a risada por trás do jornal.

Persistir com a touca fria significava ficar mais tempo no hospital, já que para que houvesse chance de ela funcionar, era preciso usá-la por uma hora antes, durante e uma hora depois da quimioterapia. O que, no total, eram cerca de cinco horas com cara de idiota. Não que os remédios ajudassem em alguma coisa. O esteroide vinha primeiro e, apesar de parecer o menos prejudicial, na mesma hora fez com que eu tivesse a sensação de que alguém havia colocado pó de mico dentro dos meus sapatos. Por que essas drogas insistem em agredir as partes mais delicadas do corpo? Ali estava eu, corando por baixo da toca e coçando meus membros. Bem longe de ser a moça glamourosa da quimioterapia.

– Diga que acabou – pedi para a enfermeira antes de ela aparecer com uma bolsa com um líquido de assustar.

Ela balançou a cabeça.

– Desculpe, querida, mas está na hora da coisa boa.

A primeira parte da coisa boa era vermelha – vermelho-claro, na verdade, como um suco de morango.

– Não se assuste – a enfermeira disse ao colocar aquele líquido no acesso às minhas veias –, sua urina vai ficar dessa cor mais tarde.

Fiz uma careta.

– Puxa, quero só ver – respondi.

– E esse remédio vermelho é o mais responsável pela queda de cabelo – ela continuou, mexendo na bolsa.

– Ou não – eu disse com esperança, erguendo as sobrancelhas para a touca fria. – Tomara que eu não esteja usando essa coisa ridícula a toa.

Depois que a primeira bolsa entrou em meu corpo, foi a vez da segunda – dessa vez um líquido claro, bem parecido com soro. O líquido vermelho dava a impressão de que seria dolorido, mas não foi. O líquido claro, no entanto, teve um efeito mais forte. Senti uma queimação na garganta e fiquei um pouco zonza. A terceira bolsa de remédios – igualmente clara – também não foi muito boa, pois fez com que eu tivesse a sensação de estar meio embaixo d'água e meio com o nariz congestionado. P. e eu tentamos esquecer o óbvio começando uma disputa para ver quem bebia mais água (na esperança de espalhar o líquido vermelho em meu organismo) e assistindo aos episódios de *Gavin & Stacey* em meu iPod, mas o tempo passava devagar. Respondi a todas as mensagens que estava recebendo, escrevi um texto para o blog e trabalhei um pouco sentada na cadeira. P. leu um monte de revistas de fofocas e seguia mandando notícias a meus pais, enquanto eles saíam de Derby e vinham para Londres, para estarem ali a tempo de meu retorno do hospital.

Batatas cortadas com queijo e bacon esperavam por nós quando chegamos em casa, o método carinhoso e reconfortante de uma mãe curar.

– Como se sente, senhora? – meu pai perguntou, e eu não sabia como responder.

– Sei lá. Esquisita. Como se alguma coisa estivesse prestes a acontecer – e eu não estava enganada. Porque, depois de publicar o texto do blog que eu havia escrito no hospital e de comer metade de uma fatia de batata, fui para a cama me sentindo zonza, inquieta, trêmula e totalmente aterrorizada. Não sabia o que estava acontecendo com meu corpo, nem meu corpo sabia o que estava acontecendo com ele. Antes mesmo de as coisas ficarem terríveis, como escrevi no texto do blog no início deste capítulo (que *ainda* me faz lembrar do cheiro do hospital e me deixa enjoada), havia uma sensação forte em meu corpo de que o que havia sido colocado ali dentro tinha de sair – o mais rápido possível. Por isso havia uma abertura em formato de Lisa conectando a parede do meu quarto à do banheiro.

– De quem é isso? – perguntei, apontando para a bacia prateada no chão do meu quarto antes de voltar para a cama.

– Comprei – minha mãe disse – para o caso de você precisar. Para não ter que sair correndo para o banheiro.

E então, bem naquele momento – antes mesmo de a minha cabeça encostar no travesseiro –, eu me levantei segurando a bacia para devolver o cuscuz que tinha comido no almoço. Nem preciso dizer que desde então não como cuscuz, certo?

Quando você se sente enjoado por conta de uma ressaca, em geral sente um alívio depois de vomitar. Mas quando se sente enjoado depois da quimioterapia – mais ou menos como numa intoxicação alimentar –, simplesmente não para de vomitar. Assim que minha mãe esvaziava a bacia, eu precisava usá-la de novo e, graças a um espelho cuidadosamente colocado na frente da minha cama, vi que fui ficando mais verde a cada vômito. Em um momento eu tremia; no outro, suava. Meu coração batia com tanta força que entrei em pânico, e então o pânico me fez enfraquecer, e o enfraquecimento me fez delirar. Não conseguia me concentrar, sentia minhas articulações inchando, e me convenci de que meu nariz estava ficando grande demais para o meu rosto. Parecia que eu tinha sido envenenada. E acho que tinha sido mesmo.

Eu sabia como estava mal. Mas ainda que tivesse dúvidas, só precisava olhar para os rostos de minha mãe, meu pai e de P. – eles estavam aterrorizados. Os três se revezaram para sentar ao meu lado; meu pai se aconchegando perto de mim para segurar minha mão, que tremia, minha mãe trazendo cubos de gelo para eu chupar quando não conseguia engolir água, e P. secando minha testa com um pano úmido. "Quer deixar a televisão ligada?", eles perguntavam. "Quer deixar a janela aberta?", "Quer que a gente fique aqui ou quer ficar sozinha?". Mas na verdade eu não sabia o que queria. Não queria nada. Queria dormir, hibernar durante o pior da quimioterapia e acordar quando o sofrimento tivesse passado.

O que ficou óbvio mesmo depois da Quimio 1 foi que, durante um longo período, eu não teria ideia clara do tempo. Eu dormia esporadicamente e em horários incomuns. Comia apenas esporadicamente, e só quando o aroma da comida de todo mundo já havia desaparecido. Nem mesmo uma sessão do meu programa favorito na TV a cabo me fazia assistir à televisão no horário de antes. Era algo horrível e que me deixava ainda mais triste, porque o pior começava na noite de sexta e durava o fim de semana todo. Eu não tinha nem o privilégio de dizer "Bem, todo mundo está trabalhando".

Na segunda-feira, no entanto, as coisas lentamente começavam a melhorar. Com passos de bebê e me apoiando no braço da minha mãe, eu caminhava até a esquina mais próxima de casa e – mais importante – por fim conseguia tomar uma xícara de chá. Eu ainda estava superexausta, ainda me sentia enjoada depois de menos de um minuto de papo, e tudo ainda continuava com gosto de papelão, mas eu me sentia melhor e, mesmo assim, não me sentia animada. Saiba que isso não quer dizer que os efeitos de meu primeiro ciclo de quimioterapia haviam dado resultado. Ainda havia algumas surpresas a enfrentar.

– Você está bem, amor? – P. perguntou do outro lado da porta do banheiro, que estava trancada. – Você está aí há muito tempo.

– Câncer desgraçado – eu dizia do vaso sanitário. – Essa doença do inferno se torna mais glamourosa a cada dia, não é?

Eles contam sobre a queda de cabelo. E sobre o enjoo, a dor e os efeitos deprimentes no paladar. Mas ninguém me avisou do problema que o câncer causaria ao meu traseiro. Primeiro a prisão de ventre, depois o "alívio" doloroso, em seguida a diarreia... e de volta ao começo do ciclo. Ali no vaso sanitário, com a barriga contra os joelhos, eu finalmente entendi por que, logo depois do meu diagnóstico, toda pessoa com experiência em câncer recomendava que eu mantivesse um estoque de creme antiassaduras. Belo conselho – é o maior presente que você pode dar a um paciente de câncer. (Isso e sapatos Loubotin.)

– P., me ajuda! – eu gritei do vaso sanitário e escutei o barulho de passos apressados pelo corredor.

– Estou aqui, linda. O que foi? Posso entrar?

– Não! Não entre de jeito nenhum! – respondi categórica. (Nesse momento, eu ainda estava me enganando, dizendo que P. nunca veria minha careca, por isso eu teria feito qualquer coisa para meu marido não me ver daquele jeito.) – Traga alguma coisa da cozinha, pode ser?

O silêncio de P. foi muito constrangedor.

– O azeite de oliva, tudo bem? Traga o azeite de oliva.

– Belezaaaa – ele disse partindo em direção ao armário.

– Não olhe pra mim, tá? – murmurei com o rosto enfiado na camisola enquanto P. mantinha a porta do quarto aberta para mim depois que a melhor lubrificação do mundo havia feito um milagre. – Isso é totalmente humilhante.

– Certo, linda – P. disse, sensível como sempre, ainda que eu me sentisse bem diferente de linda. – Vou deixá-la um pouco sozinha.

Sentada em um travesseiro de pescoço para viagens porque não conseguia pressionar meu prejudicado *derrière*, concluí que não tinha como as coisas ficarem muito piores. Mas ao olhar para o espelho que ficava na frente da cama para ver meu reflexo, concluí que elas tinham piorado.

– Oh, por favor – eu disse, olhando para o meu rosto repleto de acne. Igualmente tão assustador quanto as 19 espinhas que contei, foi a rapidez com que tinham aparecido. – Ótimo – eu disse espremendo uma na ponta do nariz. – Que ótimo. Porque vomitar e não conseguir fazer cocô não basta. Agora estou ficando cada dia mais feia.

– Descubram, cientistas – escrevi em meu blog. – Que diabos está havendo com vocês? Conseguem mandar turistas para o espaço, conseguem clonar carneiros... Caraca, conseguem manter os seios da Victoria Beckham *daquele jeito.* (Obrigada, Isaac Newton, sua contribuição acaba por aqui.) Então me contem, caras-pálidas, de quem foi a ideia de pular o módulo tornando a quimioterapia tolerável e simplesmente ficar brincando de fazer nascer orelhas de seres humanos nas costas de ratos? Ou se trata de algum experimento esquisito para criar uma mulher terrível que queira sair com seus nerds? Porque, olha, parece que está funcionando. Podem pegar seus aventais. Vocês não servem.

11

Força na peruca

Agosto de 2008

Das experiências trazidas pelo câncer, tenho certeza de que nenhuma vai ser tão memorável quanto a de experimentar uma peruca pela primeira vez. Acho engraçado o fato de eu não parar de dizer que vou "experimentar" uma peruca, como se fosse comprar um vestido, quando, na verdade, as duas sensações são muito diferentes. Em uma, sua mãe chora enquanto você passa uma hora experimentando uma peça que vai usar por 12 horas. Em outra, você chora de tanto rir enquanto passa 15 minutos experimentando uma peruca que pode ter de usar por 12 meses. A única semelhança é ficar de frente para um espelho, mas, em uma experiência, seu reflexo está lindo; na outra, você se sente diante de Rod Stewart.

Na Inglaterra, pelo Serviço de Saúde Nacional (SSN), pacientes de câncer têm direito a uma peruca de material sintético pagando uma taxa de adesão de sessenta libras (as perucas feitas com cabelo humano compradas por conta própria podem custar até mil libras). Nunca foi minha intenção trilhar o caminho do material sintético, mas pensei que, já que tinha esse direito, tentaria para ver no que ia dar. Além disso, existe uma parte tolamente otimista dentro de mim que acredita que, uma vez que eu ainda não perdi o cabelo, pode ser que não o perca e que nunca precise de uma peruca. Provavelmente a mesma parte que pensava que os médicos podiam estar enganados a respeito do câncer de mama. Mas, se preciso for, estou disposta a investir dinheiro no problema (os Loubotin podem esperar) e comprar para mim uma peruca feita com cabelo de verdade em uma loja especializada. Por enquanto prefiro não pensar nisso.

Por se tratar do SSN, não havia nenhum senso de estilo no processo. P. e eu fomos levados a uma salinha nos fundos do hospital, do tamanho de um armário de cozinha, por um homenzinho com cara de poucos amigos e com pés extremamente pequenos. A saleta tinha estantes altas exibindo cabeças de manequim com perucas horrorosas que o Homem das Perucas tinha de subir em uma cadeira para alcançar. (A propósito, o Homem das Perucas é completamente careca. Será que ele experimenta as perucas quando não tem ninguém vendo?) As estantes mais baixas abrigavam um rádio com aparência de antigo escondido entre caixas com perucas que outros pacientes haviam encomendado. Dei uma olhadinha e percebi que a maioria delas era grisalha. Mais um lembrete das chances raras de alguém ter a Porcaria na minha idade.

O Homem das Perucas me entregou um catálogo e pediu que eu apontasse as peças de que mais gostasse. Fiquei tentada a mostrar a ele uma peruca preta, de cachos, bem chamativa, mas tive a impressão de que aquele não era um homem de brincadeiras. (O que, claro, fez com que P. e eu tivéssemos mais dificuldade de controlar a risada.) Apontei para duas perucas de cabelos curtos e uma mais comprida, para lhe dar uma ideia do que eu procurava, e ele pegou algumas da prateleira de cima, sentou-me diante do espelho e penteou meus cabelos para trás, para que eles não saíssem por baixo das perucas que eu experimentasse.

De maneira estranha, o Homem das Perucas se referia a cada peça como se fosse uma pessoa de verdade ("Ela é quadrada demais para você, experimente esta. O estilo dela favorece mais o formato do seu rosto"), mas acho que é normal ser um pouquinho maluco quando se passa a vida dentro de uma salinha de hospital com um rádio sintonizado em uma estação ruim, tendo apenas cabeças de manequim por companhia. Bem, depois de rapidamente perceber que as perucas mais compridas me deixavam muito parecida com o vocalista da banda de rock The Darkness, experimentei uma de fios curtos, divididos ao meio e com franjinha, parecida com a maneira com que mantenho meu corte, porém mais cheia. E fiquei surpresa ao ver que ela parecia natural. Mas – sejamos francos – mesmo assim eu ainda estava olhando para mim com uma peruca.

Depois de escolher o estilo, você começa a olhar mechas até encontrar o tom que mais lembra o seu cabelo de verdade, e depois volta para buscar a encomenda. Se você gosta dela, paga as sessenta libras e leva a peça a um cabeleireiro, que possivelmente será capaz de cortar os fios para que ganhem um ar um pouco mais moderno. Espero que, assim que eu encontrar uma peruca de que goste (e, sejamos honestos, não vou encontrá-la no SSN), possa levá-la a um cabeleireiro bacana para que ela ganhe um estilo legal, evitando ter de ir a um salão de perucas que tenha um nome tipo Cabeça Feita ou Corte Legal.

* * *

Começou com os pelos pubianos.

E, como sempre acontece com tudo relacionado ao câncer, aconteceu em um dia nada glorioso. Finalmente capaz de andar sozinha depois do primeiro ciclo de quimioterapia, eu estava aproveitando a sensação de me sentir um pouco melhor depois de ter me sentido um lixo. (Só para deixar bem claro: sentir-se melhor durante um tratamento de câncer é diferente de se sentir normalmente bem. Você não sente vontade de ir ao bar à noite, não está tão bonita e se sente bem cansada depois de... bem... quase tudo. Mas nada disso estraga a boa sensação de se sentir um pouco melhor.)

Então saí animada de casa, subindo a rua para tomar um café, usando meu capuz chamativo do Mickey Mouse. Até mesmo caminhar pela minha rua era melhor do que nunca. Ali estava eu, caminhando para a cafeteria, como uma pessoa normal, depois de passar pelo primeiro ciclo de quimioterapia e sabendo exatamente o que me aguardava. Eu devia estar com cara de maluca pensando nisso.

O londrino comum não está acostumado com uma idiota de peitos de tamanhos diferentes rindo feito boba e saltitando, como demonstrou uma mulher que me olhou de cima a baixo ao passar por mim. "O que você não percebe, querida", pensei comigo mesma, "é que a boba por quem você acabou de passar é, na verdade, uma mulher muito bacana." E então me animei por ser tão corajosa e poderosa. Parecia que o câncer estava me transformando em uma guerreira amazona.

A coisa chata sobre o câncer (não a única, mas é chata mesmo assim) é que ele espera você se recuperar para passar outra rasteira, bem quando você pensa que está no controle. Assim, naquele mesmo dia, mais tarde, me vi na cama com o traseiro com problemas e dores causadas pela prisão de ventre (questão resolvida quebrando o recorde de maior comedora de ameixas do mundo), e tentando descobrir quanto tempo demoraria até que eu me sentisse sensual de novo. Então fui ao banheiro e, ao olhar para baixo, descobri que um monte de pelos pubianos havia saído com o papel higiênico.

– Merda – eu disse diante da descoberta. – Começou.

Eu havia lido que os pelos pubianos eram os primeiros a cair e, para dizer a verdade, a queda deles não foi um efeito colateral indesejado. Foi apenas o susto do que representava: os próximos seriam os da cabeça. Arrastei-me de volta para a cama e contei a novidade a P.

– Por que essas coisas têm de acontecer? – perguntei, e logo comecei a chorar. Para a minha surpresa, ele chorou junto.

Podiam ser meus pelos indo embora, mas o câncer não causava impactos apenas em mim. Porque mais uma vez me lembrei de que aquilo não estava acontecendo apenas a mim; acontecia a *nós*. P. podia não estar recebendo os remédios, sentindo os efeitos colaterais nem vendo seus pelos caindo aos montes, mas estava claro que ele sentia cada segundo daquilo. Ainda mais por ter a frustração de ser obrigado a apenas assistir, incapaz de fazer qualquer coisa a respeito. Ter de ver a pessoa a quem você ama passando por tudo isso deve ser algo horrível, uma posição difícil de ocupar. Mas ser casada com um homem que não apenas compreendia a Porcaria, mas também sentia todas as dores comigo e, melhor ainda, não me tratava de maneira diferente por isso, era muito especial.

É uma situação bastante incomum ver-se entre o câncer e o nada. É como estar deitada em um campo tentando ver uma estrela cadente: durante muito tempo tudo fica extremamente entediante, até que você vê a luz e pronto, de repente, você volta a esperar sabe Deus por mais quanto tempo. E essa é outra coisa ruim a respeito do câncer (espere ler muitas vezes essa frase): fica muito chato. Pensando pelo lado positivo, pelo menos meu tumor teve o bom-senso de aparecer a tempo para Wimbledon, um verão de críquete, as Olimpíadas e o começo da temporada de futebol.

Em um dia de semana muito entediante, enquanto P. e meu pai assistiam à partida de golfe na televisão, fiquei ali comendo doce de limão e olhando pela janela da cozinha com medo de que, com tão pouco acontecendo, eu nunca mais teria nada de interessante sobre o que escrever no meu blog. Então me vi desejando que algo acontecesse – e esse é um erro fatal. Porque, quando fui ao quarto tirar a blusa de capuz, junto com ela saiu uma mecha de cabelo.

Apesar do meu otimismo, torcendo para que meu cabelo não caísse, no fundo eu sabia que aquele dia chegaria. Mas isso não quer dizer que não foi um choque. Chorei de maneira histérica. P. e meu pai correram para ver o que havia acontecido. Tive sorte de ter meus dois homens preferidos ao meu lado para me acolher (papai) e pegar o cabelo das minhas mãos e mandá-los esgoto abaixo (P.). As lágrimas continuaram por muito tempo, mas quando me recuperei do choque, percebi que não estava chorando tanto pela perda do cabelo, mas pelo fato de ter sido cretina a ponto de achar que havia uma chance – por menor que fosse – de me safar daquilo, de aquilo não acontecer comigo. Detesto estar errada, mas aquela negação realmente foi a pior de todas as vezes em que estive errada.

E pronto. A queda de cabelo havia começado. E ainda que não tivesse sido uma mecha enorme – nem mesmo perceptível –, foi suficiente para saber que ali era o início da parte que eu mais temia. Afastando minha cabeça de todo mundo, fui extremamente cuidadosa pelo restante da semana, desesperada para manter o máximo de cabelo possível antes da sessão de quimioterapia seguinte. Nunca mais esfregaria os cabelos com a toalha ou pentearia os fios no chuveiro. Antes, eu os lavava quase todos os dias, mas passei a esperar mais tempo para lavá-los. Na minha mente, era melhor ter fios oleosos do que nada.

Mas seria impossível não lavar mais os cabelos, por isso, três dias antes da minha segunda quimioterapia, tentei. Enchi a banheira, acendi algumas velas, coloquei uma música tranquila para tocar e comecei. Segui todas as regras do câncer para o cuidado com o cabelo (massageei com cuidado, usei xampu de pH balanceado, água morna). Até me permiti pensar, por um segundo, que não cairiam mais. Mas na hora de secar (temperatura baixa, velocidade baixa, pente de dentes largos, blá-blá-blá), foi quando a coisa descabelou. Literalmente.

Mesmo secando o cabelo sem passar o necessário pente (se eu deixasse meu cabelo secar sozinho, eu acabava ficando com a cara do Gene Wilder, o que é pior do que ser careca), os fios voavam para longe da minha cabeça. Penteando, eles saíam mais rapidamente ainda. Por mais tolo que pareça, fui passando o pente e secando o mínimo que podia, pensando que, enquanto tivesse cabelo, queria que ele ficasse bonito. Mas ainda assim ele foi rareando cada vez mais, cobrindo minhas costas, meus ombros, o chão, a colcha da cama, e entrando na parte esquerda e frouxa do meu sutiã. Por todos os lados.

Imaginando a reação de P. ao nosso novo carpete do quarto, comecei a juntar tudo e, apesar de ter visto a queda, não conseguia acreditar na quantidade que reuni. Na verdade, fiquei tão surpresa que fiz uma bola de cabelos e a coloquei perto da janela para mostrar a P. mais tarde. Dois dias antes, eu conseguia pentear o cabelo. Agora, não podia nem tomar um vento.

Para minha surpresa, não chorei. Fiquei em pé diante do espelho, olhando para meu reflexo por cerca de vinte minutos, experimentando faixas de cabelo para disfarçar minhas madeixas mais finas. Mais tarde, porém, enquanto conversava com meu pai e me dirigia para uma tarde de trabalho, ele fez um comentário simples a respeito de usar o viva-voz e da minha capacidade de escutar os outros carros na rua – então me descontrolei.

Sabe aquele tipo de preocupação que você guarda por um tempo até que, no calor do momento, ela sai da sua boca de uma vez, numa velocidade animal? Geralmente começa com as palavras "E tem mais"... (ou "Sim, mas"; "Não, mas"...). Bem, foi exatamente isso. Eu deveria ter dito a meu pai que ele e mamãe tinham sido incríveis desde o primeiro dia, que ninguém teria feito mais por mim do que eles, e que eu não conseguia imaginar como devia ser horrível para os dois ver a filha passar por aquilo, mas que talvez eles pudessem se lembrar de que apesar da Porcaria ter me afligido de muitas maneiras, não havia roubado minha habilidade de dirigir, minha capacidade de tomar boas decisões ou minha habilidade de cuidar de mim mesma da maneira que os médicos haviam aconselhado.

Mas é claro que não foi o que eu disse. Respondi algo assim: "Pelo amor de Deus, pai, só porque tenho câncer não quer dizer que sou incapaz de dirigir, sabe? E você precisa perceber que eu [snif] não sou mais uma menininha [buá], que estou fazendo tudo certo e que [snif] os sintomas não são minha culpa. A acne não é causada porque eu bebo; as brotoejas não são causadas por uma alimentação ruim – elas estão ocorrendo por causa DAS MALDITAS TOXINAS da quimioterapia, e está na hora de vocês começarem a confiar que eu sei cuidar de mim!".

Meu pai me disse que eu tinha razão, que ele sentia muito, que confiava em mim e que o instinto de proteção às vezes fazia com que ele e minha mãe dissessem as coisas erradas. E, claro, isso fez com que eu me sentisse ainda pior. Aquelas coisas precisavam ser ditas (talvez não da maneira como saíram), mas dizê-las não fez com que eu me sentisse melhor. Porque meu pai era a última pessoa que merecia receber minhas críticas. Meus pais não são apenas pais. São meus melhores amigos. E por mais que às vezes eu queira pedir a eles que façam as coisas de um jeito diferente, eu devia ter calado a boca de uma vez e demonstrado gratidão pelas milhões de coisas que haviam feito de modo tão brilhante.

Nenhum de nós conhecia a maneira certa de lidar com a Porcaria. O câncer não vem com um manual. Todos os sintomas e todas as emoções são muito diferentes para cada pessoa azarada que é obrigada a conviver com a doença. E então, quem conhece a melhor maneira de fazer isso? Quanto a mim, eu conseguia lidar com a cirurgia, a quimioterapia e a doença, além da queda de cabelo. Mas conversas difíceis com minha família? Ali era meu limite. Digamos que foi o fio de cabelo que fez desabar a estrutura da paciente de câncer.

12

Voltando para a terapia

Sempre me esqueço de como essa doença é perigosa. É algo que tenho feito o tempo todo, logo depois de escutar as palavras "sinais que apontam para o câncer de mama". Minha primeira reação não foi "nossa, posso morrer", mas "droga, meu cabelo". Mesmo na quimioterapia da semana passada, quando muitos médicos me disseram que eu deveria manter o braço parado para evitar que os remédios saíssem da veia e entrassem na pele, causando enormes problemas, ainda assim não parava de gesticular e de sempre vasculhar dentro da bolsa à procura de meu iPhone, revistas, fotos e brilho labial.

Acredito que ignorar convenientemente a parte assustadora é uma tática muito boa. Assim, você não sente medo pensando muito adiante, e isso forçou a lidar com a parte mais difícil de dar um passo de cada vez. Aquela frase de incentivo, "mantenha a calma e siga em frente", é boa. (Mas tente me lembrar disso depois da Quimio 2 amanhã, quando eu estiver vomitando e em pânico, e vou arrancar sua orelha.)

Por estar em Derby na casa dos meus pais nos últimos dias (P. foi viajar a trabalho, em uma "excursão de formação de equipe" – três palavras que me assustam tanto quanto "câncer de mama"), encontrei muitas pessoas que não via desde meu diagnóstico. E apesar de isso ter sido bem legal, a reação delas a mim me lembrou de que algumas pessoas têm mais medo da Porcaria do que eu. Não que tenham exagerado nos comentários, choros e caras de pena – bem o oposto, felizmente. Há muitas coisas que quero (downloads gratuitos no iTunes e uma hora trancada em uma sala com Dave Grohl, para começar), mas a pena realmente não é uma delas. Porém, em vez de inclinar a cabeça em sinal de comiseração, todo mundo ofereceu sorrisos enormes, que mostram como estavam felizes por me ver.

É ótimo ser a receptora desse tipo de reação (você se sente como uma celebridade). Ganhei abraços e beijos, me pegaram no colo e me apertaram, senti carinhos nos braços e tapinhas nas costas. Quando vi meu tio de 86 anos, os olhos dele (e os meus) se encheram de lágrimas de alegria quando ele me deu um abraço bem gostoso e disse: "Estava me esforçando para imaginar como ia encontrá-la, mas é você, ainda é você!". E posso dizer que ele tem mais com o que se preocupar no momento do que com a minha aparência. A esposa dele, também minha tia maravilhosa, está no meio de um tratamento de câncer, e continua linda e matriarcal como sempre. Enquanto ela me servia uma bebida, exibia sua nova peruca e me ensinava a comprar o melhor mel do mercado, meu tio se aproximou de mim e disse: "Sabe de uma coisa? Acho que ela está mais linda do que nunca". Espero que P. diga o mesmo quando o segundo ciclo de quimioterapia levar o resto das minhas lindas madeixas amanhã.

* * *

– São para presente? – perguntou a menina atrás do balcão da loja de acessórios enquanto eu entregava a ela lenços e faixas de cabeça, num total de cem libras, nos quais eu nunca teria prestado atenção em outra circunstância.

– Não. São para mim, mesmo – respondi, optando por não contar a ela a história do câncer e deixando que ela pensasse que eu era maluca por acessórios de cabelo.

– Gastei uma fortuna com isto – eu disse a P. enquanto voltávamos para o hospital, onde minhas drogas de quimioterapia estariam esperando por mim.

Tinha sido uma compra emergencial de faixas. Mas, naquela manhã, mais uma mecha de cabelo havia ido embora pelo esgoto, resultando em uma falha perceptível no meio da minha cabeça – e me ressenti pelo gasto. Na semana seguinte, eu teria de pagar o equivalente a duas semanas de financiamento imobiliário em perucas. Tudo bem, havia passado 28 anos gastando meu dinheiro em coisas que não duravam nada, mas tinha sido *minha* escolha. Ter de gastar dinheiro com itens relacionados ao câncer era injusto. (Tenho idêntico problema com testes de gravidez, exatamente pelo mesmo motivo. Centenas de libras gastas em testes de farmácia, fitas de ovulação e termômetros digitais e ainda assim sem bebê? Eu devia ter feito como a Madonna, evitando o transtorno e comprado um filho no eBay.)

Estava num estado de humor sarcástico já por grande parte do dia, o que não melhorou com o fato de eu ter me sentado ao lado da Virgem Maria enquanto a cânula era inserida. Havia tanto tempo para esperar e para observar outras pessoas fazendo quimioterapia que, por ter estado ali duas vezes, eu já tinha conseguido observar todos. Juntamente com a Virgem Maria havia a Peruca Gigante, a Chamativa (calça rosa e joias brilhantes), a Vareta Francesa (parisiense supermagra), a Turbante (lindos lenços de cabeça), e a Doida

Falante, a quem eu adorava, ainda que ela não parasse de falar nem para respirar. (Acredito que meu apelido era Quarto para Dois, já que sempre levava meu marido comigo.)

Tudo era muito discreto na sala de quimio; todos esperavam em silêncio a sua vez e sorriam com polidez, sem conversa séria nem dramática. Isso até a Virgem Maria aparecer, claro. Naquele dia, ela estava repreendendo a enfermeira por não ter batizado os filhos.

– Se eles morrerem, acabarão no purgatório! – ela exclamou em um tom que não era muito adequado em uma sala na qual os dias de alguns pacientes obviamente estavam contados.

Percebendo a incapacidade da enfermeira de encontrar uma resposta adequada, me intrometi.

– Puxa, está aí um assunto legal para discutirmos na sala de quimioterapia – eu disse enquanto minha enfermeira irlandesa mexia em minha cânula. Então, num *timing* perfeito, ela disse em voz alta:

– Não consigo enfiar esta merda!

Até mesmo a Doida Falante não soube o que dizer e piscou para mim enquanto observávamos a Virgem Maria se transformar em Espírito Santo, pálida como um fantasma.

Rindo com as enfermeiras enquanto usava a touca fria (eu ainda a usava na esperança de reter o cabelo restante), as horas passaram um pouco mais depressa, e a atenção extra que recebi delas – uma cadeira ao lado da janela, mais copos de chá, balas de menta – sugeriu que eu havia ganhado alguns pontos de popularidade também. Mas a diversão precisava terminar mais cedo ou mais tarde, e meia hora depois de voltar para casa – cedo demais até para me deliciar com a comidinha da minha mãe – eu estava, como diria meu pai, "cantando dentro do orelhão branco".

Mais tarde, enquanto eu vomitava no recipiente de plástico prateado que agora me deixava enjoada só de olhar, percebi que não havia aprendido nada com o episódio do cuscuz – dessa vez, eu havia devorado uma baguete de queijo no almoço e os resultados não foram muito melhores. Na verdade, o cheiro do meu vômito foi tão horrível (isso sem falar do gosto), que pedi que minha mãe levasse embora o recipiente, ainda que não tivesse terminado de vomitar. Dá para imaginar o pijama branco e limpinho que ela havia lavado e passado com tanto amor.

É preciso tomar cuidado com o que se come antes da quimioterapia. Se eu tivesse continuado daquele jeito, comendo em dias ruins as coisas de que gostava, não teria sobrado nada na minha lista de alimentos preferidos. Mas até mesmo aquilo estava mudando diariamente, dando espaço apenas para as coisas que eu conseguia manter no estômago no momento em que até chá e biscoito pareciam tão gostosos quanto um *kebab*.

Logo comecei a ter outros favoritos – meu kit de sobrevivência de quimioterapia, por exemplo. Marmite, um tipo de pasta salgada para passar no pão ou em torradas, era um dos meus preferidos (e para quem detesta Marmite, aconselho a não dizer isso se não tiver passado por um câncer). Cubos de gelo também. O alívio trazido por um cubo de gelo pingando água em sua língua quando você passou a noite vomitando e sua boca está seca é imbatível. E gengibre. Ah, querido gengibre. Biscoitos de gengibre, chá de gengibre, doces de gengibre, gengibre cristalizado... já até tomei banho de vapor com gengibre.

Mas saber como sobreviver não tornou a Quimio 2 mais fácil do que a 1. Porém lidei melhor com a questão física da segunda vez. Durante o primeiro ciclo, não achava possível me sentir tão mal e sair viva. Mas é claro que saímos. E, com isso, senti menos pânico da segunda vez. (No entanto xinguei igual. Algumas coisas nunca mudam. Porém, não senti menos confusão nem bem menos depressão, porque a Quimio 2 não trouxe apenas os efeitos colaterais de volta. Dessa vez também levou meu cabelo.)

De repente, mesmo com o cabelo caindo a torto e a direito, a bola de cabelo na janela do meu banheiro parecia patética quando comparada ao que eu ainda tinha na cabeça. E ele não estava caindo de maneira proporcional. Parecia que caía mais do topo, deixando-me com uma careca na parte de cima da cabeça e mechas mais compridas nas laterais. Assim, eu não apenas era uma paciente de câncer. Eu *parecia* uma paciente de câncer. E, agora, sair para comprar peruca não era mais diversão... era uma *necessidade*.

Por mais que tentasse transformar tudo em piada, havia uma verdade horrível por baixo de meu humor. Porque se quisesse continuar sendo sincera a respeito do câncer – com minha família e com os leitores do blog –, eu teria de confessar como estava ficando difícil. "Este blog não é uma apresentação, nem um romance", eu escrevi, "é a minha *vida*. Minha vida real. Assim, este blog é, sem dúvida, um tanto frustrante, com momentos bons e momentos ruins. Mas tem de ser assim, porque minha vida é assim."

Detestava ter de admitir o fundo do poço em que estava mergulhada, mas era importante que fizesse isso. E, assim, recontei em meu blog o dia em que acordei às cinco da manhã aos prantos.

– O que foi, meu anjo? Um sonho ruim? – P. perguntou, rolando para me consolar.

– Não. Eu acordei – respondi –, mas não queria. – Estava irritada com o mundo por me deixar acordar e por me fazer passar por mais dias ruins com câncer. Por mais que me irrite admitir, às cinco da manhã daquele dia eu preferia ter batido as botas.

Sinto vergonha por ter acordado me sentindo daquele jeito. Porque não é como eu penso. Não é como faço as coisas. Não sou eu. Beijando minha careca, P. segurou meu rosto cheio de lágrimas nas mãos.

– Nunca mais quero ouvir você dizendo isso de novo – ele disse. – Porque se você não existir, eu também não existo.

– Sinto muito, querido. Mas...

– Mas nada – P. interrompeu chorando também. – Ninguém disse que isso seria fácil. Mas você vai conseguir. Você *tem* que conseguir. *Preciso* que você consiga.

Nós dois sabíamos que algum dia ficaríamos daquele jeito. Que em alguns dias eu simplesmente não teria a energia necessária para sentir que podia continuar. E por mais que isso tenha sido difícil na época para mim e para todos ao meu redor, às vezes simplesmente teria de ser daquela maneira. É claro que "difícil" não basta para descrever. Não era difícil. Era praticamente impossível. Porque quando o choque do diagnóstico passa e a atenção inicial que você recebe diminui, o que sobra? Uma baita bagunça horrorosa, terrível, obscura e mórbida pela qual você precisa passar e ninguém pode lutar, só você.

Mas eu ia conseguir. É claro que conseguiria, que inferno! E apesar dos meus momentos de tristeza, eu não desistiria. Que opções eu tinha? Aquela coisa horrível havia aparecido mudando o rumo da minha adorável vida – das *nossas* adoráveis vidas. Não pedimos, não planejamos, não merecíamos. ODIÁVAMOS aquilo. Mas eu amava a minha vida mais do que detestava aquele câncer. E eu conseguiria recuperá-la.

13

Meu traseiro ficou grande?

Enquanto digito, estou olhando da minha cama para um roedor estranho, peludo, engraçado e loiro, também conhecido como "minha peruca nova". Ela está cuidadosamente colocada sobre um baquinho e, apesar da luz fraca, parece brilhosa, saudável e completa. É tudo o que não sou.

Meu aniversário é na semana que vem, e a única coisa que eu queria era ainda ter um cabelo lindo. (Também queria o Dave Grohl embrulhado para presente, mas parece que a gente nem sempre pode ter tudo o que quer.) Então, o segundo item mais maravilhoso na minha lista de desejos era ter uma peruca que não fosse do SSN. Pronto! Hoje consegui exatamente o que queria. E estou odiando.

Não há nada de errado com a peruca que comprei hoje. É uma boa peruca. A melhor no quesito, sem dúvida. Mas é que a experiência de comprá-la foi tão... ah, não sei. Não me leve a mal, foi bem melhor do que a experiência na saleta do SSN. O Homem da Peruca foi substituído pela Moça da Peruca, que tinha muito mais conhecimento do que ficaria bem em mim e de como eu deveria usá-la. E, dessa vez, não tive apenas o apoio moral de P., mas também da minha maravilhosa amiga Tills. Quando P. e eu chegamos, Tills já tinha conseguido as medidas com a Moça das Perucas e os modelos que ela tinha a oferecer, e já havia até separado os modelos que mais tinham a ver comigo. Tudo estava bem, transcorrendo como deveria. Mas dessa vez foi de verdade, e não apenas suposições diante de um espelho com um rádio sintonizado numa estação ruim. (Na realidade, parece que é algo normal: todas as lojas de peruca sintonizam estações ruins de música.)

Tentando ser a melhor cliente e totalmente à vontade, fiz cara de coragem e até brinquei, dizendo algumas frases comuns a quem perde o cabelo: "Pense em todo o dinheiro que vou economizar no salão!" e "Caramba, P., vou conseguir ficar pronta bem rápido!". Que engraçado! Pois não era. Nem um pouco engraçado. Porque percebi que aquilo era um absurdo. Ali estava eu, aos 28 anos, experimentando perucas. Não por diversão, mas porque eu estava com câncer de mama. Nada engraçado, não é? E foi nesse momento que perdi o senso de humor, fiquei bastante irritada e comecei a chorar.

Rapidamente pedi a Tills que me contasse algo que estivesse acontecendo no mundo. Ela se lembrou de uma história da filhinha de nossos amigos, que fez um escândalo quando a mãe lhe deu uma bolacha para comer, e ninguém entendeu o motivo. Depois de muitas perguntas, descobriram que ela não havia gostado de ganhar uma bolacha quebrada na ponta, e por isso ela logo ganhou outra. Mas isso causou um problema ainda maior, porque, na verdade, a menininha (uma gênia) queria a primeira bolacha do pacote, porém sem a ponta quebrada. Queria a versão perfeita da sua bolacha. Assim como eu queria a versão perfeita de meu cabelo original. Eu estava tendo o mesmo chilique.

Em meu acesso de raiva, chorei e procurei duas de minhas pessoas preferidas para que me dissessem que eu estava bem, quando na verdade estávamos diante de uma paciente de câncer com peruca.

– Trouxe vocês dois aqui não para que me digam o que acham que quero ouvir. Parem de me dizer que estou bem. Eu estou com uma peruca.

Quando eu gritava com as pessoas que amo, era porque só queria alguém em quem pudesse descontar a raiva que sentia. Mas como tenho a sorte de sempre estar cercada por pessoas adoráveis, nunca tinha ninguém em quem descontar. Assim, minha amiga mais incrível, incentivadora e maravilhosa levava um esporro sem merecer, mesmo depois de ter disponibilizado sua manhã para ir comprar aquela coisa comigo. Não quero extravasar minha raiva porque tenho câncer de mama, porque me sinto mal ou porque perdi meu cabelo. Queria me rebelar porque aquela situação estava tirando o tempo que eu tinha para beber com a Tills, sair para comer tapas, entre outras coisas.

Sei que voltaremos a ter outras oportunidades de sair para beber e nos divertir. Mas sinto falta dos meus amigos, droga. Estou cansada de ser a paciente de câncer no sofá, falando sozinha – caso não tenha ninguém para me ouvir – e se lamentando pela realidade de tudo aquilo. Quero que meus amigos me vejam bebendo cerveja, falando bobagens e com a cabeça cheia de lindos cabelos. Quero que eles digam "Caramba, Lisa, não acredito que é uma peruca! É igualzinho ao seu cabelo de antes!", e quero que seja sincero. Mas é mais uma das coisas que não posso ter. Porque se alguém disser isso, estará mentindo.

* * *

– Sei, sei, você estava esperando a peruca – eu disse cumprimentando a minha chefe, Kath, na porta da minha casa.

– Então, cadê? – ela perguntou, olhando com desconfiança para o boné de beisebol do Los Angeles Dodgers que me deixava com uma cara esquisita.

– No banheiro. E vai ficar lá. Detesto aquilo.

– Deixe que eu julgue isso – ela disse, colocando um saco de guloseimas em cima da cadeira mais próxima e caminhando pelo corredor.

– É essa? Que legal!

– Sim! Experimenta pra você ver.

– E a faixa de cabelo? – Kath perguntou, analisando um pouco mais de perto e vendo que o tapete de fios vinha com uma faixa ao estilo *Alice no país das maravilhas*.

– Ah, isso? Só estou testando, vendo o que posso fazer para que se pareça com cabelo de verdade.

– Mas *parece* cabelo de verdade.

– Até você colocar na cabeça – concluí.

Depois de todo o apoio que ela havia me dado, o mínimo que eu podia fazer era permitir que Kath me visse usando a peruca. Eu me senti mal com isso. Deveria ter mostrado a ela a minha cabeça careca para compensar. As pessoas querem a parte boa, não é? E isso era o mais estranho em minha relutância com o tapete de fios. As pessoas sabiam que eu havia sido submetida a uma mastectomia. Eu não me importava de mostrar as cicatrizes. Elas sabiam que eu estava fazendo quimioterapia. Eu não tinha problemas em mostrar-lhes a minha careca, mas não permitia que me vissem de peruca. E assim eu havia gastado duzentas libras pelo privilégio de deixar a peruca no banheiro. Isso estava ficando ridículo.

Não havia nada de errado com a peruca. Por curtos períodos de tempo, não era tão esquisito usá-la. E preciso admitir que ficava melhor na minha cabeça do que no banheiro. Mas ainda assim não parecia meu cabelo de antes – nunca pareceria. Gostando ou não, precisava me acostumar com aquilo, portanto, estabeleci uma nova regra: se não pudesse ter o meu cabelo, teria o de outras pessoas. Aquela era a Peruca 1 de um novo exército de perucas. Eu queria um armário de perucas, assim como tinha um de sapatos. Queria uma peruca para casamentos, outra para trabalhar, outra para ir às compras, e outra para ir ao pub. Aparentemente, eu não era mulher de uma peruca só.

Não sei por que esperava amar a peruca de imediato. Na verdade, sempre desconfiei de tudo – e de todos – que me impressiona instantaneamente. Acredito muito no lento poder da persuasão. Mesmo quando conheci P., num primeiro momento o odiei. Via sua timidez inicial como arrogância (acredito ter dito a uma amiga que ele estava praticando para ser um "bobão") e fazia o que podia para evitar ficar perto dele no escritório. O que quer dizer que as primeiras impressões geralmente erram. E, para dizer a verdade, o mesmo parecia estar acontecendo em relação à peruca.

Minha intenção de colecionar perucas parecia estar dando certo: deixei de odiar ver a Peruca 1 e, dias depois, comecei a gostar dela – e de sua nova irmã, a Peruca 2. As perucas, a propósito, tinham nomes. Não nomes que eu havia dado a elas, entenda. (Um ex-chefe me contou a respeito de um sistema de nomes excelente que ele e a esposa haviam criado para garantir que a peruca estivesse bem assentada na cabeça dela quando eles estavam em um restaurante, por exemplo. "Você tem visto Sharon recentemente?", ela perguntava. "Ela está bem?" E ele respondia: "Ah, sim, ela está muito bem" ou "Bem, acho que ela podia dar uma melhorada". Gênios! A verdade é que todas as perucas já têm nomes – nomes para distingui-las umas das outras num catálogo e, caramba, como elas eram lindas. O nome da Peruca 1 era Codi. A Peruca 2 se chamava Erika.

Comprei a Peruca 2 (ou melhor, Erika) em uma loja e a Codi em outra. Dessa vez, não foi nem a Moça da Peruca nem o Homem da Peruca, mas o Cara da Peruca – o melhor de todos os peruqueiros até agora. Ele era nota dez: a mistura perfeita de cara engraçado, super por dentro do assunto e ligado no motivo pelo qual eu estava ali. Até se ofereceu para raspar o restinho de cabelo que eu tinha para fazer a peruca servir melhor. Recusei delicadamente, querendo fazer isso sozinha quando estivesse pronta. (Na manhã seguinte, tantos fios caíram no banho que P. e eu pegamos a tesoura e, sem cerimônia, fizemos um corte tipo soldado do Exército.)

O Cara da Peruca só chamava as perucas do catálogo pelo nome. "Samantha é linda; veja como ela cai ao redor do rosto. Vamos experimentá-la. E também a Miranda." (Infelizmente, não havia Carrie nem Charlotte.) E apesar de achar que eu andaria por aí com uma peruca comprida, ainda assim achei difícil provar uma que não me fizesse parecer um jogador de futebol argentino. Assim, a Peruca 2 foi outra de cabelos curtos. Porém, um pouco mais comprida e com uma franja mais discreta. E dessa vez ela tinha um tom "loiro-melhor", em comparação com o café com leite da Peruca 1.

Meu apetite insaciável por caramelo fez com que eu experimentasse a Peruca 3. Antes de ir a mais uma loja de perucas, comecei a olhar lojas on-line, e fiquei tão animada que passei a comentar sobre os nomes com meus amigos. Porque, naquele lugar, as perucas não tinham apenas nomes de mulher, mas títulos ostentosos, como Emoção, Ecstasy e Escândalo. Havia até uma chamada Ousada. Mas a minha favorita era Très Bien. *Très bien!* Aquela sim poderia trabalhar em um restaurante de perucas. "*C'est bon?*"

"*Très bien*, Rodney, *très bien*."

Mas, nesse meio-tempo, estava na hora de deixar a indústria de perucas de lado e fazer a parte mais difícil: sair de casa com uma delas na cabeça. Eu havia passado anos mexendo no meu cabelo, exigindo altos padrões dele. (Quero deixar bem claro que estou falando de uma época pós-escola. A propósito, 1990-1995 foram anos de "pesadelo cabeludo". Com aquele cabelo e aparelho nos dentes, era incrível eu ter namorados. Eu secava, alisava, usava spray, laquê, mechas... tudo em busca do penteado perfeito. Aquele tipo de cabelo brilhante, certinho, bem penteado, sempre perfeito, que simplesmente não existe. Ou será que existe? Porque, pelo menos comigo, o penteado perfeito não era algo alcançável – mas eu sempre tentava.)

Em agosto, houve o fim de semana supere-se e mostre a peruca às pessoas. E acredito ser justo dizer que a estreia foi boa. A primeira foi a Peruca 2 (uma escolha que ainda não compreendo, uma vez que a 1 sempre foi a minha favorita). A festa de despedida de Leanne era naquele fim de semana, e, sabendo que não poderia participar da grande noite, apareci por uma hora no piquenique pré-coquetel. Sabendo bem que moças de vinte e poucos anos podem ser complicadas de agradar, eu me portava de maneira muito cuidadosa. O ruim foi que, quando caminhei na direção do grupo que usava tiaras, com meus óculos de sol em cima da cabeça (porque assim parece que o cabelo é natural, não?), logo os óculos ficaram presos na peruca e eu precisei tirá-los no meio de um parque bem movimentado. Nem preciso dizer que decidi não usar tiara.

É isso a que me refiro com contratempos: esqueça a peruca e fica perfeito; comece com frescura e já era. O problema é que as perucas coçam. Por cerca de vinte minutos elas são surpreendentemente confortáveis. Depois disso elas se tornam bem irritantes. E quando tenho coceira, coço, o que quer dizer que minha franja ganhou de repente a capacidade de cobrir minhas sobrancelhas em questão de segundos e que a divisão do cabelo no topo da minha cabeça conseguia, magicamente, mover-se cinco centímetros para a direita sem a ajuda de um pente. Eu devia ter deixado a etiqueta para fora. Não faria diferença.

Todo mundo fez elogios, até mesmo quem não é dado a isso: meu amigo John. Apesar de ser um dos homens mais sensíveis que se pode conhecer, John não é muito de fazer elogios, mesmo que você precise muito. (Certa vez, me lembro de ter ido encontrá-lo na cidade. Eu estava tentando impressionar, apesar de uma baita ressaca, e pensei que estivesse fazendo um bom trabalho até eu tropeçar e ele dizer: "Cara, você está péssima".) Alguns dias depois de me ver, ele me ligou e disse: "Eu preciso dizer uma coisa. Outro dia, quando estava perto de você, lógico que percebi que você estava de peruca. Tanto porque você me disse, quanto porque li no seu blog. Mas enquanto conversava com você, não estava pensando 'Puxa, Lisa está de peruca', mas 'Estou tomando uma cerveja com Lisa'. Depois de ver pela primeira vez, a peruca não chamava mais a minha atenção".

Gostei do que John disse. Acho que ele não ia dizer "Caramba, Lisa, que porcaria". Mas independentemente de ele estar puxando o meu saco ou não, não importava. Porque, por enquanto, com a careca sendo a única alternativa, usar uma peruca era o melhor quebra-galho que eu teria.

14

Meus lindos 29 anos

Setembro de 2008

Tem algo de errado com meus dutos lacrimais. Tenho lido e relido os panfletos de quimioterapia e as listas de efeitos colaterais, mas parece que essa é uma das coisas que não posso dizer ser culpa dos remédios. O problema sou eu – estou virando um bebê chorão. Durante a última semana, me senti mais feliz do que nunca desde o começo da Porcaria, e talvez até mais feliz do que antes. Ontem à noite quase me senti culpada por estar tão feliz – o câncer não pode ser tão bom assim, não é? Então, por que me emociono a cada coisinha?

Na sexta-feira, chorei em dois táxis diferentes (taxistas londrinos, já sabem). A primeira vez foi a caminho do escritório, para onde ainda não tinha voltado desde meu diagnóstico. E, cara, eu tinha quase me esquecido de que moro em Londres. Grande parte do que estou vendo da cidade no momento é a vista da janela do carro, e me vi na Westminster Bridge, com as Casas do Parlamento de um lado e o London Eye do outro. Era como se eu estivesse vendo tudo pela primeira vez. E eu ria tanto que cheguei a chorar. A capital nunca me pareceu tão linda.

Então chorei novamente no caminho de volta para casa, dessa vez por uma mistura de sentimentos, alguns deles maravilhosos;

outros, nem tanto. Mas, primeiro, os maravilhosos. Estar de volta ao escritório foi emocionante. Tudo parecia diferentemente interessante: o elevador, minha cadeira giratória, o chá em uma caneca lascada, o elogio que a recepcionista fez à minha blusa, meu porta-canetas (gosto muito do meu porta-canetas), mexer nos arquivos, poder falar sobre algo que não fosse câncer... foi estranho, mas fantástico. Porém, o melhor era estar perto das pessoas de novo. Não que eu tivesse ficado presa em uma jaula por dois meses. Mas foi bom estar perto das pessoas em um ambiente normal, corriqueiro. Eu não tinha percebido como sentira falta de tudo aquilo.

E tem a coisa menos legal. Para cada três pessoas no escritório que sorriam, piscavam e me diziam oi, parecia haver mais uma que me ignorava totalmente. Uma delas chegou a olhar para o outro lado quando a olhei nos olhos e disse oi. Sei que é difícil para algumas pessoas saber o que dizer agora que sabem tudo isso a meu respeito. E definitivamente não espero que aquelas que eu não conheço repentinamente passem a ser simpáticas comigo porque se sintam obrigadas. Mas ser ignorada por alguém com quem você conversava todos os dias é bem ruim e faz com que você se sinta uma "coisa".

Então, depois de entrar no táxi para voltar para casa, algo parecido aconteceu: cheguei junto com a minha vizinha de cima, que em geral é muito falante e que, ao me ver, afastou-se rapidamente, usando uma gripe como desculpa (o que não a impediu de sair para correr mais tarde).

Felizmente, as pessoas que importam continuam me tratando como sempre: na verdade, ainda melhor, a julgar pelo carinho que recebi em meu aniversário esta semana. O que fez com que eu chorasse mais ainda, diversas vezes. Ler cartões, abrir presentes (sem falar da outra peruca que ganhei, mas devo ter chorado por outro motivo), durante uma apresentação no teatro, quando minha família e meus amigos foram embora do apartamento depois de uma festa linda... Tudo, eu chorei por tudo. E reclamei por não poder beber, mas isso não tornou meu 29º aniversário menos fantástico do que qualquer outro. Na verdade, posso dizer que foi melhor do que meus últimos aniversários juntos.

Então, por que chorei? Depois de pensar nisso durante grande parte do dia (a ponto de ficar com dor de cabeça), encontrei três motivos:

1. Fiquei muito emocionada. Desde que a Porcaria chegou, minha vida se tornou mais lenta. Então talvez todas as emoções dos últimos dias tenham sido demais para mim.
2. Cansaço. Estou como um bebê no momento: se eu puder comer e dormir direito, sou um anjinho. Se eu ficar com fome ou com sono, viro um monstrinho.
3. Medo. Todas essas coisas maravilhosas e pessoas maravilhosas. Minha vida parece um sonho. E ainda que eu não tenha coragem de trocar tudo isso por nada no mundo (a não ser pelo óbvio), de vez em quando isso me faz lembrar de como estou absoluta e totalmente *aterrorizada* com a possibilidade de o câncer ter vindo para estragar tudo isso. Como ele ousa?

* * *

Apenas quando você tem câncer e é seu aniversário, o marido da sua amiga pode lhe dar uma calcinha. Foi engraçada a maneira como o marido de Tills, Si, entregou meus presentes de aniversário. E não eram simples calcinhas, não. Eram as melhores calcinhas do mundo: uma tanguinha com o nome "Sra. Dave Grohl" na frente. (P. adorou, como você pode imaginar.)

O tratamento especial que havia diminuído depois do meu diagnóstico voltou repentinamente e com força total bem no meu aniversário, e uma manhã recebendo telefonemas, abrindo presentes e recebendo flores me deixou exausta. Tills sugeriu que uma maneira de me vingar do câncer seria explorar a bondade das pessoas e começar a publicar textos no blog sobre como sapatos Miu Miu e bolsas Chloé conseguiriam ajudar na minha recuperação. Ela estava certa, claro, mas não a respeito da parte da exploração: estudos recentes mostraram que ganhar itens de marca é a maneira mais rápida de afastar as células cancerígenas, e não há como discutir isso.

É temeroso admitir, mas eu estava me acostumando com toda aquela atenção. Não que as pessoas do meu convívio não sejam gentis comigo (acho que já falamos sobre como sou sortuda no que diz respeito a família e amigos), mas eu temia que isso me transformasse em uma baita garota mimada, como aquelas adolescentes birrentas que vemos no programa *My super sweet 16*, da MTV.

Na semana do meu aniversário, eu havia passado uma tarde gloriosamente feliz rindo no sofá e assistindo àquele show com minha brilhante amiga Busby. Isso nos inspirou. Durante o programa, combinamos sobre como seria meu aniversário do ano seguinte, bem, *super sweet*. No que dizia respeito à festa, as celebrações dos meus 29 anos teriam de ser calmas (teatro, restaurante, chá e bolo), mas o que há de tão especial em fazer 29 anos, mesmo? Trinta anos é o especial. E na esperança de que aos 3.0 eu tivesse muito mais motivos para comemorar do que apenas uma nova década, Busby e eu fomos fiéis ao nosso eu virginiano planejando a festança BEM antes. Com um pouco de ajuda das princesinhas da MTV.

– Mas há regras a serem cumpridas se você quiser celebrar um aniversário *super sweet* – Busby disse.

– Explique melhor – pedi, mergulhando um biscoito de gengibre na sexta xícara de chá do dia.

– Pra começar, você vai ter que estar *daquele jeito* – ela disse, apontando para uma adolescente enorme, com pneus saindo pelas aberturas de um horrível vestido cor-de-rosa, reclamando por achar que seus pais não lhe comprariam o carro certo.

– Parece que meus pais terão de vender a casa em que vivem para poderem comprar um novo Audi para mim também.

– Mas só se vier com um enorme laço cor-de-rosa – Busby disse. – Parece que você vai precisar brigar com sua mãe.

– E depois disso ela vai cancelar meu cartão de crédito e eu vou chamá-la de vaca bem no meio da loja cheia de gente – concluí.

– Oh, e seu pai...

– Você quer dizer *papai* – eu a corrigi.

– Sim! *Papai*. Bem, ele vai ser o responsável por contratar um artista. E, claro, qualquer pessoa que não seja o rapper seria totalmente nada a ver – Busby continuou, agora imitando o sotaque norte-americano. – E você vai ter que convidar seu paquera da escola e dar a ele acesso total à área VIP. Mas ele vai beijar outra menina e você vai pedir aos seguranças que a expulsem.

– E ele vai voltar se arrastando quando vir meu Audi supermaneiro – eu disse.

Eu sentia falta de falar essas bobagens que aparecem nos sábados com seus amigos ou nas tardes de sexta-feira com os colegas de trabalho. Não que a Porcaria tivesse me impedido de fazer isso com Busby, mas teria sido muito mais legal se eu não estivesse usando pijama e uma peruca. O câncer que chamara a atenção naqueles últimos meses havia sido suficiente para me fazer esquecer como tudo aquilo era bom.

Não que seja difícil para mim esquecer coisas. Sou conhecida entre meus amigos e familiares por dois aspectos: estar sempre atrasada e ter uma memória terrível. Eu me esqueço de nomes e datas (um problema que tento controlar com uma agenda ridiculamente organizada e a propensão a escrever listas), tarefas importantes, conversas inteiras, noites fora, lembranças de infância... O que puder pensar, eu esqueço. Mal consigo me lembrar do que aprendi na escola ou na faculdade. (Só me lembro de usar ponto e vírgula depois de uma frase completa. E de nunca começar uma frase com "e". Opa!)

De uma maneira esquisita, a mesma amnésia se aplicava à quimioterapia. Apesar de ter passado por ela duas vezes, eu ainda não conseguia me lembrar exatamente de como seria. Então a temia ainda mais pensando na Quimio 3, que se aproximava como uma nuvem apocalíptica.

15

Os velhos olhos vermelhos voltaram

Na quimioterapia, na sexta-feira, uma das enfermeiras comentou que eu estava "muito linda". Queria que ela me visse agora. Estou um lixo. Os primeiros dias de pós-quimioterapia foram muito parecidos com o esperado. Meus pais acertaram na mosca quando relacionaram as drogas da quimioterapia a ver alguém sendo torturado – estou convencida de que é para isso que elas servem. Pergunte o que quiser no meio daquelas horas e eu direi *qualquer coisa* para parar.

Bem, já passei pela pior parte de novo. Não que isso faça com que eu me sinta mais feliz. Já fiz três sessões de quimioterapia, o que quer dizer que ainda tenho três para fazer. E enquanto todo mundo diz como é maravilhoso eu estar na metade, eu não consigo acreditar que AINDA estou na metade. E quando digo que passei pelo pior, quero dizer que me sinto um pouco melhor do que me sentia alguns dias antes. Não me sinto tão enjoada. Parei de ter alucinações (dessa vez, com a sensação ruim de que meus pés e mãos estavam crescendo, eu tinha certeza de que havia um nódulo crescendo embaixo da minha narina esquerda), e agora estou caminhando mais ereta sempre que preciso ir a algum lugar (não que não precise mais de ajuda para ir ao banheiro; espero conseguir isso amanhã – isso e poder fazer o número dois com privacidade, agora que terminei de tomar as pílulas que causam prisão de ventre).

Mas, cara, eles têm razão quando dizem que os sintomas de cansaço se acumulam. Eu me sinto uma idosa. P. preparou para mim um banho delicioso ontem, com espuma e velas acesas ao redor da banheira. Porém o tempo todo eu só queria não ter de me apoiar em meu marido ao sair do banho, como uma velha. É bom que moramos em um apartamento de um andar só, caso contrário, teríamos de instalar um elevador de carga.

A melhor coisa depois dos primeiros dias é não ter de encher a cara de remédios a cada poucas horas. Os estereoides cumprem seu papel (se "cumprir seu papel" não for apenas fazer com que eu me sinta menos mal, mas ganhar peso numa velocidade que impressionaria qualquer um), mas tiram o sono em um momento em que você precisa muito dormir. Para mim, isso quer dizer ficar deitada pensando em coisas que normalmente não me passariam pela cabeça. Como fazer uma tatuagem, por exemplo.

Alguns dias atrás, recebi uma carta para procurar o departamento de radioterapia para saber mais sobre o tratamento que farei em dezembro, quando a quimioterapia terminar. E com essa carta recebi uma folha de informações contando para que serve a radioterapia. Tudo me pareceu bem comum – visitas diárias por seis semanas, aproximadamente, deitar-se em uma cama operada por computador, pele queimada, sensação de cansaço, blá-blá-blá –, mas havia algo sobre o qual eu não havia pensado: as tatuagens. Eu nem sabia que dava para fazer tatuagem no SSN.

Parece que eles fazem três pequenas tatuagens (pontos azul-escuros) para garantir que a radioterapia seja direcionada exatamente na mesma área todas as vezes, e para garantir que não sejam incididos raios no mesmo ponto no futuro, se a Porcaria voltar. Beleza, não vou me tornar a Amy Winehouse do câncer de mama, mas mesmo assim estou irritada. Porque você concorda que se eu quisesse uma tatuagem, deveria poder fazê-la a meu gosto, não por uma necessidade ditada por um câncer idiota?

Então, apesar do fato de antes eu não estar pensando em fazer uma tatuagem, agora começo a pensar que posso fazer uma para comemorar minha sobrevivência ao tratamento. Provavelmente este não é o momento certo de tomar esse tipo de decisão, mas não sei, talvez depois de passar pela Porcaria eu possa ficar doidona e tatuar uma menina sem sutiã no meu braço, ou ligar os pontos azuis e cobri-los. Porque se a Porcaria tiver a manha de aparecer de novo no futuro, os caras da radiografia podem muito bem encontrar um jeito de lidar com minha nova arte corporal. E, para deixar registrado, se um dia ela voltar, vou querer tatuar "ah, PQP" na testa. Uma vez com a Porcaria é mais do que suficiente, obrigada.

* * *

Além dos lindos presentes que P. me deu de aniversário, ele também me entregou um pacotinho. – É uma coisa simples, mas quero que se torne seu mantra – ele disse.

Abri o embrulho e vi um ímã de geladeira com uma frase de Winston Churchill: "Nunca, nunca, nunca desista".

– Promete? – P. perguntou.

– Prometo, querido – respondi. – É claro que prometo.

Foi uma promessa que meu pai não me deixou esquecer na manhã seguinte à minha terceira quimioterapia.

– Preciso que você faça algo para mim – ele disse sentado ao meu lado na cama, enquanto eu tremia e me sentia acabada com o tratamento que supostamente era para me fazer sentir melhor. – Preciso que você siga o conselho do ímã de geladeira que P. lhe deu. Sei como é difícil para você fazer isso agora...

– Não sabe, não – retruquei.

– Você tem razão, cara de bunda. Não sei. (Mesmo nos piores momentos da quimioterapia, meu pai e eu nos referíamos um ao outro com termos incomuns e pouco simpáticos.) – Mas você já chegou até aqui, Lis, e sentimos muito orgulho de você. Por favor. *Por favor*, prometa que vai continuar.

– Está bem, palhaço – murmurei com relutância.

Estar no meio do tratamento de quimioterapia me trouxe problemas: por um lado, os parabéns que recebi de todos pela minha evolução até ali fizeram com que eu começasse a pensar no que podia vir depois e como eu celebraria o fim da Porcaria (o plano de fazer uma tatuagem não tinha sido muito bem recebido pelas pessoas mais próximas a mim). Mas, por outro lado, depois de três ciclos, eu já estava bem familiarizada com as coisas – e as visitas constantes ao hospital estavam me deixando tão irritada quanto o tratamento em si.

Eu começava todas as sextas-feiras de quimio arranjando briga com P. por pura frustração. Gritar com ele havia se tornado a minha maneira de lidar com as coisas.

– Você vai mesmo vestir *essa* camiseta?

– Como assim, você vai comprar um jornal? Você tem que conversar *comigo*, não ficar lendo notícias.

– Eu deixei essa luz acesa por um *motivo*. Você pode, por favor, deixar essa droga acesa?

– Olha, você vai continuar andando dois passos atrás de mim ou *comigo*?

Dessa vez, cheguei a sair correndo do apartamento para tentar pegar um táxi na rua, ainda que o nosso táxi, que já tinha sido chamado, estivesse para chegar dentro de dez minutos. Era cruel e irracional, mas era a minha reação a ter de ir a um compromisso que eu sabia que mais tarde faria com que eu ficasse – tanto na aparência quanto nas sensações – um lixo. Quando chegávamos ao hospital, eu já tinha secado as lágrimas, reaplicado a maquiagem e pedido desculpas a P. Eu queria que ele me visse como me viam as enfermeiras da quimioterapia: feliz, sem medo e adorável, não uma bruxa ridícula que grita com o marido.

P. me disse recentemente que ele tinha de se esforçar para não reagir da mesma maneira que eu naqueles momentos e que se sentia tão frustrado quanto eu por ter de me forçar a entrar em um táxi que me levaria ao inferno. Detestava não ser capaz de fazer mais para ajudar, e provavelmente era por isso que, assim que eu conseguia sair da cama de novo depois de cada ciclo de quimioterapia, ele se desdobrava para ser o marido mais solícito do mundo.

Com o paladar tão ausente quanto meu cabelo, percebemos que eu precisava de quatro dias para voltar a sentir o gosto das coisas de novo. Tudo que eu comia entre a sexta-feira da quimioterapia e a terça-feira da semana seguinte tinha gosto de carpete. Os folhetos sobre câncer costumam relacionar o gosto a papelão, mas nunca achei isso muito certo, uma vez que os alimentos naqueles primeiros dias depois da quimioterapia não têm gosto de nada. Nem de carpete. Nem de papelão. De nada. O que eu comia podia ter gosto de cera, concreto ou amaciante de roupas que eu não saberia distinguir.

Sendo o cozinheiro nesses momentos, P. fazia a terça da panqueca – seu método para finalmente fazer algo que ajudasse. Depois de dois ciclos de quimio, foi um sucesso. E apesar do fato de que nem mesmo meu sanduíche favorito (de queijo e batata com uma caneca de chá, porque sou simples) ter feito com que eu sentisse algum gosto, eu estava ficando impaciente para sentir gosto de novo com a solução apimentada de P. Mas dessa vez não adiantou.

– Está ajudando, amor? – ele perguntou, com a esperança brilhando nos olhos.

– Humm humm – respondi, disposta a não magoar os sentimentos do cozinheiro. (Mesmo em um dia normal, se P. não escuta no mínimo algo como "absolutamente delicioso" por conta de uma refeição que preparou, ele fica de mau humor o resto da noite.)

– Coloquei muita pimenta nesse, sabe, mas não queria fazer sua cabeça ferver.

– Não, querido, perfeito. Não está apimentado – eu disse, afastando a pimenta e assentindo com um pouco de vigor em excesso.

P. soltou o garfo. Ficou sério.

– Não está funcionando, não é?

Eu não disse nada.

– Não está funcionando! Você não consegue nem mesmo ter prazer com uma droga de comida, não é? Câncer idiota. Imbecil. Desgraçado.

O fato da Porcaria estar acabando com meu prazer de comer foi a gota-d'água para P. Ele simplesmente não é o cozinheiro principal da nossa casa, mas leva essa tarefa *muito a sério* e, como todo chefe bem-sucedido, é bastante competitivo. E não se deixaria derrotar pelas drogas da quimioterapia. Então ele pegou nossos pratos, partiu para a cozinha, agarrou vários legumes e começou a cortá-los como um doido.

– Vou para as cabeças – ele gritou para mim, que estava na sala de estar. – E dessa vez vai funcionar – eu me mantive afastada enquanto escutava a movimentação. Uma hora ou duas depois, entrei na cozinha e encontrei uma panela enorme de sopa superapimentada no fogão.

– Deixe isto aqui até amanhã – ele disse quando perguntei se devia comer aquilo naquele momento. – Até amanhã, isso vai resolver.

E funcionou.

Sentindo-nos mais calmos na tarde seguinte e com as funções normais da minha língua de volta, fomos ao hospital para a nossa primeira visita ao departamento de radioterapia.

– O motivo pelo qual faremos radioterapia – disse Chelsea Consultora (uma moça moderna do oeste de Londres com lindos sapatos e um anel de noivado de diamante de babar) – é porque queremos neutralizar as células de câncer na área específica onde o tumor estava, diferentemente da quimioterapia, que age nas células de todo o corpo.

"Bem justo", pensei. E então veio a bomba.

– Direcionaremos a radioterapia não apenas para a sua parede torácica, mas também para o seu braço e ombro esquerdos, e para a parte esquerda do seu pescoço. E estamos fazendo isso numa área tão grande para aumentar suas chances de sobreviver.

Pronto. Mais um lembrete cruel da seriedade pesada do câncer de mama.

De repente, aquilo fez com que a doença, a perda do cabelo e o ato de comer panquecas se tornassem boas distrações para o fato de que, na realidade, aquela coisa tinha o poder de me matar. *Detestei* ter de pensar nisso. Não dá nem para dizer quanto da minha energia usei *não* pensando nisso, sempre encontrando outras coisas com as quais ocupar a mente (como você acha que surgiu o blog?). E então sentimos um grande e terrível choque quando *escutamos* aquilo. Não que tivéssemos esquecido de que eu tinha câncer de mama (caramba, acho que nunca vou passar um minuto sem me lembrar de que tive câncer de mama), mas estávamos tão acostumados com ele em nossa vida que o choque de sermos forçados a reconsiderar sua gravidade era um pouco demais para aguentar.

Os pontos tatuados seriam ruins. Mas o motivo por trás deles me assustava. Decidi pesquisar na internet para descobrir mais a respeito do processo por meio de pessoas experientes em radioterapia. Até aquele momento, eu havia me mantido fora de comunidades sobre câncer, escolhendo seguir meu próprio caminho para evitar confundir-me com páginas e páginas de informações que podiam não ser relevantes para mim. Eu adoraria receber os créditos por essa decisão, mas, na verdade, tinha sido ideia da Enfermeira Sempre Certa. Ela dizia que o importante era que eu lidasse com a minha experiência, e que ela ou qualquer outra pessoa do hospital conseguiria responder às minhas perguntas. E, realmente, ela acertou na mosca.

Rapidamente encontrei uma foto das tatuagens de radioterapia de outra pessoa (fiquei feliz ao ver que elas pareciam mais sardas azul-marinho do que marcas – não que isso tenha apaziguado minha vontade de fazer uma tatuagem), e então entrei em alguns fóruns. Mas não foram as informações on-line que me deixaram confusa – foram alguns comentários nas salas de bate-papo. Independentemente de procurar ou não, eu sempre via a mesma frase: "Ter câncer foi a melhor coisa que me aconteceu".

Eu sou a primeira a defender a ideia de cada um na sua, mas, na minha mente, dizer aquele tipo de coisa era algo extremamente irresponsável. Sim, eu ainda não tinha passado por toda a experiência com o câncer – e não tinha como saber como me sentiria no final –, mas tinha bastante certeza de que não agradeceria aos céus por ter sido abençoada com a Porcaria. Mostrei a P. as palavras na tela e ele confirmou com raiva que eu não estava sozinha.

Eu conseguia entender um pouco os motivos pelos quais as pessoas diziam aquilo. Se a experiência delas tivesse sido parecida com a minha até então, elas também teriam aqueles momentos maravilhosos nos quais você se torna receptora de tanto amor que o mundo parece mais lindo. E ainda que tudo isso fosse importante, em nenhum momento significou que ter câncer fosse a melhor coisa do mundo para mim. Porque para cada momento bonito existem mil outros sombrios, que trazem muita solidão, medo e confusão.

Com uma raiva cega, voltei-me para o meu blog. Não queria que as pessoas pensassem que ter câncer tinha sido a melhor coisa que me havia acontecido, ou que podia ser a melhor coisa a acontecer com quem quer que fosse. Ele muda a sua vida. Muda a sua maneira de ver as coisas. E muda *você*. Mas isso não faz com que ele seja uma coisa ótima. O câncer muda a sua vida porque a ameaça. O câncer muda a sua maneira de ver as coisas porque borra tudo. E o câncer muda *você* em muito mais maneiras do que apenas perder um seio, ficar careca ou ter pontos tatuados no peito. Câncer NÃO é a melhor coisa que pode acontecer a alguém. Câncer, temo dizer, é uma merda. E eu estava apenas na metade do caminho.

16

Estarei com você

É bem provável que você discorde de mim, mas acho meio perigosa a ideia de "melhores amigos". Na infância é perfeitamente aceitável, mas na fase adulta é muito mais saudável ter um grupo de bons amigos sem que ninguém esteja no topo. Então, por que comecei a ter amigos favoritos?

Não que eu seja como o Papai Noel, relacionando quem é bom ou mau, ou mesmo que meus amigos tenham consciência desse comportamento (pelo menos não tinham até agora, porém espero que eles relevem levando o câncer em consideração). Mas é que ao receber tanto apoio, gestos maravilhosos e amor de todos eles, não é de surpreender que tenham subido muito em meu conceito. Depois de pesquisar um pouco (leia-se conversar com minha mãe), parece que muitas pessoas veem os amigos como se vissem o diagrama da Terra, com os melhores amigos no núcleo, os mais próximos em um círculo ao redor, e os bons amigos numa outra camada, seguidos pelas pessoas com quem menos se relacionam, e então os conhecidos perto das bordas. Mas eu meio que criei uma hierarquia.

É uma estrutura pesada que temos aqui na Amigos Ltda. (menos pirâmide, mais sorvete), e eu sou uma diretora de sorte porque o topo da minha hierarquia – nível de diretoria, se quer saber –

está repleto de amigos maravilhosos. Eles me mantêm viva: mantêm contato constante, cuidam para que eu esteja conectada ao mundo fora da minha bolha de câncer, não me tratam de modo diferente e ainda me deixam desabafar quando preciso. Em resumo, são brilhantes, e todos merecem um aumento quando tudo isso terminar (ou seja, eu pago as cervejas no bar para todo mundo).

Mas dentro desse nível apareceram três amigos (eles sabem quem são) que têm um nível próprio. Eles são mais do que maravilhosos, e se a gente ainda estivesse na escola, eu teria aberto um clube com carteirinha e tudo para membros e medalhas de reconhecimento, além de um aperto de mãos secreto.

E então há o nível de gerenciamento de amigos – eles mantêm contato diário, mas provavelmente não tanto quando os diretores. Enviam mensagens esquisitas e postam coisas esquisitas de vez em quando no Facebook, porém sempre acompanham meu progresso e me adoram, apesar de fazerem menos perguntas do que os diretores (o blog ajuda muito nisso).

Em seguida vêm os básicos. Esses poucos ainda mantêm tanto contato quanto antes, mas, até agora, nunca mencionaram a Porcaria, apesar de saberem que ela existe. E tudo bem. De certo modo, secretamente gosto disso. Pelo menos os amigos básicos continuam em contato, diferentemente da equipe dispensável da Amigos Ltda.

A equipe dispensável envolve um número muito menor de pessoas que, de repente, pararam de aparecer para o trabalho e desapareceram totalmente de vista. Não estou falando de alguns "amigos" aqui, mas principalmente de conhecidos que mantinham algum contato de vez em quando. "Amigos de Facebook", se quiser... Sabe como é, aqueles que fazem volume. Aqueles mesmos que, suspeito, espiam quando eu clico em "publicar post". (Só para deixar registrado, não estou esperando que as pessoas se tornem minhas amigas porque tenho câncer. Isso faria de mim a versão humana de Timmy do *South Park*, e acho que, graças aos esteroides, eu me pareço mais com Cartman.)

Por mais divertido que pareça, não quero dividir meus amigos em categorias, e não sou pretensiosa o bastante para achar que o mundo parou porque estou com câncer de mama. Todo mundo continua lá, levando sua vida normal, comprando coisas no supermercado, discutindo onde passar o Natal, gritando com juízes de futebol, passando suas roupas e se acotovelando nas ruas movimentadas. Assim, não vou deixar de ser amiga de quem não me tem como prioridade. Mas isso não impede que uma parte malcriada minha sinta vontade de atualizar o perfil do Facebook para: "Se por acaso alguém quiser saber, Lisa ainda está com câncer de mama".

* * *

Causei um pouco de comoção com esse texto. ("Achei que devia enviar um e-mail esta semana antes de você me rebaixar para a equipe dispensável", um amigo escreveu. "É bom que eu faça parte da diretoria, moça, ou vou pedir demissão", disse outro.) E gostei disso de um modo estranho, porque escrever esse texto foi catártico – não apenas isso, mas resolveu alguns problemas que tinham ficado sem solução.

Porém o fato de que, de repente, eu tinha cem e-mails para responder era indicativo de que eu havia tocado num ponto fraco. Não havia como negar: enquanto alguns amigos surgiram para se defender – a grande maioria, na verdade –, outros de repente sumiram. No entanto, os melhores amigos eram aqueles que ainda estavam se mostrando mesmo nesse estágio, três meses depois do meu diagnóstico, quando a notícia do meu câncer já havia caído na boca do povo. E aquela foi a fase em que mais precisei deles: o momento em que eu necessitava de um belo empurrão para o quarto ciclo da quimio.

Três meses não é muito tempo. Se eu tivesse engravidado em vez de descobrir que tinha um tumor, por exemplo, naquele momento eu estaria apenas terminando de comunicar às pessoas. Mas dentro daquele curto período, o câncer já havia deixado sua marca pesada: eu estava careca, inchada, sem um peito e bem ferrada com tudo. Tudo era tão difícil de ser feito: sair da cama de manhã, tentar manter-me confiante apesar das preocupações claras com o câncer; convencer a mim mesma que meus desconfortos e dores não eram o retorno da doença, apenas parte dos efeitos do tratamento.

Certa noite, me convenci de que o aparecimento de cravos sinalizava o crescimento de um novo tumor. Já haviam me dito para esperar esse tipo de paranoia – mas se eu disser que desde então havia aprendido a ficar esperta, estaria mentindo –, e mesmo eu podia ver que relacionar cravos e câncer era beirar o absurdo. Porém, mesmo assim, fiquei me torturando de pânico, a ponto de P. ter de me arrancar da frente do espelho e me prender na cama com lençóis, como se eu fosse uma maluca.

Eu não queria me olhar em espelhos. O que era muito difícil uma vez que meu apartamento tem muitos deles. Mas, uma noite antes de dormir, enquanto vestia o pijama, vi meu seio mutilado e minha cabeça careca no espelho e meu reflexo feio me tomou como um soco. Permiti a mim mesma chorar, porém, ao mesmo tempo, procurei não me importar muito com minha aparência, já que não podia fazer nada a respeito. Mas naquela noite permiti que ela me incomodasse, e comentei com P. como me sentia pouco atraente, esquisita e indesejável. O que não esperava era que P. fosse levar o comentário a mal. Não entendia por que ele havia ficado tão bravo. E então, irritada e cansada, me ofendi e saí pisando duro para me esconder embaixo dos cobertores, batendo a porta do quarto e ignorando o único conselho que meu pai já me deu a respeito do casamento em seu discurso no dia da cerimônia: nunca durmam brigados.

Meu pai estava certo, claro. (Não é à toa que o chamo de Yoda.) Em vez de perguntar por que P. estava irritado, fiquei cada vez mais irritada deitada sozinha na cama. "Por que diabos ele ficou revoltado?", pensei. "Ele continua lindo como sempre, sou eu que estou sofrendo, sendo detonada." Mas é claro que ele ficava chateado, e não apenas porque eu não tinha mais a mesma aparência de antes. Vamos apenas inverter os papéis por um minuto: se eu estivesse vendo P. numa situação daquelas, teria sido igualmente difícil para mim vê-lo sofrendo tanto, aguentar os efeitos físicos detonando sua confiança e autoestima.

O câncer pode ser muito isolador às vezes, e naquele momento me esqueci de que não estava sozinha; de que aquilo também afetava outras pessoas. A briguinha com P. foi uma boa maneira de ver que é melhor estarmos irritados juntos e trocando carinhos na cama do que bravos e separados. E então, na madrugada, foi o que fizemos. P. me contou sobre como estava irritado pelo fato de ser tão difícil lidar com a Porcaria e eu disse que estava brava por ela ter aparecido no momento em que eu mais tinha coisa a perder: os planos que tínhamos para o nosso futuro, a diversão dos vinte e poucos anos, e a minha aparência, que eu valorizava.

Estava abismada (ainda estou, claro) por meu corpo ter sido arruinado por essa doença maldita e sempre me preocupava com a reação das pessoas a ela. Meus sogros estavam prestes a chegar para passar alguns dias conosco (P. e eu liberamos meus pais da Quimio 4, acreditando que já estava na hora de eles terem seis semanas de sossego, sem precisarem segurar uma bacia enquanto a filha vomitava), e eu estava com medo de que eles ficassem horrorizados com a mudança que se passara comigo desde que tinham me visto pela última vez, em julho, quando eu havia acabado de fazer o primeiro ciclo e ainda tinha cabelo. Caramba, eles iam levar um choque.

É uma droga ficar com medo de que sua aparência assuste os outros, e pior ainda quando você não tem muita energia para mudar as coisas. Eu sabia, pela conversa que havia tido com o Cirurgião Sorridente, que a primeira reação de uma pessoa quando descobre que tem câncer era perguntar: "E como vai ficar a minha aparência?". Mas os pacientes são incentivados a não pensar muito nisso, concentrando-se no tratamento, evitando infecções e mantendo o pensamento positivo. Mas ter confiança na própria aparência não envolve o pensamento positivo? Não há como evitar pensar na aparência quando ela está bem na sua frente, no espelho.

É por isso que, com toda a ajuda que recebi lendo diversos panfletos e sites de várias organizações voltadas para o tratamento do câncer, eu só prestei atenção em um: o que falava sobre a questão da aparência. Concluí que conseguiria lidar com todo o resto sozinha. Mas aquilo? Aquilo era algo com que eu precisava de ajuda para lidar. Ainda mais com o casamento de Jamie e de Leanne dali a três semanas. Eu precisava de alguém capaz de me mostrar como tirar o máximo proveito do que havia restado e me mandar de volta ao mundo sentindo-me confiante e linda. E foi isso que consegui.

O grupo Look Good, Feel Better [Parecendo Bem, Sentindo-se Ainda Melhor] é voltado para ajudar as mulheres a lidar com os efeitos colaterais visíveis do tratamento de câncer. Depois de receber certos conselhos com a Enfermeira Sempre Certa (quem mais?), engoli as lágrimas e me inscrevi em uma das palestras. Ao ser recebida na porta por uma representante da organização (que me olhou com aquele olhar de "mas você é tão jovem!"), fui levada para uma pequena sala de reunião com seis outras mulheres, e todas olharam para mim da mesma maneira. Não era de surpreender, uma vez que eu era a mais jovem ali. (Quase me senti uma fraude, como se estivesse fingindo ser uma paciente de câncer apenas para conseguir algumas dicas de maquiagem. Felizmente a peruca e uma onda de calor providencial me ajudaram a provar que eu estava no lugar certo.)

Nos sentamos ao redor de uma mesa de reunião e recebemos uma sacola grande, cheia de maquiagem e de variados produtos para diferentes tons de pele – tudo doado pela indústria da beleza. Depois aprendemos truques para enganar os bobos, de modo que pensassem que éramos mulheres saudáveis e normais. Cuidar da pele quando ela estiver mais sensível, desenhar sobrancelhas quando as suas caírem, escurecer o tom da pele e cobrir as marcas avermelhadas, deixar os olhos mais destacados quando não se tem mais os cílios, esconder as olheiras... todas aquelas coisas que as mulheres com câncer sempre querem saber, mas geralmente não tem coragem de perguntar, levando em conta o peso de "coisas sérias" com as quais deveríamos nos preocupar. E sim, por baixo da peruca estava a mesma pessoa que havia chorado ao ver seu corpo no espelho. Mas valeu ouro saber que era possível melhorar com um pouco de maquiagem a minha aparência de entristecer.

17

Posso ser solta

Outubro de 2008

Bem, isso é esquisito. Minhas pernas não estão funcionando muito bem, os sinais emitidos pelo meu cérebro chegam muito lentamente às diversas partes do meu corpo, meu coração está acelerado, meus ossos doem e meu estômago está embrulhado. Já recebi mais do que o dobro da quantidade normal de esteroides (ou seja, vou parecer uma tia gorda, uma parente distante fazendo o discurso no casamento) e estou com um gosto estranho na boca, como se estivesse chupando moedas. Mas não me lembro da última vez que me senti tão feliz assim.

Que rufem os tambores, por favor! Não vomitei! Ainda me sinto péssima, mas pelo menos agora é diferente, graças ao novo tipo de quimioterapia que estou recebendo. Parece que a mudança é boa para descansar. Desde o primeiro momento em que a Quimio 4 começou a entrar nas minhas veias, tudo foi diferente. Eu me senti enjoada mais rápido. Mas em vez de tudo piorar uma hora depois de eu chegar em casa, as coisas começaram a melhorar, a sensação ruim no estômago passou, e quero que permaneça assim. Pude até comer torradas com requeijão. E inclusive as alucinações deram um tempo para que eu pudesse assistir a dois filmes: *Os goonies* e *Sex and the city – O filme*. Tive um delírio à noite, sim, quando senti que meus dentes e minha língua estavam grandes demais para a minha boca – mas foi o único, e dessa vez veio sem aquela voz infernal martelando na minha cabeça (era sempre uma versão mais velha da minha voz, tentando fazer com que eu pendesse para o pior lado, dando-me conselhos tolos, como uma mãe que faz o filho passar vergonha na beira da quadra de futebol).

Na verdade, o processo todo de quimioterapia ontem foi melhor do que nunca. Posso dizer que foi quase divertido. Sim, a sexta-feira de quimioterapia começou como sempre (dessa vez, tive minha crise com meus sogros), mas P. evitou o pior graças ao fato de eu ter direcionado minha raiva para o rolo de papel higiênico, cujas camadas de papel estavam se separando e eu conseguia destacar apenas quadrados pequenos. Gosto do meu papel higiênico bem organizado, sabe? Então deixei isso bem claro jogando o rolo pelo banheiro, mas ele caiu bem em uma poça de água dentro do chuveiro. O que me deixou ainda mais irritada, claro, porque então tive de caminhar com os joelhos grudados até o outro lado do banheiro para pegá-lo.

Mas assim que saímos do apartamento, tudo ficou bem. A ida ao hospital foi melhor, tanto que decidimos ir com o nosso carro em vez de sofrer dentro do pior táxi do mundo. Quando chegamos lá, a recepcionista nos entregou um tíquete dourado na forma de passe de estacionamento gratuito, graças ao meu tratamento. (Viu? O câncer tem seu lado bom.) Também decidi me vestir mais do que o normal para o compromisso, começando minha nova tática de vida de não guardar nada. E fui preparada depois de fazer o download da segunda temporada de *Gavin & Stacey* no iPod.

As coisas estavam até bem divertidas na sala de quimio. Todas as melhores enfermeiras estavam trabalhando, incluindo a minha favorita, que fala tanto palavrão quanto eu. Havia uma sensação de sexta-feira à noite no ar, ou seja, estava tudo mais silencioso do que o normal, e com isso as enfermeiras falavam mais, havia doces gostosos no balcão, um pouco de paquera quando os médicos entravam e as fofocas rolando soltas.

Então, zonza, cansada e lenta para digitar como estava, eu também me sentia animada. Na verdade, animada não basta. Eu me sentia livre. Talvez eu não devesse comemorar tão cedo (minha enfermeira favorita me disse que o pior daquele tipo de quimioterapia podia ocorrer entre o terceiro e o nono dia), mas até mesmo a possibilidade de nunca mais ter de enfrentar a sexta-feira do vômito (pelo menos não por causa da quimioterapia) é a melhor notícia dos últimos tempos. Saber que deixei aqueles três ciclos hor-ro-ro-sos de quimioterapia para trás, na minha opinião, só não é melhor do que receber a notícia de que estou livre do câncer. Pela primeira vez desde a chegada da Porcaria, *estou* de novo no controle. Consigo lidar com isso. Estou por cima. O pior já passou. Será?

* * *

Que mulher mais tola. Será que eu não sabia que o diabinho do câncer podia estar lendo aquele texto? Depois de três dias achando que a tranquilidade da Quimio 4 tornava melhores os três ciclos anteriores, recebi de presente um menu de novos efeitos colaterais: uma dor terrível nos ossos, dores de cabeça, de ouvido, perda de equilíbrio, feridas (vaginais e orais, para piorar), desconforto geral e aquela mesma sensação impenetrável de depressão.

Já estava cansada. *Tudo* estava me irritando, desde a minha língua, passando pelos esquilos no fundo do quintal e pelos desejos de melhora das pessoas. Fui uma idiota por dizer que a Quimio 4 tinha sido melhor do que a última – não apenas pela afirmação em si, mas por conta das reações que recebi de amigos e familiares. Eles me ligavam, enviavam e-mails e mensagens dizendo que estavam muito felizes por saber que as coisas estavam melhorando – e bem a tempo de chegar o pior, como havia previsto minha enfermeira favorita. Eu queria estrangular todos eles, mas mal tinha energia para pensar, muito menos para fazer.

Fosse por simpatia ou por medo, as pessoas sempre me diziam que o fato de eu ter câncer me dava o direito de ter um acesso de raiva de vez em quando. Por isso resolvi aproveitar a gentileza e passei a resmungar em todas as oportunidades. E resmunguei tanto que logo cansei. Na verdade, cansei de tudo. Estava cansada de reclamar, dos efeitos colaterais, de ficar esperando... estava cansada do câncer. A novidade realmente já tinha passado.

E ainda que eu provavelmente tratasse mal quem fizesse isso, o que eu queria, no íntimo, era que alguém finalmente se cansasse, me desse um chute no traseiro e dissesse: "Ah, pelo amor de Deus, pare de reclamar". Minha amiga Leaks certa vez me incluiu em uma mensagem coletiva convidando para um encontro em um pub, apesar de saber que eu não poderia ir. "Quem vai?", ela perguntou. E respondi: "Não posso, vou lavar o cabelo". Então ela retrucou de maneira ríspida: "Você não está usando, AINDA, a desculpa do câncer, está?". E eu adorei aquilo.

A questão é que, apesar da Porcaria fazer parte da minha vida havia meses, eu *ainda não conseguia acreditar* que estava com câncer. Você pode achar que toda a realidade da perda do seio e do cabelo teria deixado as coisas claras para mim, mas não deixaram. Ainda era muito ridículo imaginar que eu estava com câncer de mama.

Sim, eu sentia vontade de rir de tão ridículo que era. Eu ainda estava meio que esperando descobrir que tudo aquilo havia sido um tipo de experimento tal qual o mostrado em *O show de Truman*. E por mais que eu dissesse a palavra "câncer", ainda assim não tornava a coisa mais crível. E deveria, porque eu sempre dizia aquela palavra em momentos ruins.

Ainda me chocava escutar as pessoas dizerem câncer quando se referiam a mim. Pouco tempo depois de meus dias ruins com a Quimio 4, em um momento em que eu estava com uma cara triste, patética, pedindo apoio, P. colocou sobre mim um cobertor enquanto eu estava deitada no sofá. Então olhei para ele com um olhar de piedade (olhar que até mesmo eu odeio) e resmunguei:

– P., estou pééééésssimmmaaa.

– Sim, claro que você está péssima – P. disse com a paciência de um santo no corredor da morte. – É porque você está com câncer.

Quase bati nele. "Do que ele estava falando?", pensei, antes de me lembrar que era verdade.

Nem todo mundo se sentia à vontade em dizer a palavra câncer. Até mesmo as enfermeiras da quimioterapia tentavam não dizê-la em voz alta, chamando o câncer de "isso" ou até deixando-o de fora das frases. ("Sim, é diferente todos os dias. Todas as mulheres aqui hoje têm na mama. Às segundas, vêm as que têm no ovário. E na quinta são os que têm na próstata.") Um dia, vi até a minha mãe dizendo a palavra câncer sem usar a voz, daquela maneira disfarçada e reprimida que algumas pessoas ainda usam ao dizer lésbica ou negro.

Porém ser capaz de dizer a palavra claramente como Harry Potter consegue dizer "Voldemort" não significava que eu estava mais preparada para lidar com aquilo. Aquela era para ser uma época feliz e animada: o casamento de Jamie ocorreria dentro de poucos dias, mas além de não conseguir participar da ansiedade pela chegada do dia mais feliz da vida dele como normalmente ocorreria, eu me sentia cada vez mais culpada por arruinar a alegria da minha família com aquela doença idiota.

Com minha aplicação de quimioterapia marcada para perto do grande dia, as coisas tinham sido planejadas de modo que eu me sentisse melhor e pronta para a festa. Mas por mais ansiosa que eu estivesse para chegar a esse estágio, com a Quimio 4, ficar melhor era meio difícil. O problema era movimentar-me, pois meus ossos doíam a ponto de eu ter certeza de que estavam quebrados, e eu caminhava como um Quasimodo idoso. E pouco mais de uma semana antes de ter de vestir o enorme chapéu, o vestido sem alças e os saltos, fiquei convencida de que, no dia do casamento, eu estaria mais para Neandertal do que para *Homo sapiens*.

O casamento de Jamie era a única coisa que me tirava da minha depressão. Pensei que as reclamações ocorriam apenas porque eu aproveitava todas as oportunidades para reclamar e permitir que a raiva extravasasse, mas, conforme a procrastinação se tornou mais dolorosa, tive de admitir que era mais do que isso. Estava irritada por confessar. Eu *detestava* ter de dizer isso. Depressão era uma palavra que eu odiava. Assim como "estresse". Era um termo que eu via sendo dito por pessoas que não sabiam o que significava. Na minha mente, dizer às pessoas que eu estava deprimida fazia com que eu parecesse muito mais fraca do que gostava de pensar que estava. Era admitir fraqueza. Mas era verdade.

De fato, depressão é algo que fica preso e rígido na sua mente (na sua alma ou no seu corpo, não sei ao certo) e que dá as caras apenas quando você permite. Não que você permita conscientemente. Ela percebe quando você está vulnerável e sem vontade de mantê-la escondida, e o surpreende com um ataque repentino. Torna impossível para você fazer todas as coisinhas que mostrem ao mundo que você está bem: rir de uma piada, piscar para seu marido, cantarolar uma canção, tomar uma xícara de chá, cantar sozinha enquanto se veste. Traz à tona todas as preocupações nas quais você procura não pensar: que o tratamento pode não estar dando certo e que você está morrendo; que você pode morrer à noite; que talvez não devesse confiar que sua família vai escolher a música certa para tocar em seu velório; que talvez você não tenha tempo de escutar todos os seus discos favoritos que não escuta há um tempão... As preocupações se tornam mais ridículas conforme o tempo passa, e são as mais comuns que mais lhe assustam.

E então, quando o pânico chega ao nível máximo, tudo implode em sua mente e você fica chorando sem saber o que fazer e sem se controlar, dizendo a seu pai – a pessoa a quem você mais quer encher de orgulho – que você não tem mais força nem energia para continuar. Daí você se sente pior por permitir que ele escute isso, e fica não apenas com os olhos vermelhos de tanto chorar, mas com a garganta seca de culpa por permitir que as pessoas de quem você mais gosta na vida escutem todas as coisas que você tentou tão bem esconder. Você deixa de ser uma moça forte e corajosa e se torna um lixo com um lado negro terrível.

Tudo: o blog, todas as coisas banais que eu dizia, todas as frases idiotas que eu falava não revelavam o que se escondia por baixo, sempre que assistia a *Coronation street*, todos os sorrisos que eu dava e as piadas que contava, o "estou bem" que dava como resposta – TUDO era um esforço enorme, que eu estava sempre fazendo para não permitir que meu lado negro aparecesse. Porque esse lado estava ali o tempo todo. O câncer força você a agir dessa forma. E logo essa ação se torna realidade, porque você está determinado a mostrar os sinais certos, a passar uma ideia de certa maneira e a conseguir o melhor que pode. Era o papel da minha vida: meu Hannibal Lecter, meu Don Corleone, minha Scarlett O'Hara. E era exaustivo. Mas eu teria de tirá-lo da bolsa de novo pelo bem do meu amado irmão. E não acho que seria capaz de fazer isso por outra pessoa.

18

Continuando

Oh, está tudo certo. As roupas separadas e penduradas nos armários, as caixas de chapéus fora do guarda-roupa, marcas no carpete dos sapatos novos sendo experimentados, e minha mãe e eu parecendo ter sido mergulhadas num molho laranja com nosso bronzeado a jato. E um certo irmão mais novo está sentado ao meu lado com um sorriso comprido feito uma banana (vamos ver se ele continuará sorrindo para mim amanhã, quando perceber quem contou todas aquelas histórias ao padrinho dele).

Estou igualmente sorridente. Voltei a ter vida social, não é? Estou começando a esquecer como é estar entre pessoas, interagindo e vivendo. Um dia desses, passei mais tempo do que quero admitir tentando me lembrar de todos os detalhes do meu bar preferido em Londres, tentando imaginar se alguma coisa mudou, se a descarga do vaso sanitário da esquerda foi consertada e se o tempo frio forçou meus amigos de bebedeira a sair dos bancos do lado de fora e esconder-se no interior do bar. Sintomas clássicos de abstinência, imagino. Mas simplesmente não esqueço a sensação de que estou sendo deixada de fora de um cenário social brilhante e de muitas fofocas e momentos felizes dos quais nunca participarei.

Esses meus amigos de bebedeira se reuniram no bar em questão na sexta-feira à noite e, caramba, fiquei com raiva. Minha amiga Lil percebeu e, assim que chegou em casa, atualizou seu *status* no Facebook assim: "Lil se divertiu bastante no pub, mas sentiu muito a falta de Mac". Por mais que eu tenha valorizado os esforços de Lil para que eu me sentisse melhor, eu havia passado a noite toda no sofá. Eu sabia muito bem como era ridículo ficar tão chateada e tentei me consolar pensando que meus amigos não tinham se divertido muito sem mim, mas que estavam se organizando para vender camisetas com a estampa "Salve Mac" e discutindo quais bandas deveriam ser chamadas para o evento. Mas é claro que não. Eles estavam bebendo vinho, tirando sarro dos participantes de um *reality show* qualquer da TV por chorarem de maneira falsa e comendo um monte de batatas, aqueles safados. Não acho que o mundo deveria parar de girar porque estou com câncer de mama. Mas o mínimo que as pessoas poderiam fazer é colocar sua vida social em suspenso até que eu melhore, não? Assim, bem irritada e bem sarcástica, me vinguei no Facebook: "Lisa acha que vocês são um monte de idiotas por terem ido ao pub sem ela. Vocês não podem esperar até que ela vença o câncer, seus apressados?".

* * *

– Lisa, que maravilha! – disse minha esteticista ao mirar uma pistola de bronzeamento artificial em meus seios.

– Eu disse que você ficaria impressionada – minha mãe retrucou. – E disse também a *você* que não teria nada com que se preocupar – ela completou virando-se para mim.

– É mesmo? Você acha? – perguntei, ainda sem estar muito segura.

– É sério, querida. Já vi centenas de mastectomias aqui e a sua é uma das melhores.

– Bem, pode deixar que vou contar isso a meu cirurgião – eu disse entre lábios tensos, tentando não aspirar a fumaça laranja.

O bronzeamento antes do casamento vinha me preocupando havia alguns dias. Até ali, as únicas pessoas que tinham visto meu seio "não seio" tinham sido o Cirurgião Sorridente, a Enfermeira Sempre Certa, P., e quem me ajudava a trocar os curativos, portanto, eu não estava pronta para mostrá-lo a mais ninguém. Mas depois de ir ao hospital alguns dias antes para que o Cirurgião Sorridente enchesse meu implante vazio, as coisas estavam aumentando na frente. Porque, agora, eu tinha seios – *no plural.*

Eu estava nervosa demais para ver o Cirurgião Sorridente, com medo de que ele dissesse que eu ainda estava inchada demais para ter meu implante enchido – antes de mais nada, eu ficaria com um lado mais murcho e esquisito no vestido tomara que caia que havia decidido usar no casamento de Jamie, e visões da minha prótese caindo na pista de dança não estavam ajudando muito. Felizmente, ele me deu permissão e pegou a bomba de encher pneu de bicicleta (infelizmente, era mais uma combinação de agulha e solução salina), de modo que eu pudesse finalmente, FINALMENTE, me livrar do sutiã de mastectomia do inferno e do meu seio murcho engraçado (fom-fom). Não era meu antigo peito, realmente, mas pelo menos com roupa ele era bem legal. Era redondo, macio, simétrico e tinha até um pouco de movimento e, não fosse pelo fato de eu ainda ter só um mamilo, seria perfeito. Mas mesmo isso seria consertado alguns meses depois, através de um processo fascinante, no qual o círculo existente seria torcido para ganhar uma ponta, depois tatuado para se equiparar ao gêmeo não idêntico. Mas pelo menos por enquanto eu tinha um belo decote para aproveitar e, depois de semanas de tumulto, eu estava pronta para valorizá-lo.

Engolindo as preocupações de como os convidados do casamento de Jamie reagiriam vendo a nova "eu" com câncer (alguns dos quais eu não via desde o meu casamento, no dia em que estive mais linda), realizei uma rotina de beleza pré-casamento: um longo banho, pintar as unhas, pentear a peruca, maquiagem, hidratante caro... Algo para o qual eu não havia me preparado, entretanto, ao passar pedaços de algodão nos olhos, foi que os cílios finalmente cederiam e cairiam num piscar. Ri. É claro que eles cairiam. Esperar até a manhã seguinte ao casamento não era a maneira da Porcaria agir.

Felizmente, ainda fiquei com quatro ou cinco fios em cada pálpebra, nas quais conseguimos colar cílios falsos de emergência na manhã seguinte. Não que o lance dos cílios tenha sido o fim das minhas calamidades no dia do casamento, claro. Minutos antes da cerimônia, minha mãe apontou para a minha cabeça.

– Caramba, Lis, suas orelhas – ela disse tomada pelo pânico. – Olha as suas orelhas! Estão saindo da peruca!

– Ah... P... – eu contive a reação, dada a ocasião. – Não posso tirar a peruca *aqui* – constatei fazendo um bico como uma adolescente e falando com meu pai. – Estamos na primeira *fiiiila*, com toda essa *geeeente*!

– Sim, eu sei. Venha aqui – meu pai disse, levando-me pelo cotovelo até uma porta à nossa direita e fechando-a da maneira mais silenciosa permitida por uma porta de carvalho.

– Oba, um espelho – eu disse, tirando o chapéu e a peruca em um só movimento e começando o processo de esconder a careca de novo: dessa vez, sem as orelhas. – Melhorou?

– Perfeito – meu pai disse.

– E se isso acontecer durante o discurso?

– Não vai acontecer durante o discurso. Vai dar tudo certo.

– Mas se acontecer, por favor, aponte para a sua orelha, OK?

– OK, besta – ele concordou, levando-me de volta para a cerimônia segundos antes de Leanne aparecer no corredor, toda radiante e linda, como uma pequena bailarina dentro de uma caixinha de música.

Durante os preparativos para o casamento, eu estava preocupada não apenas com o aspecto físico de como eu estaria – e me sentiria – no dia. P. e eu nos casamos naquele mesmo local e eu temia que estar ali de novo me machucaria, assim como quando olho para as fotos do nosso casamento, fico chateada ao pensar que não sabíamos o que o futuro nos reservava (graças a Deus não sabíamos). Mas, na verdade, nenhuma dessas coisas me ocorreu no dia, porque o casamento foi nota dez: perfeito desde a *Marcha nupcial* até a primeira valsa. O dia foi tão espetacular que de vez em quando eu até esquecia de que estava com câncer (o que quer dizer muita coisa).

Sem cílios e com a peruca torta à parte, o importante foi que, pela primeira vez em meses, o evento não girava em torno de mim. Sim, as pessoas queriam saber como eu estava, dizer que estavam felizes por me ver e mentir dizendo que eu estava linda, mas não era o meu dia, por isso me restringi à tarefa de falar o menos possível da doença e apenas assumir meu papel de irmã do noivo.

E que noivo! Diante dos meus olhos, meu irmão menor se tornou um homem. Um homem confiante, admirável, charmoso; um homem do tipo "quero um irmão desses para mim". E, felizmente, o tipo de homem que dançaria com a irmã na pista e não se ofenderia ao perceber quem havia entregado ao padrinho todas aquelas cópias incriminadoras.

Ver Jamie e Leanne se casando foi o prêmio que eu queria desde o primeiro dia. Todos os passos da Porcaria até ali tinham sido tomados para que eu não apenas participasse de tudo aquilo, mas também me divertisse a valer (missão cumprida). E assim, de certa forma, foi a completude da fase 1: agora que Jamie e Leanne haviam se tornado marido e mulher, aquilo não apenas marcava um novo capítulo para eles, mas para mim também.

Por mais emocionante que tenha sido, tentei não chorar por causa dos cílios postiços – e consegui até o discurso de Jamie. Discursos são coisas que sempre me emocionam em casamentos, mas aquele era mais especial, claro. Sensível como é, Jamie realmente foi a fundo na emoção e disse tudo com maestria. Disse que se sentia muito grato por estar entrando para uma família tão maravilhosa, que as madrinhas estavam lindas, e disse como a nossa família logo havia se tornado o fã-clube da Leanne – sem contar o vovô e a vovó, que adorariam estar presentes para testemunhar a união. Disse à esposa que, desde o começo do relacionamento, *sabia* que *tinha* de se casar com ela, e prometeu à mãe dela que sempre cuidaria da sua menininha.

E então, para a minha surpresa, ele se virou para mim.

– Mana – ele disse –, obrigado por simplesmente ser você. O interesse que você demonstrou por este casamento tendo tanta coisa com que lidar significa tudo para nós dois.

Leanne assentiu, olhando para mim com olhos lindos, felizes e marejados, assim como os meus.

– E queremos que você saiba – ele continuou enquanto chorava – que por mais felizes que estejamos hoje, sabemos que ficaremos ainda mais felizes quando você se livrar de tudo isso.

Pronto. Arruinou. E assim que consegui parar de olhar para meu lindo irmão – o que admito que demorou –, percebi que todas as outras pessoas também estavam arruinadas. Lenços eram tirados das bolsas, mangas eram levadas aos olhos. Mas não acredito que foi por condolência ou por tristeza pela minha situação. Para mim, pelo menos, foi puro orgulho de Jamie – o Jamie maravilhoso e desapegado que, no dia mais feliz da vida dele, não apenas havia se recusado a reconhecer o momento ruim em que o câncer decidira aparecer para arruinar seu casamento, mas que tinha sido extremamente sensível por reconhecer sua existência de modo tão lindo. O câncer não merecia aquele tratamento especial. Nem mesmo a irmã dele merecia aquele tratamento especial. Nada que tivesse qualquer sinal de negatividade poderia ter existido no dia do casamento deles, e ninguém teria se importado se ele tivesse ignorado o assunto. Mas estávamos todos ali, chorando e acabando com nossa maquiagem bem aplicada – e sem nos importar com isso.

Com o peito estufado de orgulho um pelo outro, Jamie e eu percebemos que estava na hora de parar com a coisa melosa e, tirando o delineador todo manchado com um lenço, secando os cílios de plástico, balancei a cabeça na direção dele. – Seu cachorro – eu disse sem emitir um som, e meu irmão lindo e maravilhoso respondeu mostrando o dedo do meio.

19

Algo mudou

Uma semana inteira sem postar nada no blog. Bem, acho que isso bastaria para mostrar como esse último ciclo de quimioterapia tem me afetado. Mas não é bem isso, não. Nem mesmo Shakespeare seria capaz de explicar como tem sido, então vou dizer de uma maneira menos eloquente: está sendo uma maldição filha da mãe.

Meu cérebro me tem feito um favor e tem sido impossível lembrar *a delícia* dos últimos dias, mas saiba de uma coisa (e saiba bem): foi *horrível*. E ainda que eu não me lembre o suficiente para poder contar a você sobre todas as dores, sintomas e efeitos, me lembro o bastante para dizer que acho que não quero passar por isso de novo.

Sei o que você está dizendo. Que estou acabando, quase chegando lá... só mais uma quimioterapia. Mas além de ser fácil dizer, não serve de consolo. Só serve para que me lembre de que preciso passar por esse inferno de novo. "Você está quase lá" é algo bacana de dizer, mas também é errado. Tenho consciência de como pareço uma chata dizendo isso, principalmente para as pessoas que, nos últimos tempos, me dizem exatamente isso. (À custa de reclamar ainda mais, porque essa sinceridade na lata é difícil de aceitar, em especial quando se tem a necessidade de se sentir aceita.) Ontem à noite, sem conseguir dormir, fiquei escrevendo cartas mentais para todas as pessoas de quem gostei – mas que, suspeito, não gostaram de mim –, perguntando-lhes o que havia em mim que fizera com que elas se mantivessem distantes. Gostaria de saber se todo mundo que tem uma doença grave, potencialmente letal, faz esse tipo de coisa boba.

Mas continuando a reclamar, tenho tido um problema parecido com todas as mensagens que recebi nesta semana em que passei quieta. É muito bom que eu tenha me sentido mal o suficiente para só pegar o telefone ontem à noite, porque, no estado mental em que me encontrava nesses últimos dias, acho que ninguém teria gostado das minhas respostas sarcásticas ("Você anda meio quieta esses dias; como estão as coisas?", e minha resposta seria: "Como estão as coisas? Bem, ainda estou com câncer, estou com uma dor tão forte que mal consigo me mexer. Estou sendo acometida por ondas de calor sufocantes, não consigo engolir direito porque tenho feridas na língua e, apesar de ter 29 anos, minha mãe tem tido de me levar ao banheiro, aonde tenho ido com muita frequência por estar com diarreia. Então as coisas estão boas, valeu por perguntar".)

Não gosto de reagir assim, não gosto que P. e meus pais me vejam reagindo assim, e não gosto que vocês leiam que reagi assim. Gosto de proteger a maioria das pessoas de tudo isso, assim como não permito que ninguém, além da minha família, me veja durante as piores semanas. Fico com medo de que o monstro em que me transformo mude a maneira como as pessoas me verão no futuro, por melhor que eu consiga ficar depois da Porcaria. Meus pais não podem escolher se querem me ver assim ou não porque, bem, porque me fizeram. E P. também se lascou quando prometeu estar comigo "na alegria e na tristeza, na saúde e na doença". Mas ninguém mais precisa estar perto de mim quando eu estiver assim, seja pela reclamação, pelo sarcasmo, seja pelas idas assistidas ao banheiro, ou pela minha aparência horrenda. Então, em semanas como a última, costumo me esconder. E uma vez que acabei de explicar minha reação a um inocente "Como você está?" ou "Já está acabando", você provavelmente está aliviado de eu me esconder.

* * *

De todos os efeitos colaterais do câncer que eu havia esperado, o que eu não esperava, de maneira nenhuma, era que ele me transformasse em uma pessoa horrível. Mas quando terminei a Quimio 5, era mais do que apenas *me ver* que me irritava. Geralmente, gosto de pensar que sou uma moça bacana. Sorrio muito, tenho bons modos, sou legal com as pessoas e evito conflitos de todas as maneiras. Mas assim como a quimioterapia havia levado meus cabelos e pelos, ela também parecia estar levando embora minha simpatia, e a grande frustração que eu sentia com a Porcaria não estava sendo extravasada em meu travesseiro... outras pessoas também estavam recebendo o que não mereciam.

Talvez eu estivesse no meu limite e já não aguentasse mais papo-furado. Talvez fosse o casamento. De todo modo, eu não tinha mais nem um pouco de tolerância com qualquer simpatia ou comentário do tipo "Você vai ficar boa". Talvez ficasse bem no fim, mas não estava bem naquele momento, droga. Não queria que as pessoas me dissessem que só faltava mais uma quimio. Não queria que me dissessem que eu já havia percorrido um longo caminho ou que havia lidado bem com tudo. Só queria mostrar ao mundo a droga que tudo aquilo tinha sido e como eu me sentia arrasada.

E o pior: eu estava começando a perceber que muitas pessoas que eu conhecia não sabiam o que ter câncer de mama significava para mim. Eu já suspeitava disso por conta das mensagens que me enviavam perguntando se eu queria passear no fim de semana, mas uma conversa com Lil confirmou essa minha impressão.

– Como foi a festa? – perguntei a ela sobre um evento para o qual eu também havia sido convidada. – Viu alguém conhecido?

– Sim, algumas pessoas. Até que estava bem cheia para um dia de semana.

– É? Quem estava lá? – e ela começou a relacionar colegas antigos. – Caramba, faz muito tempo que não os vejo. Sobre o que conversaram?

Por conhecer-me tão bem, Lil sabia que eu estava perguntando se eles tinham falado de mim, e ela não hesitou em responder.

– Bom, foi esquisito, na verdade. Todo mundo perguntou de você, claro, mas não acreditei na cara de surpresa que muitos deles faziam quando eu dizia que você não iria à festa.

– *Como assim?* – perguntei.

– Pois é. Não é esquisito?

– Mas eu sou uma inválida! Uma inválida *careca*! – eu disse tirando a peruca para confirmar e ficando toda agitada. – É claro que eu não iria à maldita festa. Fiz quimio semana passada! Será que eles não entendem?

Pensando bem, concluí que as pessoas não entendiam, claro que não. Por que entenderiam? Afinal, algumas delas são capazes de levar vidas bem tranquilas com a Porcaria. Mas eu não era uma delas, tanto devido à natureza altamente agressiva do meu tumor, que estava *pertinho* de se espalhar ainda mais pelos meus nódulos linfáticos, quanto pelo baita tratamento ao qual eu estava me submetendo para acabar com todo e qualquer vestígio dele. (Ainda mal posso acreditar que um tumor pequeno no meu seio pudesse ter causado tanto prejuízo.

Porque se meu peito mais modesto conseguia esconder aquilo, o que mais poderia estar escondido no meu corpo sem que eu soubesse? Moedas? Uma bota velha? Uma família de refugiados?) Porém no calor daquela conversa, eu fiquei perplexa. Perplexa por ter perdido a festa e – bem injustamente – por nem todo mundo entender o que envolvia aquela semana pós-quimio.

Lil disse, tentando me deixar melhor:

– Eles são de outro planeta. Eu queria perguntar se eles não entendiam a situação, mas desisti. Não saberia por onde começar.

E ela tinha razão. Por *onde* começar? Apesar da minha disposição em colocar on-line todos os capítulos da minha história com o câncer (que, é claro, era uma leitura obrigatória para quem entrava em contato comigo), eu não falava sobre os detalhes com muitas pessoas de fora do meu blog. Acredito que era uma combinação de não querer que elas sempre me associassem ao câncer e de pensar se elas realmente queriam saber das coisas. É aquela coisa de não estar interessado em saber a resposta para perguntas inocentes do tipo: "Como estão as coisas" e "Como foi o fim de semana?".

E P. estava tendo o mesmo problema com as pessoas do seu convívio. Jogando a pasta no sofá num gesto de frustração ao voltar para casa numa segunda-feira, ele disse:

– Estou cansado de ter que ir trabalhar na segunda-feira e mentir sobre meu fim de semana. Estou perdendo a paciência. Eu sempre tenho que dizer "Foi ótimo, obrigado" porque ninguém quer escutar "Puxa, fiquei de babá da minha esposa adoentada o fim de semana todo", certo?

A maioria dos fins de semana de P. (e dos dias de semana também) tinha sido tão ruim quanto os meus desde que a Porcaria escolheu passar por nossas vidas. (Com exceção do fim de semana do casamento de Jamie e Leanne, obviamente. Aquele valeu por centenas delas.) P. não estava sendo ruim mentindo para os amigos, ao contrário. Porque ele, assim como eu, sabia que não podia contar às pessoas a verdade sobre os nossos fins de semana. Ninguém queria aquele tipo de resposta.

Por sermos o tipo de casal que sempre tinha uma agenda cheia de compromissos, era ruim não ter diversão por tanto tempo. P. e eu sempre adoramos nossos jantares com amigos, idas a bares com colegas, e finais de semana com a família e, por mais que fiquemos bem juntos sem tudo isso, o peso extra da Porcaria torna os meses dessa fase mais difíceis. Certa noite de sexta-feira, fiquei muito triste com isso ao responder com um "Talvez em abril" quando me perguntaram quando eu estaria livre para sair.

– O que aconteceu com a minha vida normal? – resmunguei com P. – É como uma lembrança distante. Não me lembro mais com é me sentir com saúde.

– Eu sei, querida – ele disse acariciando minha cabeça careca contra seu peito. – Nós passávamos finais de semana fantásticos.

– E agora você precisa ir trabalhar e mentir sobre este fim de semana também.

– Não necessariamente – P. disse. – Afinal, ainda estamos na sexta-feira.

Virei a cabeça e olhei para ele.

– Podemos fazer deste um fim de semana só nosso – ele sugeriu. – Com jornal, televisão e café da manhã na cama. Um fim de semana adorável, tranquilo e normal.

– Isso – eu disse, balançando a cabeça em sinal de concordância. – Podemos chamar a Tills e o Si também.

– Claro – P. disse.

– E então, no domingo, vamos ver um filme e comprar um prato com *curry*.

– Perfeito – ele concordou.

– E eu vou preparar um bolo para a gente.

– Espera um pouco, amor – P. disse, um tanto surpreso por eu me oferecer para fazer comida. – Não vamos exagerar.

– Para com isso – respondi, dando-lhe um tapinha no braço. – Vou fazer um bolo este fim de semana... e você vai gostar.

Eu estava pensando em fazer alguma coisa já havia alguns dias, na tentativa de esquecer o óbvio. Minha avó fazia bolos, e também minha mãe, mas eu sempre usei a desculpa do "pra que fazer se podemos comprar pronto?", e também aquela desculpa típica dos londrinos, de que sempre chegava tarde em casa. Mas agora, com tempo e apetite melhorado pelos esteroides, fazer um bolo parecia uma boa ideia.

O meu lado dona de casa foi recebido com surpresa por todos – até por P. Antigamente, eu gostava de dizer que a nossa cozinha era território apenas do meu marido. Mas eu estava enviando e-mails para os amigos pedindo receitas e mandando todas as manhãs o marido trabalhar com uma tupperware (*tupperware!*) de bolos. Mas acredito que uma mudança repentina na sua maneira de viver sempre ocorre diante de uma doença que altera o curso da sua vida. Uma amiga da minha mãe disse que, quando a quimioterapia dela terminou, ela começou a fazer jardinagem, depois de ter passado a vida toda fugindo disso – e surpreendeu a todos. Mas, segundo ela, lhe parecia normal trabalhar no jardim... assim como para mim era natural querer cozinhar.

Uma coisa que nunca pensei que fosse ser natural, no entanto, foi a decisão a que P. e eu chegamos mais tarde. Se a situação fosse outra, ele não permitiria, com certeza, mas quando P. foi trabalhar na segunda-feira, dei um telefonema que colocaria em ação um plano tão inusitado que eu tinha certeza de que assustaria meus amigos mais do que o câncer de mama: eu ia comprar um gatinho.

20

Clube dos corações solitários

Bem, não comprei um gatinho, mas ganhei um seio maior. A Mulher Gato da sociedade protetora dos animais (felizmente sem roupa de vinil) foi ao nosso apartamento para ver como eram as coisas e para me dar permissão para buscar meu gatinho no abrigo de animais abandonados, mas o animalzinho estava meio doentinho, por isso parece que o veterinário vai ficar com ele por um tempo até que o tratamento dele termine e até que eu termine a minha quimioterapia. (E, sim, obrigada, reconheço a ironia no fato de eu ter escolhido um gato doente.)

Ainda assim, depois da consulta no hospital desta semana para terminar de encher meu implante, foi bom não ter um gato passando por cima de mim e do meu seio dolorido o dia inteiro. E se você acredita nisso, não tem lido o meu blog com frequência. Na verdade, o gato – assim como cozinhar e atualizar o blog – tem sido uma bela distração para eu não pensar muito sobre como estou em pânico, preocupada e querendo sair correndo da próxima quimioterapia. E agora que ele não pode vir para a minha casa, estou com medo e chorando incontrolavelmente de novo. Então, o papo de que foi bom não ter acontecido é conversa para boi dormir. Eu preferiria muito mais estar reclamando porque um gato pulou no meu peito dolorido do que do prospecto de passar por outra quimio tenebrosa, além de enfrentar a realidade do prejuízo que ela me causou até agora, física e emocionalmente.

Mas voltando ao assunto. O peito falso está mais sensível do que dolorido agora, e não é de surpreender, se pensarmos pelo que ele passou. O Cirurgião Sorridente decidiu inflá-lo um pouco mais do que o direito. Não a ponto de alguém que não fosse P. e o próprio Cirurgião Sorridente (o único homem além de P. que pode mexer nos meus peitos, que fique bem claro) perceber, mas ainda assim parece que tenho uma bola de boliche no lado esquerdo da camiseta.

Mas esse implante não vai durar muito tempo e, para ser honesta, fico feliz por isso. Por melhor que seja ter um decote de matar de novo, não é tão confortável. Consigo sentir a borda de plástico do implante sob minha pele, e a válvula presa a ele que o Cirurgião Sorridente usa para inflar não apenas incomoda, mas também pode ser localizada através de um hematoma feio. Porém felizmente isso será algo do passado em abril, quando então realizarei minha próxima cirurgia. Além de criar um novo mamilo, o Cirurgião Sorridente também vai trocar meu seio de plástico pelo melhor dos peitos falsos: um implante de silicone.

Eu esperava que tudo pudesse ser feito um pouco antes de abril, mas aparentemente estou subestimando os efeitos da radioterapia e o tempo de que precisarei para me recuperar dela. O Cirurgião Sorridente tem tentado me mostrar isso nas últimas consultas, mas francamente não consigo enfiar isso na cabeça. Porém com a última quimioterapia marcada para amanhã e a radioterapia chegando, finalmente aceitei tudo o que ele me disse a respeito de como eu me sentiria cansada, irritada e dolorida, e como demoraria algumas semanas para estar pronta para a cirurgia de novo.

Eu adoro o Cirurgião Sorridente. Fico com tanta vontade de agradá-lo que guardo minha melhor cara de coragem para as consultas com ele. Olho-o como se ele fosse um astro do rock e saboreio cada palavra que ele diz. Eu o amo. Não *dessa* maneira. Não é paixão. Sou muito mais de brincar do que de paquerar quando ele está por perto – na verdade, até passo vergonha. Além disso, meu amor não é direcionado apenas ao Cirurgião Sorridente, mas também à Enfermeira Sempre Certa. Batman e Robin não são nada perto deles. Caramba, eles são demais. Geralmente, os médicos têm muito conhecimento técnico, mas não sabem como lidar com o lado emocional. Mas não esses dois. Eles são a mistura perfeita de conhecimento e cuidados, e sempre – *sempre* – parecem fazer a coisa certa.

Algo de que P. e eu gostamos é que eles nos tratam como uma só pessoa desde o princípio. Somos uma equipe, P. e eu, assim como o Cirurgião Sorridente e a Enfermeira Sempre Certa. Eles perguntam com frequência como *nós* estamos. "Como *vocês* lidaram com a última quimioterapia?" Quando há uma decisão a ser tomada, perguntam o que *nós dois* pensamos disso. Tem como não se apaixonar por pessoas assim?

Mas existe um motivo a mais para essa adoração. Eles salvaram a minha vida! Sempre que o Cirurgião Sorridente aperta a minha mão, sinto vontade de agarrá-lo e abraçá-lo. A cada conselho que me dá, sinto vontade de responder com um elogio para que ele saiba como eu o considero o máximo. Sinto vontade de fazer comida para ele, de assar bolos para ele, de escrever-lhe poemas e entregar-lhe prêmios, de fazer uma estátua em sua homenagem e de gritar dos prédios mais altos de Londres que baita gênio maravilhoso ele é. Mas até mesmo eu sei que nada disso é adequado (bem, tirando o bolo, talvez). Por isso, até encontrar uma maneira de expressar minha gratidão, vou continuar agindo como uma tola e sorrindo feito uma bobona a cada consulta. Talvez ele até comece a me chamar de Paciente Sorridente. Só espero que eu ame meu gato da mesma maneira que amo meu cirurgião.

* * *

– Este aqui não para de ronronar – Busby disse, trocando a bolinha de pelos adormecida que eu segurava pelo gatinho todo serelepe que ela havia escolhido.

– OK, vamos ver. Então isso é ronronar, certo? – perguntei, um pouco em dúvida com o felino vibratório.

– Caramba, mulher, você não entende nada mesmo de gatos, não é?

– Bom, estou prestes a descobrir, porque vou levar esta.

– Boa escolha, amiga, boa escolha – Busby confirmou.

– Ei, bonitinha – eu disse à gatinha, virando-a e levantando-a para que ficássemos cara a cara. – Quer ir para casa comigo, então? Não faço ideia do que fazer com você, mas vamos descobrir.

A gatinha olhou para mim sem reação, ainda ronronando sem parar.

– Vou aceitar isso como um sim.

– Ainda não acredito que você está fazendo isso – Busby disse, olhando para os outros animais que seriam resgatados. – Você não é a mesma de antes!

– Você acertou – eu disse. – Só não pensei que mudaria tanto a ponto de me tornar dona de um gato. Estou tão surpresa quanto você.

Bem... é melhor que eu lhe dê um pouco de informação. Entre meus amigos, sempre fui conhecida como uma não amante de animais. Quando alguém me mostrava a foto do seu cão, gato, coelho ou sei lá o quê, eu era fisicamente incapaz de dizer um "aah", no entanto fazia algum comentário do tipo "legal, mas preferiria um desses no meio do sanduíche", repetindo a quem quisesse escutar que eu não gostava de animais de estimação. A probabilidade de eu ter um animal de estimação era tão grande quanto a de eu desenvolver câncer de mama. Então, por que havia decidido fazer aquilo de repente?

Francamente, culpo Tills. Essa resposta é meio injusta, daquelas que uso para todos os tipos de enfrentamentos. ("Você está bêbada às duas da manhã de um dia de semana?", "*Quanto* você gastou nessa bolsa?" etc.) Mas, dessa vez, é meio culpa dela, sim. Afinal, quando fomos à casa dela para um jantar com nossos amigos Polly e Martin, fomos recebidos pelo pequeno gato que ela e Si haviam acabado de adotar. E o coitadinho me encantou. Foi o primeiro animal a demonstrar sincero interesse por mim (e eu por ele), e eu pensei em como seria bom ter companhia, uma vez que estava passando boa parte do tempo sozinha no apartamento. (E, além disso, claro, porque um gato não serve apenas no Natal ou no câncer.)

– Você deveria adotar um gatinho – Tills disse quando a criaturinha se ajeitou perto das minhas mãos. – Veja como Clarry gosta de você – ela cutucou P., incentivando-o a concordar.

– Preciso dizer que nunca pensei que veria você segurando um gato – ele disse. – Queria que sua avó pudesse vê-la agora.

Minha avó era famosa por colocar armadilhas para afastar os gatos do jardim. Arame farpado na parte de cima da cerca, óleo pelo caminho, garrafas de leite cheias de água prontas para molhar quem passasse. Ao limpar o jardim depois da morte dela, meu pai quase pisou em uma madeira cheia de pregos que a vovó havia pregado de um lado – uma arma cruel que ela sem dúvida havia feito na oficina do vovô, enquanto uma torta assava no forno.

Pisquei para P.

– O que acha?

– Sim! Adote! Adote! – Tills gritou. – Nossos gatos podem ser amigos!

– Você não está falando sério, não é? – Si perguntou.

– Sei lá. Acho que estou.

– Ha! Polly! Vem aqui! Mac vai adotar um gato! – Tills gritou.

– Como é? – Polly perguntou, aparecendo de repente, vinda da cozinha. – Por quê?

– Ah, sabe como é, acho que estou me sentindo meio sozinha no apartamento o dia todo – respondi, usando aquilo como desculpa. – Seria um companheiro.

– Bem, que bom pra você – ela concordou. – Eles são companheiros *maravilhosos*. E calmos também.

– Seria o momento *perfeito* – Tills disse, ainda ridiculamente animada. – Porque quando ele estiver pronto para sair, você também estará.

– Oooh... e posso fazer uma caminha para você – Si disse, sempre disposto a fazer as coisas.

– Caramba, vamos mesmo fazer isso? – P. perguntou. – Eu gosto da ideia... só não acredito que você goste.

– Nem eu acredito – eu disse balançando a cabeça. – Que diabos está acontecendo comigo?

– Não importa – Martin disse. – Que nome você vai dar a ele?

– Puxa, boa pergunta – respondi.

Mais tarde naquela noite, quando meus amigos já tinham relacionado todos os prós e contras de ter um gato, fiquei meio triste por saber que não haveria nenhum bichano esperando por mim quando eu chegasse em casa. Na cama, P. cometeu o erro fatal de dizer que ele "não diria não" se eu decidisse adotar um gato sozinha. Então foi meio culpa dele também. Mas na maior parte, claro, foi coisa da Porcaria: ficar sozinha em casa estava tão chato que, até mesmo eu, aquela que detestava animais, ia adotar um animal de estimação.

Minha família ficou tão surpresa com a notícia quanto meus amigos. Afinal, a última vez que tinham me visto cuidar de um animal tinha sido a Miss Ellie, uma peixinho dourado em que eu costumava mexer dentro do aquário com uma colher de pau quando tinha dois anos. Mas, apesar da surpresa, todos ficaram animados por um motivo: antes mesmo de estar em casa, a gatinha já me fazia feliz. Planejar a chegada dela foi algo que fiz com satisfação – poucos dias depois, eu já tinha as tigelas, a cama, a caixa de areia e o poste de arranhar prontos (tudo combinando com a decoração... eu não tinha mudado *tanto assim*). E o pedido semanal na loja Sainsbury havia envolvido todas as coisas de que um gatinho prestes a ser mimado precisaria. Era meu novo substituto da culinária – uma tática nova em folha para que eu me esquecesse da Porcaria em uma semana na qual, sem aquilo, eu estaria subindo pelas paredes, morrendo de medo da última sessão de quimioterapia.

– Tem certeza de que não se importa? – perguntei a P. enquanto, feliz da vida, desembrulhava Whiskas suficiente para alimentar todos os gatos do sudeste de Londres.

– O que quer que faça você sorrir tanto assim não pode ser algo ruim – ele disse.

Os próximos dias pré-quimioterapia foram gastos com explicações a respeito do gatinho para meus amigos. Para eles, o fato de eu me tornar dona de um gato era algo tão curioso que fiquei com medo que eles esperassem que uma mulher totalmente diferente entrasse no bar na primavera seguinte. Já até conseguia ver: eles fariam perguntas tolas para confirmar minha identidade e procurariam dentro da minha bolsa para ver se eu ainda carregava uma caneta para corrigir erros de gramática, pontuação e de inglês nos cartazes que encontrava pelo caminho. E assim, mostrando que eu ainda era a mesma de sempre, escolhi para a minha gatinha um nome que fazia referência aos Beatles, para que eles percebessem que, com ou sem gato, eu ainda era eu. Além disso, Sgt. Pepper é um nome bem melhor do que Apóstrofe.

21

Um passo à frente

Novembro de 2008

Adoro ter motivo para comemorar e aqui está um: TERMINEI A QUIMIOTERAPIA. Sinta-se à vontade para aplaudir.

Na verdade, as comemorações duraram apenas até a noite de sexta-feira, quando P. e eu contamos os últimos mililitros de drogas entrando na minha sonda, dissemos um adeus emocionado às nossas enfermeiras (depois de dar a elas bolos que assamos em casa) e demos um "vá se ferrar" à sala de quimio. Quando voltamos para o carro, permitimo-nos cinco minutos de lágrimas de exaustão (não mais lágrimas de preocupação ou medo – pois assim como os esquimós têm diversos nomes para os vários tons de branco da neve, pacientes de câncer têm inúmeros tipos choro) antes de voltarmos para pegar a Sgt. Pepper, colocando um ponto final no nosso pesadelo de quimioterapia.

Mas as comemorações pararam por aí. Sinto que faltou um pouco. Está certo que ando desanimada desde sexta-feira. Inevitavelmente, estou me sentindo mal (para dizer o mínimo). Dar pulos pelo apartamento não é tão simples quando você está se sentindo muito ruim, como se tivesse apanhado. De fato, parece mesmo que eu apanhei. A quimioterapia faz com que você fique com muitos hematomas, e os arranhões do gato aliados às marcas dão a impressão de que passei a última semana me autoflagelando.

Eu, Tills, Busby, Weeza e os rapazes estouramos alguns fogos de artifício no quintal de trás na noite anterior à Quimio 6, o que acredito ter sido uma comemoração muito adequada. Ou pelo menos foi até que uma vizinha defensora do silêncio (que achava aceitável ficar em seu quintal expondo ao sol os mamilos pós-amamentação) interrompeu as comemorações com a desculpa de que seu bebê dormia. Eu deveria ter sido rápida na resposta, porque tenho certeza de que, no sistema de desculpas, o câncer ganha do bebê.

* * *

Era impossível saber a melhor maneira de festejar o fim da quimioterapia. Plantar uma árvore? Fazer uma placa? Dar uma festa? Andar nua pelas ruas da cidade? Temos sempre os Louboutin, mas acho que agora eles não suportariam meu peso. Mas com a radioterapia prestes a acontecer, fiquei me perguntando se era ou não apropriado marcar o fim de alguns meses difíceis, uma vez que havia diversas outras batalhas a ser enfrentadas. Então, em vez de inventar coisas malucas para fazer, P. e eu resolvemos não comemorar tanto e concentrarmos nossos esforços no mais novo membro da família.

Pensando bem, buscar Sgt. Pepper antes de voltar para casa depois da quimioterapia não tinha sido a ideia mais inteligente. Pense em um gatinho assustado com uma paciente de câncer cansada e um marido que não sabe qual das duas cuidar e terá a mistura certa para uma noite bizarra. Assim que chegamos em casa, limitamos

Sgt. Pepper à área da cozinha, acreditando que seria melhor que ela se acostumasse com sua nova casa cômodo por cômodo, e não tudo de uma vez. E então nos limitamos àquele espaço por algumas horas, sentados no chão da cozinha observando surpresos enquanto uma gatinha preta e dourada andava de um canto a outro.

– A Lisa está bem? – minha mãe perguntou a P. num telefonema naquela noite.

– Ela está no chão da cozinha.

– Oh, meu Deus. Ela caiu? Você precisa que a gente vá para aí?

– Oh, não, não, não. Ela está no chão da cozinha com a gata. Um pesadelo.

– Hum... ela não deveria estar na cama em vez de no chão da cozinha? – minha mãe perguntou.

– Na verdade, ela está bem agora. Não consegue andar muito. Mas quer ter certeza de que Sgt. Pepper se acostume bem.

– E a gata se acostumou?

– Bem, ela fez xixi no chão assim que chegamos aqui e agora está meio doida.

– Entendi.

– Não sei o que estamos fazendo, Jane. Acho que cometemos um erro terrível.

P. e eu ficamos tentando imaginar se adotar um filhote de gato era a mesma coisa que trazer um recém-nascido do hospital: a alegria de tê-la por perto rapidamente se transformou em pânico quando percebemos que não sabíamos o que fazer com nosso pacote. E sabendo que os resultados da Quimio 6 apareceriam dentro das próximas 24 horas, estávamos desesperados para fazer com que Sgt. Pepper se sentisse bem antes que eu me sentisse mal. No fim, fomos contra o conselho de deixá-la em apenas um cômodo, e ficamos felizes por ter feito isso. Porque assim que ela viu a sala de estar e o cesto que havíamos preparado para ela, logo relaxou, deitando-se em seu cobertor cor-de-rosa como um pedaço de *marshmallow* em um *fondue* de chocolate, e depois disso eu fiz o mesmo em minha cama.

E isso, resumindo, foi a minha comemoração depois da gota final de quimio entrando na minha veia. Eu meio que esperava passar por um momento de liberdade *à la* Nicole Kidman quando saísse do hospital aquele dia; pensei que ergueria os braços e me esticaria mostrando estar livre das minhas amarras (ainda que eu seja capaz de reconhecer que a quimioterapia seja tão torturante quanto ser casada com Tom Cruise). Mas com algumas horas antes de meu corpo ser transformado em lixo e minha mente ser transformada em esgoto pela última vez, P. e eu relutamos em comemorar.

Na verdade, havia mais motivos do que o mal-estar causado pela quimioterapia para justificar minha falta de entusiasmo em seguir em frente. Porque, na última consulta que tive com a Assistente Glamourosa antes de o meu tratamento começar naquele dia, me senti envergonhada ao pedir a ela a indicação de um terapeuta – mais uma coisa que figurava na minha lista de coisas que eu disse que nunca faria.

– Não gosto de pedir isso, mas acho necessário – disse a ela.

– Pode pedir – ela disse, unindo as mãos e virando a cadeira um pouco mais na minha direção.

– Bem, há um tempo você mencionou que havia um terapeuta no hospital e eu acho...

– Sem problemas – ela interrompeu, poupando-me da situação desconfortável de ter de admitir que não tinha lá muita firmeza mental. – Vou indicar você hoje e com certeza entrarão em contato lhe passando informações na próxima semana.

– Obrigada – eu disse. – Não acho que estou deprimida nem nada, sabe? Mas acho que preciso de um pouco de ajuda para entender tudo isso.

– É perfeitamente normal, Lisa – ela me garantiu. – Muitos pacientes fazem o mesmo. É muita coisa com que lidar ao mesmo tempo.

– Você tem razão – respondi.

– De verdade, não se preocupe. Você vai se sentir bem por ter feito isso – ela disse.

E assim, prematuramente em pânico, como era normal, afastei qualquer esperança de comemorar o fim da quimio e comecei a me preocupar com a terapia antes mesmo de marcar uma consulta.

– Por que não consigo simplesmente aproveitar o momento? – perguntei a P. quando estávamos na cama naquela noite. – Pensei que você fosse abrir um champanhe hoje, mas aqui estou eu com medo do que virá em seguida.

– Mas você é assim mesmo, não é, querida? – ele perguntou da maneira correta.

– Parece que sou masoquista ou algo assim. Parece que gosto de estragar o meu próprio prazer.

– Quer parar de ser tão dura consigo mesma, por favor? – P. pediu. – Sejamos francos, há alguns dias ruins pela frente, mas depois disso as coisas vão melhorar.

– Humpf – suspirei.

– Pare com isso. *Vão* melhorar. E fazer terapia é um passo na direção certa. É algo bom. Faz parte da cura.

– Você é sempre a maldita voz da razão, não é? – constatei, quase sendo a megera em que sempre me transformava quando não me sentia bem.

– Sou, sim – ele concordou. – Então é melhor você me ouvir.

Os dias seguintes foram bem ruins, como esperávamos. O acúmulo de drogas em meu corpo havia restringido tanto os meus movimentos que me vi restrita ao quarto, sentindo-me uma paciente de câncer mais do que nunca, com P. e meus pais olhando para mim com olhos de piedade, e com minha mãe precisando me levar ao banheiro sempre que eu precisava. Sem voz para gritar e sem energia para sair da cama, eu batia na parede acima da cabeceira ou na porta ao lado da cama sempre que precisava de algo, e então alguém entrava no quarto para me atender.

– Deveríamos dar um sino a você – minha mãe disse.

– Vocês se cansariam de tanto escutá-lo – respondi.

Meu pai assumiu o posto de sempre, aconchegado ao meu lado para nossa sessão particular de conversas entre pai e filha e para o máximo de carinhos que eu quisesse, e passávamos a noite falando sobre família e futebol e sobre tudo o mais em que conseguíamos pensar que estivesse distante do mundo do câncer.

– Podemos continuar fazendo isso mesmo quando você não estiver mais doente, sua maluca? – meu pai perguntou.

– Pode apostar. Vou sentar no seu colo até completar cinquenta anos – prometi a ele.

Fisicamente, a Quimio 6 era, sem dúvida, pior do que a 5. O nível de líquidos tóxicos passando pelos meus membros inúteis tornava qualquer movimento – por menor que fosse, como me virar na cama, erguer uma xícara de chá – um teste de resistência. Mas, dessa vez, perceber que não teria de enfrentar isso de novo em três semanas tornou muito mais fácil lidar com tudo isso do ponto de vista mental. Então, ainda que parecesse que minhas pernas estavam quebrando e eu lembrasse cada vez mais uma inválida, de maneira curiosa, não importava muito. Porque, como eu disse a minha mãe, a meu pai e a Jamie em uma mensagem de texto triunfante ao voltar do hospital: A QUIMIO ACABOU.

22

Exame da cabeça

Pronto, já foi. Ultrapassei o limite. Fui para o lado negro. Agora sou uma mulher que faz terapia. Na verdade, eles não dizem "terapia" no hospital, mas "acompanhamento psicológico". Porém, como não gosto de nenhuma dessas duas palavras, vou chamar de Treinamento Cerebral. Mais ou menos como no Nintendo DS, mas nessa versão de terapia eles não fazem com que você faça contas, conte sílabas ou desenhe cangurus.

Claro que entrei nessa sem saber muito bem o que é terapia. O pouco que sei aprendi com Tony Soprano, e não acho que esse é o melhor exemplo de como agir. Mesmo depois da sessão desta semana, ainda não tenho muita certeza de que sei o que é terapia. Mas pelo menos agora não acho mais que importa realmente. Por que o que há para saber, além de concluir se você gosta ou se acha que pode ajudar? Ainda que admita que, enquanto estava na sala de espera, qualquer desculpa para ir embora me bastaria: minha peruca estava torta; eu não tinha lenços de papel; minhas unhas roídas passariam uma má impressão. No fim, esqueci de tudo isso lendo os cartazes daquela sala e, quando vi uma chamada aos pais para que fossem jurados em uma competição de poesia e nem tão discretamente me remexi para tirar uma foto dos detalhes para contato, meu psicoterapeuta chegou. Vamos chamá-lo de dr. Parafusos Frouxos, uma vez que o trabalho dele é apertá-los.

O dr. Parafusos Frouxos ignorou a minha simpatia ao perguntar como a semana dele estava transcorrendo e me guiou pelo corredor estranhamente familiar até seu escritório. Esse *déjà vu* repentino fez sentido quando reconheci o som de uma rádio FM horrível vindo da sala do tamanho de um armário de cozinha a alguns metros dali. Uma espiadela ao passar me surpreendeu ao ver que, entre caixas de perucas e batendo os pés no ritmo da música das Destiny's Child, não era o Homem Peruca quem estava ali, mas uma Mulher Peruca com a mesma cara de tédio e de falta de satisfação com o trabalho. Sorri enquanto caminhava na direção da sala de Treinamento Cerebral, e então parei quando percebi que aquilo podia fazer com que eu parecesse jovial demais e indigna de receber terapia do SSN.

Só sei que, cinquenta minutos depois, eu tinha um monte de lenços amassados, olhos mais vermelhos do que quando havia entrado e estava escutando o dr. Parafusos Frouxos ler as anotações que havia feito ao longo da sessão, que passou como um raio. Caramba, a gente não consegue parar mais quando alguém nos dá a chance de falar. O pobre homem não conseguiu dizer nada. Quando finalmente deixei que falasse, todas as coisas que ele disse me convenceram de que o Treinamento Cerebral era uma boa ideia.

Assim como todas as pessoas que conheci no hospital, o dr. Parafusos Frouxos é brilhante. Mais uma vez, senti aquela mistura de superprofissionalismo, compreensão e determinação em ajudar. Ele é sensato e sério, mas não incapaz de sorrir. Ele deixa você totalmente à vontade, não julga e nunca demonstra o que está pensando. Além disso, usa calça de veludo cotelê. Eu teria ficado chateada se ele não usasse calça de veludo cotelê.

Durante a sessão, conversamos sobre instinto de sobrevivência, preocupações, expectativas, opiniões e medos. Eu falei muito, chorei e pedi desculpas um tanto demais. Ele assentiu, fez anotações em um arquivo cor de laranja e revelou que a melhor maneira de se sentir bem instantaneamente é pedir a seu marido que compre um par de Louboutin. (Ele também identificou o humor como uma de minhas maneiras de lidar com o problema. Suspeito que seja mais o sarcasmo.) Mas essa história de estratégia para lidar com os problemas é engraçada. Não apenas porque parece piada, mas porque, analisando bem, vejo que já tinha algumas estratégias na manga para lidar com problemas. A questão é que eu as chamava de "projeto". (Sim, voltamos à velha história de blog/culinária/gato.)

Naturalmente, aquela conversa me colocou contra a parede e precisei contar a ele sobre o blog. E foi o que fiz. Contei-lhe a frequência com que publicava meus textos, as coisas sobre as quais escrevia, o que escrever sobre o assunto tem significado para mim, como tem ajudado minha família e amigos a compreender minha experiência com o câncer de mama, e de que forma isso me fez perceber que quero continuar escrevendo, mesmo quando a Porcaria for uma lembrança distante. (Não chamei a doença de a Porcaria. Provavelmente é melhor guardar minha revolta para a terceira ou quarta sessão.) O dr. Parafusos Frouxos perguntou como as pessoas tinham reagido ao blog, se eu já o lera desde o começo (não li), e como eu acho que ele faria com que me sentisse se estivesse lendo e não escrevendo. Comecei a ficar preocupada achando que ele pediria o endereço também, mas: a) tenho certeza de que isso iria contra algum tipo de Código de Psicologia e b) depois de passar o dia escutando as neuroses das pessoas, a última coisa que ele deve querer é chegar em casa e ler mais sessenta mil palavras da mesma ladainha. O cara tem televisão para ver, vinho para beber e calças para passar.

* * *

Como eu havia resmungado para P. antes da minha consulta na terapia, minha frustração estava ficando maior do que minha incapacidade de parar de esperar o pior, tentando adivinhar quando viria a próxima rasteira. Eu simplesmente não conseguia – ou não queria – permitir a mim mesma parar por um momento para aproveitar a conquista de ter passado por uma quimioterapia traumática, exaustiva e que destruía meu sistema imunológico para matar um tumor. Porque só Deus sabe como eu devia ter relaxado. Mas, em vez disso, comecei a me preocupar com outra questão e forcei meu marido a ficar acordado até duas e meia da manhã no dia anterior à terapia para que pudéssemos conversar.

Uma das principais razões (*a* principal razão?) pelas quais pedi a indicação de um terapeuta era porque estava com medo do processo de passar a ter uma vida sem tratamento e acabar em remissão; especificamente, uma vida que era muito diferente daquela que deixei para trás quando escutei as palavras "sinais que apontam para câncer de mama". Uma grande preocupação surgiu do fato de que, antes da Porcaria, tudo para P. e eu girava em torno de termos um bebê. Mas de repente, graças aos efeitos do estrógeno que criou o câncer em meu corpo, tudo se voltou para que nós *não* tivéssemos um bebê. Como eu disse antes, P. e eu já havíamos sido forçados a imaginar uma vida sem filhos; é algo em que pensávamos mais do que a maioria das pessoas. Mas agora, sabendo que a questão de não ter filhos não mais seria uma *dúvida*, ela criava mais um problema a ser resolvido, e eu passei mais tempo do que admito me preocupando com o que fazer em seguida.

Sabia que era algo pequeno com que se preocupar diante das circunstâncias, mas realizei esse desvio com cuidado no meu Grande Plano de Vida. E fiquei frustrada comigo mesma por permitir que uma coisa tão ridícula me incomodasse tanto quando, certamente, a preocupação maior deveria ter sido a questão da fertilidade. Minha tendência a planejar tinha ido longe demais. Afinal, caramba, nem mesmo o câncer de mama me ensinara que era impossível traçar a vida assim, e por isso eu precisava de um terapeuta para esfregar isso na minha cara.

Como expliquei ao dr. Parafusos Frouxos, não estava preocupada com o fato de me sentir feliz ou não no futuro – quando a questão da saúde fosse resolvida, eu teria todos os ingredientes para uma vida feliz. Mas era mais a preocupação com o fato de que, se P. e eu não íamos ter filhos (e com as agências de adoção sem querer colocar um paciente de câncer em seus registros), então o que, exatamente, íamos fazer? O que havia no Grande Plano de Vida agora? E eu não estava sozinha pensando assim. Em nossa maratona de conversa até duas e meia da manhã, P. revelou que estava pensando a mesma coisa (um marido caído do céu, sim ou certeza?).

– Mas não diz respeito apenas a nós, certo? – questionei.

– Como assim? – P. perguntou confuso.

– Bem, a sua mãe e o seu pai – continuei. – *A minha* mãe e *o meu* pai! Talvez seja pior para eles do que é para nós? Eles deviam querer netos, não?

– Nossa, sim, claro. E nossos amigos também deviam esperar que isso acontecesse. Todos estão tendo filhos, afinal.

Estávamos naquele feliz estágio da nossa vida em que as pessoas do nosso convívio não paravam de anunciar noivados, casamentos, gravidez e batizados, e P. e eu éramos muito bons demonstrando sincero interesse, entusiasmo e alegria por eles. (Sim, somos adoráveis assim. Você deveria nos contratar.)

Mas agora que não teríamos filhos, não queríamos que as pessoas ansiosamente se preocupassem com a nossa reação às notícias delas, ou que achassem que tinham de esconder a alegria que sentiam por nossa causa. Sim, a cada gravidez anunciada, talvez imaginássemos como poderia ter sido com a gente. Sim, talvez doesse e talvez chorássemos escondidos. Mas não somos o tipo de pessoas que arruinaria a alegria dos outros com a realidade ruim da nossa situação. Então, para nos prepararmos e estarmos prontos para dar todos os abraços, apertos de mão, palavras de incentivo e de congratulação, fizemos uma lista de amigos e familiares que esperávamos que fossem fazer o anúncio de gravidez nos anos seguintes e em qual ordem. Pode ter sido maluquice, mas fez com que nos sentíssemos bem naquele momento. Porque quando se passa por um choque repentino na vida, como aconteceu com P. e comigo, é normal que se queira prever de que lado virá o próximo.

Gostaria de poder dizer que só nos preocupávamos com os próximos anos. Mas acho que você já me conhece bem agora, então posso muito bem admitir a verdade.

– O que eu mais temo são as festas – P. disse, atacando nosso estoque de cerveja. – Quando todos os nossos amigos tiverem filhos e a gente não, teremos assunto?

– Sim, você tem razão – concordei. – Assuntos como cuidados com os filhos, mensalidade da escola e brinquedos mais modernos.

– Não quero deixar de fazer parte da vida deles por causa disso, sabe? Porque algumas pessoas são definidas pelos filhos – como os nossos pais. Por isso não quero que sejamos definidos por *não* tê-los.

– E não quero que ninguém nos julgue por isso. Não quero que as pessoas inclinem a cabeça e digam: "Ah, P. e Lisa. Casal lindo. Não puderam ter filhos. Que pena".

– Sabe o que me irrita? – P. continuou com o rosto corado. – Como algumas pessoas diziam: "Oh, você só vai entender depois que se casar", esse tipo de coisa. O quê? Então quer dizer que não sei como é amar alguém a ponto de sentir que essa pessoa é o seu mundo, a ponto de se sentir totalmente arrasado pela perda? Isso é absurdamente ridículo.

– Mas certamente ninguém diria isso a nós a respeito de filhos, não é?

– Humpf, não tenho tanta certeza. Já escutei essa frase algumas vezes antes – P. continuou, cada vez mais agitado. – E eu nunca, *nunca,* quero escutá-la de novo.

Resumindo, simplesmente não queríamos que as pessoas sentissem pena de nós. Porque não havia nada do que sentir pena e porque, apesar de tudo, não conheço muitas pessoas com um relacionamento tão feliz quanto o meu e de P. E, com filhos ou sem, temos muita sorte.

E logo contei tudo isso ao dr. Parafusos Frouxos.

– E você é casada, certo? – ele perguntou.

– Sou. Com P. – respondi.

– E você consegue conversar com ele sobre medos ou dificuldades?

– Sim. Totalmente. Sim, claro que sim, ele é maravilhoso – eu disse de uma maneira um pouco entusiasmada demais.

– Bem, isso é bom – ele concluiu.

– *É* bom – continuei. – É mais do que bom. É perfeito. Quero que saiba que me sinto muito sortuda por ter esse casamento.

Assim como eu não queria que a terapia me forçasse a desconstruir meu relacionamento com meus pais, familiares ou amigos, me recusei a fazer isso com meu relacionamento com P. Eu não estava ali para aquele tipo de coisa – e quis deixar isso bem claro desde o início.

– A questão – eu disse ao dr. Parafusos – é que não vim aqui porque não tenho com quem conversar. Tenho muitas pessoas com quem posso conversar. De verdade, tirando essa história de câncer, eu sou extremamente sortuda. Só não quero que as pessoas ouçam tudo o que tenho a dizer.

– E por quê? – ele perguntou enquanto fazia anotações no bloco apoiado em suas pernas cruzadas.

– Elas já se cansaram das minhas reclamações.

– Não são reclamações – ele disse de repente.

– Bem, independentemente do que seja, não quero que elas escutem. Há coisas que preciso dizer aqui que não quero que elas saibam. Elas já sofreram demais por minha causa e não merecem mais. Além disso, eu me sentiria culpada descarregando tudo em cima delas.

Continuamos a falar sobre a culpa que eu estava sentindo de modo geral – a respeito do câncer em primeiro lugar, a respeito do tempo que todo mundo despendeu para cuidar de mim, a respeito das coisas mais negativas que eu dizia nos momentos mais sombrios – e a respeito do vazio decepcionante por não me sentir feliz com o fim da quimioterapia.

– Você fez alguma coisa para comemorar o fim da quimioterapia? – o dr. Parafusos Frouxos perguntou.

– Bem, adotamos um gatinho – dei de ombros. – Mas, tirando isso, não. Não achei adequado festejar.

– Como assim?

– Seria mais ou menos como dar uma festa depois de passar meses num cativeiro: você está feliz por estar solta, mas não menos traumatizada por ter passado por tudo aquilo.

– Boa analogia – ele disse, e eu sorri pelo elogio da mesma maneira puxa-saco que tenho de lidar com o Cirurgião Sorridente.

– Além disso – continuei –, ainda não terminou, certo?

Independentemente de ser ou não o fim, o que eu tinha como final não era o término da quimioterapia, mas a última parte da cirurgia de reconstrução que aconteceria em abril – época em que eu acreditava que começaria a me sentir como era antes da doença. Além disso, minha estrada pelo câncer de mama começou com a remoção do meu seio esquerdo, e minha linha de chegada seria a chance de obtê-lo de novo para sempre. É claro que, na verdade, a cirurgia de reconstrução não é bem o fim. De fato, quando falamos em câncer de mama grau três, não existe "fim". E foi muito frustrante perceber que nunca existiria um final claro e bem definido para marcar aquele período da minha vida. Principalmente porque vocês sabem como gosto de marcar.

Sem contar a cirurgia, tudo começa e termina de modo muito diferente (e com "termina" quero dizer "se mescla"). Por mais transformador, triste, assustador, chocante, sombrio e desastroso que seja o momento, existe uma cerimônia que cerca a notícia de que você tem câncer de mama. Ocorre uma consulta no consultório de um especialista com todas as pessoas para responder às suas perguntas, entregar lenços e trazer xícaras de chá. Você recebe cartões, flores, chocolates, livros, produtos de beleza, DVD, revistas, poemas, brinquedos fofinhos (se o câncer tem um lado bom, com certeza é esse). As visitas não param. Você se torna o assunto no escritório, bares, cozinhas, caixas de e-mail e mural do Facebook, de onde, de repente, você desaparece. E isso é o mais estranho. Nada é mais desconcertante. Mas não existem dúvidas de que tudo isso marca um ponto de início definido.

Então, não seria justo ter um momento para pôr fim ao câncer de mama? Um momento em que você pode dar telefonemas alegres e enviar e-mails, receber flores e os parabéns "por ter vencido a Porcaria"? Mas acho que já concluímos que nada a respeito do câncer é justo. O câncer é um safado que gosta de chamar a atenção; é um desmancha-prazeres. Ele domina. Leva embora seu cabelo, sua confiança, sua vida social, seu sistema imunológico, seu peso (o mínimo que ele poderia fazer era deixar magra, não é?), sua energia, seu paladar, seu olfato, sua vida sexual. E quando você pensa que terminou e que já passou pelo pior, ele tira a sua chance de comemorar o fim dele.

Se você já teve câncer, nenhum profissional da saúde vai lhe dizer as palavras "livre do câncer". Você corre muitos riscos e eles estariam se abrindo para muitos problemas se acontecesse de o câncer estar tentando voltar, como em geral acontece. É por isso que a palavra "remissão" serve tão bem. E assim, infelizmente, poucas experiências de câncer terminam bem, com um exame limpo ou com resultados totalmente favoráveis ou com uma cirurgia que remove tudo, como fingi que a minha removeria. Existe uma programação de remédios, consultas, exames, ressonâncias e mamografias. E apesar de ser muito reconfortante saber que o Serviço de Saúde Nacional não manda você embora assim que realiza o tratamento necessário, parece que, uma vez paciente de câncer, sempre paciente de câncer.

Gosto de fins claros e não lentos desaparecimentos (por isso sempre preferi *Please please me* a *Love me do*). Gosto de um fim definido; do bom e velho ponto final. Fins soltos não caem bem pra mim. Mas aquele desaparecimento era, e eu tinha de admitir, outra coisa sobre a qual eu simplesmente não tinha controle. Não podia criar um fim falso para a Porcaria apenas para satisfazer minha necessidade de ter um fim. Algumas coisas, penso, não existem para alcançar um fim adequado (caramba, nunca houve um fim no meu seriado favorito da TV a cabo e isso nunca me incomodou). Eu ainda estava interessada em marcar a passagem daqueles meses esquisitos. Parecia que aquele capítulo terminaria com... mas.

23

Coragem

Uma coisa esquisita aconteceu ontem. Ou eu fiz minha consulta de planejamento de radioterapia ou fui abduzida por alienígenas. Por ser uma consulta muito séria, achei aquilo bastante engraçado. Ganhei três tatuagens bem esquisitas no peito. Eu diria que elas são melhores do que uma sonda anal, mas nem sei se devo, uma vez que agora parece que estão brincando de ligar os pontos em meu decote com uma caneta azul.

O restante da consulta de planejamento foi bem bacana, felizmente. É preciso vestir o avental e se deitar sem a parte de cima em uma cama de couro preto (nada tão legal quanto parece) no meio de uma sala enorme e futurista que poderia muito bem ser o estúdio de filmagem de *Jornada nas estrelas*. Depois disso, o radiógrafo sai de trás da mesa para apertar botões de diferentes computadores que tremem ao redor do seu corpo antes de colocarem você em uma posição nada natural (mas nada pervertido), na qual você deve permanecer por cinquenta minutos e para cada sessão subsequente de radioterapia. E quem pensou que anos de danceterias ruins podiam preparar você para um acontecimento desses? Porque, pelas próximas seis semanas, você vai poder me encontrar em uma cama de hospital realizando a versão deitada de *YMCA*. Na verdade, é mais o Y e o M. Y com o braço esquerdo, M com o direito. (O que é bom, porque sempre achei o C e o A as partes mais difíceis da dança.)

E ali você fica, sem poder rir da situação porque a equipe da *Enterprise* pediu que se mantivesse parada. E levando em conta as medidas complexas e sem margem para erro que eles têm de fazer para garantir que os raios sempre atinjam a área certa, acredito que é um pedido bastante justo. Havia réguas, ângulos e trigonometria com todos os tipos de membros de equipe sérios, gritando números e conversando uns com os outros em uma linguagem complexa e técnica.

Não entenda mal, eles são adoráveis, mas a equipe da radioterapia é totalmente diferente da de quimioterapia. A parte da "terapia" de cada tratamento leva você a pensar que as duas devem estar ligadas de alguma maneira, quando, na verdade, são opostos da estratosfera do câncer. Na quimioterapia, é possível fazer piada com as enfermeiras enquanto elas ligam você à sonda. Mas a radioterapia é um pouco mais séria – como uma ciência exata –, por isso ficar brincando com os funcionários é mais ou menos como fazer cócegas em Tiger Woods bem na hora de ele acertar uma tacada de final de campeonato.

Bem, depois da consulta no hospital, finalmente está tudo certo para que a radioterapia comece na segunda-feira da outra semana. E, tirando esta sexta-feira, não preciso voltar ao hospital até lá. Adivinha? Acho que vou sofrer de crise de abstinência e começar a aparecer por lá só para passear. E olha só: no fim desta semana, vou ter permissão para ir a uma premiação no trabalho. Legal! Uma noite fora! (É impressão minha ou as coisas estão começando a melhorar?) Felizmente ainda tenho um vestido no armário que me serve. É meio ousado, na verdade. Secretamente, espero que alguém se aproxime de mim e diga com discrição: "Querida, com licença, mas há uma marca de caneta no seu decote".

* * *

Sem a quimioterapia no caminho e minha saúde melhorando antes mesmo do início da radioterapia, abriu-se uma janela na qual pude aproveitar minhas miniférias da Porcaria. E depois de cinco meses de sobriedade forçada e prisão causadas pelo câncer, duas noites de diversão chegaram em boa hora. O primeiro evento foi uma bela cerimônia de premiação anual na qual minha empresa havia separado duas mesas. Prevendo como seria importante essa noite para mim, minha chefe Kath me manteve a par das notícias por pelo menos uma semana antes, com mensagens diárias a respeito do que todas as pessoas do escritório vestiriam, e pediu que um carro fosse me buscar em casa para a grande noite.

– Como está se sentindo em relação a isso? – ela me perguntou no caminho.

Mordi o lábio e franzi o cenho:

– Nervosa. Bem nervosa.

– Não há nada com que ficar nervosa – Kath disse. – Você sabe que todos são excelentes e querem muito vê-la.

– Eu sei – concordei. – Mas a peruca. Sei que muitos deles viram a peruca aquele dia em que fui ao escritório, mas você sabe como as coisas são... todos olham para procurar por ex-colegas e reparam nas roupas das pessoas, em quem engordou e tudo isso. Só espero não ver ninguém que conheço.

– Bem, coloquei você ao lado de Keith – ela disse. – E ele já recebeu ordens para ampará-la e cuidar de você.

– Oh! Ótimo – eu disse animada.

Keith era bem bacana, o colega perfeito com o qual se sentar nessas ocasiões.

– E saiba que "cuidar de você" quer dizer embebedá-la quando puder.

– Ah, não vai demorar muito. Melhor você ficar de olho em mim – eu disse.

Dentro do local do evento, caminhei sem firmeza até o canto onde estava a mesa da nossa empresa, titubeando como se tivesse quatro anos de idade e experimentasse os sapatos de salto alto da minha mãe pela primeira vez. Keith apareceu imediatamente:

– Lynch! – ele disse com os braços abertos. – Você está ótima. Venha aqui! – e me abraçou com tanta força que pensei que minha peruca fosse ficar presa na pulseira do relógio dele. – Olha, Sarah, quem está aqui – ele disse, virando-se para nossa colega e puxando-a para um abraço em grupo. – É a Lynch. Ela está de volta!

Gostei do entusiasmo de Keith, que parecia contagiar a todos. As pessoas esfregavam meus ombros, davam tapinhas nas minhas costas e falavam que eu estava muito bem, e, depois de lerem sobre a Sgt. Pepper em meu blog, uma colega me entregou um presente: um peso de porta em forma de gato. Eu devia saber que aquela situação faria com que eu me sentisse à vontade no mesmo instante. Ninguém falou sobre câncer, ninguém olhou para mim com cara esquisita, ninguém me evitou. Foi apenas uma noite com a animação e as brincadeiras de sempre.

– Viu? – Sarah perguntou. – Nada mudou!

– Que coisa maravilhosa! – eu disse.

Por ter sido indicada a um prêmio alguns meses antes (ou seja, quando eu ainda tinha cabelo), pediram que eu entregasse aos organizadores uma foto minha para que eles expusessem na grande tela quando os indicados foram anunciados.

– Sei que normalmente eu não diria isso – sussurrei para Keith durante a cerimônia –, mas não quero ganhar esta noite.

– Por causa das fotos? – ele perguntou, acertando na mosca.

– Exatamente – confirmei. – Ninguém vai acreditar que sou eu.

– Ah, para com isso, Lynch – ele disse dando-me uma ombrada. – Mas eu vou gritar seu nome quando ele for mencionado.

E foi o que ele fez, com a voz alta e orgulhosa, juntamente com todas as outras pessoas de nossas duas mesas, seguido de um "aaahh" quando o nome de um outro ganhador foi anunciado. Fiz um gesto de alívio do outro lado da mesa e, pelo menos daquela vez, fui sincera.

Na semana seguinte, tivemos o casamento de nossos amigos Sally e Ivan. Eu me enfiei em uma calcinha de retenção e colei cílios postiços para ter uma noite tranquila de dança com a nada tranquila Busby e seu parceiro Guy. Por ter acabado de começar minha dose diária de cinco anos de Tamoxifeno, remédio feito para limitar a capacidade do meu corpo de produzir estrógeno, logo comecei a sofrer o efeito colateral da menopausa, com ondas de calor, e passei grande parte da noite correndo para o banheiro para me abanar com a peruca e esfriar o rosto com água fria. Busby e eu havíamos criado um sistema para checar se meus cílios continuavam no lugar e, quando a noite estava terminando, ela começou a abanar as mãos sem parar diante dos olhos na pista de dança e percebi que ela não estava tentando fazer um passo da moda, mas me indicando que meus cílios corriam o risco de se tornar bigode de Hitler.

A cerimônia de premiação havia conseguido me cansar totalmente e, uma vez que eu estava demorando alguns dias para me recuperar, me ofereci para dirigir até o casamento e, assim, poderíamos economizar uma corrida cara de táxi do centro de Londres até em casa. No caminho para casa, depois de deixarmos Busby e Guy, P. quis parar em um restaurante KFC. E então paramos em uma linha amarela dupla (nós somos demais) e P. saiu para buscar frango.

Enquanto eu esperava, tirei a peruca, usando a madrugada como desculpa para ficar careca fora de casa. De repente, um homem apareceu do lado do carro, fazendo um gesto de que eu precisava afastar o carro um pouco para que ele saísse. Distraída, abri a porta para pedir desculpas, dizendo a ele que faria aquilo imediatamente – e então fiquei surpresa quando ele se aproximou e, olhando melhor, divertindo-se, apontou um dedo para a minha cabeça e disse: "Olha, você não tem cabelo".

E o que dizer a respeito disso, não é? O cara tinha razão: eu não tinha cabelo. Na verdade, se fosse para ser literal, eu tinha uns fiozinhos de cabelo nascendo, mas acho que não eram compridos o bastante para serem vistos no escuro. Para ele, eu provavelmente parecia a versão feminina de Darth Vader sem máscara do final de *O império contra-ataca*. Mas mesmo assim, com cabelo ou sem, eu não precisava que ele me lembrasse da minha situação, obrigada – principalmente depois daquela noite tão agradável.

– Um idiota acabou de rir da minha cabeça careca – eu disse a P. quando ele entrou no carro.

– O quê? Quem? Onde ele está? – P. perguntou, jogando o saco de papel no banco de trás.

– Foi embora – eu disse. – Ele se aproximou de mim para olhar e tudo mais.

P. ficou mais vermelho, com os olhos arregalados e ofendidos.

– Mas eu não respondi – concluí, confusa.

Fiquei chateada com aquilo, claro, mas não porque o babaca disse o que disse. Eu havia perdido a chance de usar uma resposta que vinha ensaiando desde que havia perdido o cabelo. Não me orgulha dizer isso, mas havia meses eu me preparava para o momento em que precisaria dar uma resposta bem dada. O que eu *deveria* ter feito do lado de fora do KFC era olhar para ele com seriedade, lançando-lhe o olhar de pessoa doente mais convincente e dizer, com as sobrancelhas erguidas: "É porque eu tenho *câncer*". Com bastante ênfase na palavra "câncer". Porque, sejamos honestos, nada faz com que as pessoas fiquem mais assustadas do que a palavra "câncer". Mas simplesmente franzi o cenho, olhei para meu reflexo no espelho retrovisor (não sei por quê; ele não estaria mentindo a respeito do meu cabelo) e disse: "Er... é". Perdi uma oportunidade, podia muito bem ter dado uma lição no babaca.

24

Fuga para o interior

Dezembro de 2008

E então, sexo. (Pensei que isso chamaria a sua atenção.) E, mais especificamente, a questão de colocar/tirar a peruca. Oh, vamos, sei que você pensou nisso. Eu não fiz nada além de pensar nisso assim que a realidade da peruca foi estabelecida. Não se deixe enganar: P. e eu não estamos fazendo sexo sem parar agora. O câncer não deixa muito espaço/energia/desejo por sexo, e apenas o fato de saber que a Porcaria está em sua vida, meio que desanima. Mas tenho pensado muito na questão da peruca (com ou sem) e pensei mais ainda nisso outro dia, enquanto assistia a série *Família Soprano*.

Você se lembra de Svetlana, a fumante russa inveterada de uma perna só? E do episódio em que ela faz sexo com Tony no sofá enquanto a prótese da perna fica encostada na parede? Bem, fiquei pensando no que pode ser pior: fazer sexo com uma mulher sem prótese de perna ou sem peruca? Analisando de maneira geral, não ter perna obviamente é pior do que perder o cabelo na quimioterapia, mas, pensando no curto prazo, fico tentada a concluir que a maioria das pessoas acharia um parceiro sem peruca bem desestimulante. Porque, sejamos honestos, você passou sua última transa olhando para as pernas da sua cara-metade?

Felizmente, P. gosta de mim sem peruca. E para mais do que apenas sexo. Quando chegamos em casa, ele rapidamente tira a cabeleira, apesar do que está por baixo dela, que deixa muito a desejar (ou a não desejar). Ainda me sinto surpresa. Não surpresa por ser casada com um homem que me prefere *au naturel*, mas surpresa por preferir me ver da maneira como o câncer me deixou. Desde que a quimioterapia terminou, tenho tentado me convencer de que o pior já passou. Porque, por mais que eu tenha suavizado isso aqui, uma das partes mais difíceis da Porcaria para mim tem sido – e continua sendo – o fato de ter de deixar que outras pessoas me vejam.

Gostaria muito de ter feito como Kylie Minogue e passado o tempo todo do meu tratamento na França. Tudo bem, com a intrusão dos *paparazzi* e tudo, ela tinha mais motivos do que eu para ficar reclusa. E, para dizer a verdade, não sou uma Catherine Zeta-Jones nem mesmo nos meus momentos mais gloriosos, mas SOU a mulher que de vez em quando gosta de ser vista em sua melhor forma, e não apenas no que diz respeito à aparência. Então, agora que a Porcaria me tirou a boa aparência, deixando-me careca, inchada, marcada e com uma boa dose de depressão, preciso de horas para me convencer – sem dizer me preparar – a sair de casa.

E sim, a pior parte do tratamento terminou (pelo menos espero que tenha terminado). Mas como P. e eu fomos forçados a descobrir na semana passada em nosso lindo descanso no interior, independentemente da distância percorrida e do pouco espaço na mala, o câncer sempre encontra uma maneira de lhe acompanhar.

* * *

Com Sgt. Pepper desfrutando os mimos na casa dos avós, P. e eu aproveitamos nossa primeira chance, em meses, de escapar por alguns dias sozinhos, longe da familiaridade do hospital e da farmácia onde comprávamos os remédios, além das paredes da nossa casa. Geralmente, sabemos identificar quando precisamos escapar um pouco da rotina e passar um fim de semana em um local diferente, mas o câncer tinha, é claro, atrapalhado isso também, razão pela qual queríamos que aquele fim de semana fosse diferente.

Com a quimioterapia terminada, tínhamos um delicioso intervalo antes da próxima fase do tratamento, e pensamos que aquela seria nossa oportunidade de reaver um pouco da vida normal, aproveitando um tempinho ao nosso estilo, com comida deliciosa, vinho delicioso, uma pilha de DVDs, passeios e muito sexo. E apesar de termos feito as três primeiras coisas direito, meus níveis de energia defasados cuidaram para que nossas caminhadas – e nossa ginástica no colchão – falhassem.

Mas é claro que a minha frustração e a de P. não deixaram de aparecer (droga, aquele passeio tinha sido uma grande melhoria obtida nos últimos meses). Porque escapar para o interior infelizmente não significava escapar do câncer. E na sexta-feira, pensar no que ainda podia acontecer, nos tomou como um tsunami. É como eu contei ao dr. Parafusos Frouxos: a Porcaria é uma batalha mental e também física. O mundo médico pode saber como acabar com o tumor, mas não sabe reconstruir a autoestima que o tratamento para o tumor arruinou nesse processo. Então, entendendo a magnitude do câncer de mama e a maneira como ele mudou sua vida, corpo e personalidade mais do que você pensa, trata-se de uma tarefa absurdamente difícil. E que pode deixá-lo arrasado de vez em quando, fazendo você e seu parceiro chorar abraçados em uma noite de sexta-feira em um quarto de hotel nas montanhas, sem se impressionar com o lindo pôr do sol que está competindo por sua atenção.

Depois da dor da noite anterior, na noite seguinte P. dormiu por duas horas enquanto eu cuidava do ritual de beleza de raspar as pernas (menti quando disse que ficava feliz por não ter de raspá-las mais depois da quimioterapia) e me livrava dos pelos que haviam voltado à minha linha do biquíni, tudo num esforço para ficar mais atraente para meu pobre marido privado de sexo, que havia passado os cinco últimos meses casado com uma mulher horrorosa. E eu já tinha me esquecido de como era fazer tudo aquilo.

Os efeitos de indução à menopausa causados pelo Tamoxifeno também não estavam ajudando muito no departamento da aparência, mas comecei a tentar descobrir se a minha baixa na feminilidade tinha mais a ver com a minha falta de prática no assunto do que com a falta de estrógeno. O câncer não deixa a mulher aparecer. Nem o homem, na verdade. Quando você está na pior fase da Porcaria, você não é homem nem mulher: é um ser. Um ser com uma função: sobreviver. Não sobra espaço para mais nada. Nem para raspar as pernas, nem para cuidar dos pelos da virilha. Nem para passar perfume, nem para passar autobronzeador. Nem para escolher um par de brincos de manhã, nem para cuidar que seu sutiã combine com a calcinha. E nem para o sexo.

Mais tarde, com os cuidados finalizados, fomos para um daqueles restaurantes maravilhosos no qual se conversa por horas sem parar, ignorando totalmente o restante das pessoas presentes. Foi a primeira vez que arriscamos falar da nossa história. Conversamos sobre tudo: desde o dia em que P. sentiu o caroço no meu seio esquerdo, passando pelo horror do meu tratamento. Falamos sobre como a doença mudou a vida de todo mundo para sempre quando P. deu aquele telefonema a meus pais com as notícias do diagnóstico. A primeira vez que olhei para baixo para ver o círculo esquisito no lugar antes ocupado pelo meu mamilo. A maneira como nós dois não sabíamos o que fazer, de que forma reagir ou se comportar quando fiquei muito mal depois da primeira sessão de quimioterapia. A expressão de Jamie e Leanne quando viram como fiquei depois da segunda sessão. A primeira vez que P. precisou desentupir o vaso sanitário cheio com meus cabelos loiros. O escândalo que fiz com Tills na primeira vez que experimentei uma peruca. O sentimento de impotência do meu sogro e a canja de galinha que ele pensou que fosse me curar. As pessoas que tinham sido tão fantásticas e incentivadoras, e aquelas que de repente desapareceram. E a maneira como eu me recusava a buscar um jornal sem arrumar o cabelo, e como tudo isso parece tolo agora que minha aparência e minha autoconfiança chegaram ao fundo do poço.

Apenas quando ousamos parar assim para lembrar do tamanho das coisas pelas quais passamos é que percebemos como fomos incríveis por termos passado por tudo isso. Depois de seis meses disso, P. e eu deveríamos estar comemorando, e não chorando abraçados antes de chamar o serviço de quarto.

Voltando àquele dia em junho, eu havia me acostumado a ter semanas boas e ruins. E de semana em semana eu conseguia lidar com a montanha-russa de emoções. Mas o que se tornava cada vez mais difícil era não saber se de uma hora para hora eu me sentiria feliz, triste, frustrada, irritada, preocupada, chorosa ou o que fosse. Era um pouco como ter TPM o tempo todo, mas sem a menstruação. E eu estava cansada de me sentir daquela maneira – com cinco anos de uso constante de Tamoxifeno, era algo com que eu teria de me acostumar –, mas eu lutava contra o tipo de pessoa na qual acreditava estar me transformando. Desesperadamente, não queria me tornar uma daquelas pessoas voláteis e temperamentais com as quais eu sempre tivera problemas. Ainda que os efeitos colaterais do Tamoxifeno fossem horríveis – ossos fracos, ganho de peso, ondas de calor e secura em locais que podiam muito bem não se transformar em deserto –, eu podia resolver cada um deles de outra maneira. Mas era difícil lidar com as mudanças de humor.

O dr. Parafusos Frouxos disse que eu não deveria me cobrar tanto por algo que não era capaz de controlar. O problema era que minhas emoções não eram tão fáceis de separar. E então concluímos que seria normal sentir diversas coisas conflituosas ao mesmo tempo sem pensar em distúrbio de personalidade. Era normal eu sentir raiva por estar passando tanto tempo no hospital, tendo acessos de síndrome de Estocolmo quando minhas consultas diminuíam. Era normal eu me sentir feliz por ver que a pior parte do tratamento havia terminado, ainda que sentisse raiva por saber que havia mais por vir. Era normal reconhecer a seriedade da minha radioterapia, e também achar graça na hilária posição de *YMCA*. Era normal me esquecer do câncer por um minuto maravilhoso e depois me sentir irritada quando esse minuto passava. Era normal querer passar a vida toda nas montanhas com mais ninguém além do meu marido e ainda assim me sentir decepcionada por não termos filhos com quem dividir aquilo. E era normal aceitar que minha terapia hormonal pudesse me tornar um pouco imprevisível, e ainda assim fazer um esforço para manter as mudanças de humor sob controle. Assim, se um idiota tentasse rir da minha careca de novo, eu não poderia ser responsabilizada por minhas atitudes, por isso esperava que o Tamoxifeno me ajudasse.

25

Sem peruca

Eu até que gosto da radioterapia por enquanto; tem sido bem bacana. (Na verdade, tem sido bem ardido, mas até agora a queimadura de sol que ganhei não chega a ser pior do que aquela que sofri na minha lua de mel, quando deixei o lado direito do meu rosto queimar enquanto o iPod me distraía do protetor fator trinta.) E sim, os efeitos colaterais se acumularão a ponto de eu me arrepender da primeira frase, mas pelo menos, por enquanto, a rádio não é nada impossível de levar. Além disso, trouxe uma descoberta muito interessante, mas falarei mais sobre isso depois.

A sala de tratamento onde farei a radioterapia fica no corredor, do outro lado do estúdio de gravação de *Jornada nas estrelas*, onde tive minha consulta de planejamento, mas é bem semelhante: parece no meio do espaço e cheia de alta tecnologia, mas com um ar de anos 1980. É prateada, com telas de computador e teclados em todos os cantos, com luzes que piscam até apagar. As meninas da rádio do meu turno (vamos chamá-las de Pepsi e Shirlie) claramente assumiram o tema anos 1980 também – quatro tratamentos e no rádio delas só toca Eurythmics, New Order e a trilha de *Dirty dancing – Ritmo quente*. Depois de gritarem números mais alto do que a música e de desenharem em mim com a caneta de ponta de feltro, elas me deixam sozinha na sala para permitir que as ondas radioativas atuem. Ficam me observando por uma tela enquanto eu fico deitada sem me mover, fazendo metade do *YMCA*, cantarolando músicas dos anos 1980.

Quando Pepsi e Shirlie voltam, preenchemos nossa conversa de trinta segundos com amenidades, enquanto elas me tiram da cama de couro (não se excite) e movem as máquinas para uma posição de modo que eu não bata com o traseiro nelas ao sair. Gosto muito de Pepsi e Shirlie. Elas são jovens, animadas e gostam de rir – e sempre tiram sarro uma da outra. Mas não é como na quimioterapia, quando temos o dia todo para bater papo com as enfermeiras. Na radioterapia, você não fica ali dentro tempo suficiente para um bom papo, então acabam sendo trocadas informações rápidas. O que sei sobre elas até agora é que gostam de perguntar sobre o tempo, que Shirlie vai patinar no gelo essa semana, que Pepsi prefere Gary, mas acha que Jason anda bem bonito recentemente, e que as duas usam os turnos da noite como desculpa para fazer compras tarde. E, pelo meu lado, elas sabem que minha gatinha arranhou minha mão esquerda quando tentei limpá-la com o lencinho, que eu já tinha comprado e embrulhado todos os presentes de Natal em meados de novembro, que concordo com a questão Gary/Jason e que troquei a peruca pelos lenços de cabeça.

Isso mesmo, pessoal, estou abandonando a cabeleira. Ou pelo menos na maior parte do tempo. Você pode achar uma decisão esquisita, mas aprendi com o câncer que nem sempre podemos confiar plenamente em nossas opiniões (caramba, deixei de odiar animais e adotei uma gatinha em seis meses). Foi meio por acidente, mas na segunda-feira ficou claro que minha peruca precisava ser lavada (ela só precisa ser lavada a cada três semanas, mas precisa de 24 a 48 horas para secar), então não tive opção a não ser ficar sem ela por um tempo. E, como fiquei feliz por descobrir, eu me senti MUITO menos preocupada usando um lenço de cabeça do que usando a peruca.

Na verdade, pensei um pouco aí. Eu tinha outra opção além do lenço de cabeça: a Peruca 2 (também conhecida como Erika). Acho que já disse como **detestava** usar peruca. (Viu? **Detestava**, em negrito e tudo.) Odeio aquela peruca tanto quanto odeio o câncer que a trouxe para a minha vida. Além de não ser nada bonita, também coça, irrita, lembro que estou usando aquela coisa o tempo todo, ela me envergonha e, francamente, é mais ou menos como andar com a *spice girl* ruiva na cabeça o dia todo. E imagine ter de pendurá-la no gancho do banheiro todas as noites, e levar um susto ao acordar de manhã e dar de cara com ela. Já até comecei a deixar a porta do banheiro aberta na esperança de que Sgt. Pepper a encontre e dê cabo dela enquanto não estou.

Em partes, comecei a usar a peruca porque ainda queria me sentir desejável. No início da minha saga peruquística, me lembro que ficava feliz quando um homem na rua parecia estar me paquerando. Cinco meses depois, receio ter perdido até mesmo o desejo de ser desejada, o que significa alguma coisa, já que tinha um cara bonito na recepção da radioterapia. Mas estranhamente – quando paramos para pensar nos efeitos claros do câncer –, existem vaidades por trás do uso do lenço de cabeça também.

Uma delas é que logo terei cabelos curtos o suficiente (ou seriam longos o suficiente?) para poder sair sem peruca ou lenço de cabeça. E como sempre tive madeixas compridas, preciso aprender a parar de me esconder atrás do meu cabelo. (Tradução: antes de aproveitar o cabelo parecido com o de um recém-nascido, preciso fazer com que as pessoas se acostumem a ver meu carão.) E então vem a paranoia: prefiro que as pessoas concluam que eu tenho câncer ao verem meu lenço do que fiquem tentando descobrir se estou usando uma peruca.

Então abrirei mão do fantasma (a não ser em ocasiões especiais: casamentos, festas, restaurantes chiques, jogo de futebol...). Vou sair do armário do câncer. E parafraseando George Michael, o jogo do qual estou abrindo mão não vale a pena jogar. Liberdade!

* * *

Certo ano, em um jantar de Natal, minha avó apontou para o lenço que eu estava usando como tiara e disse: “Essa coisa faz com que você fique parecida com uma cigana”. Ela não era o tipo de pessoa que procurava diminuir o impacto do que tinha a dizer, mas entre todas as coisas desagradáveis e desnecessárias que me disse, esse comentário ficou. E ainda que eu não admita, foi por isso que escolhi a peruca, e não o lenço de cabeça, num primeiro momento.

Por um tempo, foi a coisa mais certa a fazer. Quando o assunto é a Porcaria, você precisa aceitar logo cedo que a melhor maneira de lidar com isso é fazer o que parece mais certo – e afastar as consequências ou opiniões que possam ter existido antes. O bom, pelo menos, é que ninguém vai questionar. Detesta animais, mas quer um gato? Ótimo, vamos entrar em contato com a Sociedade Protetora dos Animais. Pediu salmão no restaurante e enjoou com o cheiro antes de o prato chegar da cozinha? Sem problema, tem macarrão no armário. Insiste em gastar quatrocentos euros em perucas e não usá-las? Beleza. E então, em cinco meses, passei de insistir em disfarçar meu câncer do mundo com perucas, lápis de sobrancelha e bronzeado falso, até chegar a abrir mão do fantasma com lenços e a uma atitude sincera, tipo “goste ou não”.

Mas tirando isso, a radioterapia ficou mais simples. A rotina diária de uma consulta matinal no hospital, na qual eu tinha de ficar deitada na mesma posição desconfortável por vários minutos, não era exatamente condizente com o uso da peruca, e como eu só era vista em público no hospital, minha aparência não era a mais saudável.

Por mais suave que fosse quando comparada com as consequências da quimioterapia, a dor que vinha com a radioterapia estava começando a me cansar, assim como a rotina monótona. Eu havia conseguido lidar com os efeitos irritantes depois da primeira semana, mas, depois da segunda, a parte do meu corpo que recebia a radiação havia ficado queimada, dolorida, além de coçar. Também estava começando a afetar meu braço esquerdo, a ponto de deixar meus dedos inchados como os de um boneco inflável. E assim, aparentemente com o linfedema primário sendo a causa do problema, fui direcionada à clínica de linfedemas, onde eles me colocaram no equipamento de maior tecnologia e que resolvia o problema do inchaço, o melhor equipamento que a ciência médica tem a oferecer: uma luva. Não era nem mesmo uma luva bonita. Era apertada para interromper a circulação, cor da pele (bem, se você for morena) e sem dedos – e com barras engraçadas do lado de fora. Mas nem mesmo isso destruía a credibilidade das enfermeiras da tal clínica, que também me ensinaram alguns exercícios diários de fisioterapia parecidos com a dança do *Pintinho amarelinho*. (Com isso e com o *YMCA*, imagine a situação!)

O absurdo não teve fim aí. Havia também a pele queimada. Eu havia percebido, mas não notei o inchaço. Do dia para a noite, aparentemente, meu seio esquerdo havia crescido um número a mais do que o direito, e meu implante endurecia a cada sessão. Foi o primeiro efeito colateral que senti em meu seio desde a mastectomia, e pensei em como sempre me esquecia de que tudo aquilo havia começado com um tumor no meu peito. Meu peito adorável. Uma das poucas partes do meu corpo que eu sempre dissera que nunca mudaria (assim como eu sempre dissera que alopecia era um dos meus maiores medos – parece que é preciso tomar cuidado com o que se deseja e também com o que se teme). Mas isso tinha ocorrido seis meses antes. Agora, meu peito havia se tornado um nódulo redondo e enorme de massinha vermelha e endurecida – sem um mamilo.

Meu peito tinha sido pouco exposto, e uma parte de mim se arrependia por não tê-lo exposto mais: tirando fotos, fazendo *topless* ou levantando a camiseta enquanto estivesse nos ombros de alguém em um show do Oasis. Mas eu não passaria a mostrar mais o peito a partir de então, e não era porque tinha me casado. Tentei imaginar como lidaria com o sexo no futuro se não fosse casada. Fico me perguntando o que mulheres de um seio só, atacadas pela Porcaria, fazem quando se recuperam e ficam prontas para voltar à diversão. Como abordar esse assunto? A história do "eu tive câncer" é meio brochante, não? Ou seria um grande teste para um homem, para ver se ele se incomoda com isso ou não? Isso faz com que você nunca mais tire o sutiã? Você deve mencionar com antecedência ou esperar até que ele perceba?

Naquele momento da minha reconstrução, não havia como esconder o fato. Com uma marca diferente no mamilo esquerdo, meu seio estava longe de ser o dos sonhos. E como descobri em minha segunda semana de quimioterapia – quando, devido ao turno pré-Natal, Pepsi e Shirlie começaram a trabalhar com dois enfermeiros na sala de tratamento –, P. deixou de ser o único rapaz a ter de olhar para o meu mamilo e fazer cara de paisagem. Até aquele momento, as duas profissionais que estavam cuidando de mim eram mulheres e os homens eram bem mais velhos. Mas agora, de repente, dois caras da minha idade tinham a tarefa de direcionar a radiação para o meu seio (e pescoço, ombro e axilas, mas não me preocupei tanto com essas partes) e queria saber o que eles achavam de mim.

Não que a opinião de outros homens pudesse importar, claro. Felizmente, eu só precisava tentar concluir se P. conseguiria me ver nua, e por experiência eu sabia que não seria um problema. Mas isso não me impedia de me preocupar. Então, um dia, decidi fazer um teste com os meninos da radioterapia, para ver se eles sentiam repugnância por mim.

– Você está um pouco arrumada demais para a radioterapia, não está? – P. perguntou.

– Ótimo, que bom que você notou – respondi, tentando encontrar um par de brincos que combinasse com meu lenço de cabeça mais glamouroso.

– Sim, mas por quê?

– É uma experiência – eu disse. – Há dois moços jovens fazendo a minha rádio esta semana e preciso saber se eles sentem repulsa por mim.

P. revirou os olhos. Depois de dois anos de casamento, ele sabia que não devia questionar outro dos meus testes, que geralmente mais se pareciam com um desenho animado do que com qualquer outra coisa.

– Bem, só espero que não tenha nada a ver com o cara da recepção – ele continuou, olhando para mim de modo acusador. – Eu li no blog que você o achou bonito.

– Oh, Deus, claro que não. Além disso, paquerá-lo é só um pouco de diversão para escapar da monotonia. Você vai me acompanhar na próxima semana e vai poder ver com os próprios olhos que ele não é nenhum P. Lynch.

– Sei... – ele disse. – Mas se fosse comigo...

– Eu sei, eu sei – admiti. – Mas ninguém vai ficar tarando sua esposa paciente de câncer, não é?

E assim entrei no andar da radioterapia com lenço de cabeça, sapatos de salto alto e brilho labial, aproveitando uma minipaquera com o carinha da recepção e estendendo aquilo um pouco mais pelo corredor para tentar a sorte na sala de tratamento. O Cara 1 da rádio foi moleza: um comentário nada original a respeito de estar sem roupa no escuro e pronto. O Cara 2 foi mais difícil. Tentei de tudo: desde perguntar sobre os bares aonde eles iam até o escândalo da festa de Natal, mas nada. E quando desisti e comecei a falar sobre amenidades, as fofocas das revistas – dessa vez sobre a Rihanna, sobre como eu queria um cabelo como o dela e que pena era saber que ela e Chris Brown não eram as pessoas certas um para o outro, ainda que parecessem tão fofinhos juntos nas fotos –, finalmente recebi minha resposta. O Cara 2 da rádio realmente estava surpreso com os meus seios. Mas pelo visto nem mesmo Rihanna chamava a sua atenção... ele gostava mesmo era do namorado dela. Com base nisso, fiquei feliz por admitir a derrota. E na minha situação, não era nada mal atrair a atenção da "metade" dos homens.

26

E nunca pensei

Não vou mentir: estou me esforçando para lidar com a Porcaria agora tanto quanto estava na época da quimioterapia. Pode ser que eu tenha me concentrado nos efeitos físicos e nas coisas que preciso fazer em resposta a elas (nada, na verdade; a rádio está me deixando mais exausta todos os dias), mas as diversas questões mentais estão me deixando doida.

No meio do jantar de Natal, me vi faltando *isto* para largar o garfo e a faca, jogar meu prato na parede (como acontece nas novelas) e gritar "que droga é essa?" para P. e meus pais. Naquele momento, simplesmente não conseguia acreditar que, independentemente do que havia ocorrido este ano, eles estavam comendo peru e usando chapéu de papel como se aquele fosse um dia 25 de dezembro perfeito. (Minha suspeita de que um chapéu de papel substituiria bem um lenço de cabeça logo foi derrubada – a partir dos ombros, ficava tudo muito esquisito.) O simples ato de "levar a vida" às vezes parece tão difícil diante de um diagnóstico de câncer que de vez em quando me pego irracionalmente irritada com o restante do mundo por continuar vivendo normalmente. TUDO mudou para mim, então por que todo mundo está vivendo como se nada tivesse acontecido.

Uma parte de mim quer falar para mim mesma: "Poxa, você tem câncer. E daí? Supere isso". E, admito, na maioria das vezes (menos neste blog), eu lido bem com a história do câncer – pelo menos em público –, preferindo fazer piadas, diminuir sua importância e sorrir o máximo que consigo. Mas meu outro lado compreende – e morre de medo – o peso disso e quer fazer algo igualmente absurdo em resposta. Às vezes parece que estou na boca de um vulcão e que logo serei lançada para cima. Mas acho justo. Algo tão inesperado quanto câncer de mama antes dos trinta anos de idade merece uma reação tão maluca quanto a mudança de cor de pele de Michael Jackson ou o raspar de cabeça de Britney Spears (insira a piada óbvia aqui). Dependência de drogas está fora de cogitação – consumi drogas o suficiente nesses últimos meses para uma vida inteira, e posso dizer que já ganhei e perdi peso como Elvis Presley. Então talvez seja hora de fazer uma tatuagem, não?

Tenho algumas resoluções de Ano-Novo e uma delas é esta: o ano que vem vou aceitar meu seio sem a Porcaria. Cansei do câncer de mama e de tudo o que ele fez comigo, da maneira como ele deixou a minha aparência, das questões que ele me fez enfrentar, do efeito que teve na minha vida e na vida dos meus familiares e amigos. Nunca antes precisei tanto de um recomeço como agora. A partir deste momento, o peito está superando o câncer, e não passando por ele.

Assim, é um equilíbrio meio difícil de alcançar. Não quero ser definida por ter câncer de mama, mas, ao mesmo tempo, esse é um assunto MUITO sério, por isso quero que as pessoas saibam que passei por ele. E também quero uma recompensa por ter passado por ele. Quando as pessoas escalam o Everest, correm, saltam ou se destacam nas artes cênicas, elas recebem algo em troca. Bem, esse é o meu Everest, caramba, e se eu tiver de fazer minha própria medalha com papel-alumínio e laço de fita que sobrou do Natal, que seja. Só não consigo entender que você pode passar por tudo isso e as pessoas ainda esperarem que você saia normal, com nada a mostrar ao mundo como experiência. (Sim, estou dando uma indireta aos Louboutin.)

* * *

Como aquele era o primeiro Natal desde a morte da vovó, as comemorações seriam um pouco contidas, então acho que se havia um período de festividades para desperdiçar com o câncer, era aquele. Com a responsabilidade de preparar a ceia de Natal pela primeira vez, P. e eu entramos no espírito, debatendo-nos como perus antes do abate e comprando mais coisas do que conseguiríamos enfiar no apartamento – porque, claro, nenhum Natal estaria completo sem minimuffins de geleia de ameixa, velas com cheiro de canela e três tipos de molho de mirtilo.

Apesar do dia de Natal ter sido tranquilo para nós quatro (P., eu, meu pai e minha mãe), consegui realizar algumas festas ao longo da temporada. Com eventos do trabalho e noites em bares fora de cena por causa do meu cansaço, fui forçada a participar de encontros mais caseiros (ou seja, onde tivesse uma cama ou sofá no qual eu pudesse me jogar). Então foi sorte Tills e Si terem concordado em realizar uma de suas lendárias festas com a ajuda da minha lendária (é o que acho) lista de músicas para festas. Uau! Que coisa legal. Usando saltos pela primeira vez depois de muito tempo e sem radioterapia marcada para o dia seguinte, dancei até quando pude, com uma trilha sonora feita especialmente para possibilitar um descanso entre as faixas de músicas animadas para dançar.

Enquanto eu dançava com meu amigo (e o parceiro de dança favorito de todo mundo) Martin a música *Common people*, vi P. sorrindo para mim com um olhar que minha família chama agora de "aqueles olhos"; o messmo olhar que eles testemunharam no dia de nosso casamento. Eu me aproximei dele, olhando-o com cara de "o que foi?". Mais tarde, li em seus lábios enquanto ele balançava a cabeça e me fazia um gesto para voltar a dançar com Martin.

– O que foi aquilo? – perguntei a P. no caminho para casa.

– Foi brilhante – ele disse de maneira entusiasmada. – Brilhante. Você estava dançando feito uma doida.

– Ah, que coisa! – eu ri.

– Não estou brincando, cabeça de vento – P. continuou. – Foi brilhante porque senti uma alegria gigantesca quando olhei para você.

– Ah, lindo! – eu disse segurando o braço dele. – Isso é lindo demais.

– Fazia muito tempo que eu não via aquilo – ele disse com os olhos marejados. – Foi como ver o passado que nos foi tirado.

Concordei.

– Mas o mais importante – ele continuou de modo profundo. – Eu também vi um pouco do nosso futuro.

P. estava certo. Com o Ano-Novo, veio um pouco de esperança que 2009 não poderia ser tão ruim quanto 2008, e como eu disse em meu blog, eu estava determinada, ao longo dos meses seguintes, a *superar* o câncer – não passar por ele. Mas como todo Ano-Novo traz uma ressaca, o meu não era apenas o tratamento que eu ainda faria, mas também aceitar o que havia acontecido. Superar o câncer não era algo que eu conseguiria fazer sozinha – assim como o tumor do meu corpo precisava de ajuda para ser retirado, também precisava ser removido o câncer da minha mente. E o medo a respeito de qual tipo de vida eu teria quando terminasse o tratamento pesava em mim.

O motivo inicial para ter feito terapia era porque eu precisava de ajuda para ter uma vida na qual o câncer seria apenas um detalhe, mas eu também queria entender que tipo de vida seria. Depois de um obstáculo tão grande, o que poderia vir em seguida? Pelo menos era sobre isso que eu pensava estar me preocupando. E eu teria continuado a pensar que esse era o problema se não tivesse conhecido o dr. Parafusos Frouxos.

O dr. Parafusos Frouxos é o Colombo da terapia. Ele me levava em uma direção e, quando eu pensava que tinha colocado para fora tudo o que tinha para oferecer, ele entrava no esquema de "só mais uma coisa", e descobria o problema real antes mesmo de eu conseguir dizer casaco de lã (ou calça de veludo). Então ali estava eu, na sessão três, extravasando sem culpa toda a minha preocupação por não saber o que faria em seguida quando ele, de repente, deu uma de avaliador de teste de aptidão de escola e me perguntou como eu gostaria de estar em seis meses, um ano, dois anos e cinco anos. Falei sobre a diversão que eu teria com P., Tills e Si em Glastonbury, os bares onde queria encontrar meus amigos, o penteado bacana que queria usar, o trabalho para o qual estava ansiosa para voltar, as férias que ia planejar, a casa que queria comprar, o livro que pretendia escrever e a metamorfose pela qual queria passar, deixando de ser a moça que tem câncer e passando a ser a moça que *venceu* o câncer. Ou, melhor ainda, apenas *a moça*. (Tem algum problema em ser chamada de "moça" aos trinta anos?)

E pronto. Caso encerrado. Minha preocupação não era minha capacidade de fazer um plano de vida (esse exercício foi prova de que minhas habilidades de administrar as coisas continuam boas como sempre), mas de que as forças do câncer pudessem interromper os planos que eu fazia. No final do meu planejamento de vida discutido com o dr. Parafusos Frouxos, comecei a chorar.

– Esqueça tudo isso – eu disse a ele. – Em cinco anos, eu só quero ainda estar aqui.

E aí está o problema de se esforçar para seguir em frente. Não dá para decidir fazer isso quando dançamos de salto pela primeira vez, ou quando um Ano-Novo surge para guardar as coisas de modo aparentemente organizado. As coisas não funcionam assim. Porque existe muito mais coisas com o que se lidar do que apenas o diagnóstico, o tratamento e a melhora.

Assim que você recebe o diagnóstico, todo mundo fala das suas chances de sobrevivência. E como se o diagnóstico por si só já não fosse bem assustador, as previsões de cinco e dez anos assustam. (Apesar do tamanho e da extensão do câncer, meu número era "70%", graças à minha idade e ao tratamento maravilhoso que o Serviço de Saúde Nacional pode oferecer.) Mas então começa o turbilhão de remédios e consultas no hospital, e de repente todo mundo para de falar sobre suas chances de sobrevivência, optando pela atitude positiva do *quando* em vez do *se*. E você se deixa levar. Mas quando os horrores da quimioterapia terminaram e me vi semicerrando os olhos diante das luzes no fim do túnel, de repente voltei a me preocupar com a possibilidade de não estar aqui para mostrar o dedo do meio para as estatísticas.

Nem sempre fico brava. Gosto de pensar que sou bastante "o que será, será" (isso se tirarmos de cena as decisões dos juízes em jogos de futebol). Mas o fato de que eu tinha de pensar em quanto tempo de vida ainda teria aos 29 anos foi duro de engolir. Foi injusto e doloroso – e não apenas para mim. Então, por esses motivos, fiz o melhor que pude para evitar falar a esse respeito. Mas como o dr. Parafusos Frouxos me lembrou, eu sempre mencionava sobre o câncer de mama como uma batalha igual entre corpo e mente. Eu havia escrito no blog sobre meu intestino preso e meu mamilo inexistente, então, por que não falar sobre a morte?

– Por que você não escreve no blog sobre seu medo da morte? – ele perguntou, cruzando as pernas e tamborilando a caneta no bloco de anotações.

– Bem, porque sou inglesa – respondi. – E nós não falamos sobre morte, não é?

Morte é o último assunto que nós, ingleses, discutimos. Independentemente da situação, é desagradável. É a primeira coisa na qual você pensa quando dizem que você tem câncer (bem, pensei primeiro no cabelo, depois na morte). Mas, ainda assim, depois que o diagnóstico é feito, ninguém mais fala nisso. Eu não tinha falado nem escrito no blog sobre a morte antes porque não queria chatear a minha família.

Mas agora, no meio da terapia, e repentinamente mais capaz de contar às pessoas o que eu sentia, comecei a esperar sentir um tipo de alívio pelo fato de finalmente estar pronta para falar – mas não escrever no blog – a respeito. "Para dizer tudo da maneira mais sincera possível", escrevi, "se eu morrer, morri – não teria de lidar com mais nada disso." Por isso é muito mais difícil para a minha família e para os meus amigos pensar nisso. E para mim é mais difícil pensar na morte de um dos meus entes queridos do que na minha própria. Mas se for o caso, que seja. Não posso fazer nada a esse respeito, apenas continuar fazendo o que faço. O que tiver de ser, será.

Eu achava que ter câncer devia ser como experimentar todas as partes da morte sem realmente empacotar. E sempre disposta a encontrar o lado bom dessas coisas, acredito que me sentia com sorte. Eu já tinha sentido o cheiro das flores do meu velório. Quando alguém morre, essa pessoa nem sempre tem a chance de saber como foi amada. Mas não me deixaram dúvidas. As pessoas me diziam "eu te amo" mais do que eu esperava ouvir. Eu ainda não me sentia feliz por ter câncer, fique sabendo, mas sem ele eu não teria tido a presença enorme de pessoas maravilhosas ao meu redor. Não é sempre que conseguimos olhar para o que passou em nossa vida (até agora) dessa maneira. E ainda que, por um lado, perceber o que eu tinha mostrava quanto eu podia perder, por outro, me dava muito mais forças para lutar. Então, quando pensava na vida feliz e completa que eu tinha antes mesmo dos trinta anos, a questão do "fim" parecia um pouco menos assustadora.

Não que eu planeje deixar que o período de sobrevivência de cinco anos (mesmo se fossem de cinquenta anos) atrapalhe. Havia – e ainda há – muito o que ser feito da minha lista de desejos. Preciso ver meu time ser campeão nacional, por exemplo. E, enquanto isso, havia um festival de música no qual eu me embebedaria, um livro que escreveria, um apartamento para decorar, um marido ao lado de quem envelhecer e uma peruca pronta e esperando pelos meus oitenta anos. Pode parecer bobagem, mas vou ficar melhor com a idade.

27

Reabilitação

Janeiro de 2009

Não sei o que você pensa, Winehouse, mas eu digo sim, sim, sim. Abra caminho, Lohan. Com licença, Moss. O seu tempo acabou, Williams. Revistem minha mala. Quero um quarto especial. Estou num caminho sem volta para a minha reabilitação.

Como eu disse no ano passado, 2009 é o ano de resolver as coisas. É sério, veja o horóscopo chinês. (Gostou de como eu disse "ano passado"? Viu? É tudo uma lembrança ruim.) Este é o ano em que mais uma vez conseguirei pegar um secador, sair para comprar sutiã, fazer mais sexo, prestar atenção aos pelos da virilha, mexer meu traseiro inchado pelos esteroides e fugir da Porcaria. Oba!

Neste momento, não estou com a aparência muito boa. É até simpático demais da minha parte dizer isso. Mas está na hora de fazer algo a respeito. Sei que vai demorar um pouco, por isso quero começar cedo, antes do apito final da minha cirurgia e antes do fim do tratamento de radioterapia. Também sou realista em relação ao tempo que vai demorar – droga, não preciso apenas esperar meu cabelo crescer, mas também preciso perder peso, transformar meu peito esquerdo, além de ter cílios e sobrancelhas para cultivar. Então o plano é este: esqueça os vinte e poucos anos, vou riscá-los agora e começar uma preparação para estar linda na minha maravilhosa festa de *My super sweet 30*. (Pensando com Busby no sofá, tive uma ideia e decidi fazer da festa dos meus trinta anos um evento de caridade para angariar fundos para entidades ligadas ao estudo e tratamento do câncer de mama. Bem, você sabe como gosto de projetos.)

Mas voltemos à Operação Metamorfose. A questão é que o câncer está me forçando a mudar de imagem. Assim como é fora da realidade pensar que terei a vida que tinha antes da Porcaria, também o é achar que terei de volta meus longos cabelos loiros assim que estiver pronta para me livrar do lenço de cabeça. No momento, o problema é menos comprimento, mais cobertura. E já que descobri no Wikipédia que o cabelo humano cresce 0,4 milímetro por dia, acredito que meu cabelo estará num comprimento razoável quando eu for para Glastonbury. Mas é claro que, para tanto, vou precisar de um rosto decente. Então, assim como a missão cabelos, também estou numa missão perda de peso para me livrar dos dez quilos (que horror!) que o câncer me deu. (Meu DVD de ginástica estará nas lojas no próximo Natal.)

Estou pensando no peso a mais como peso ganho em uma gravidez, mas sem ter gerado um bebê. E, pensando bem, não é tão maluco assim: vários meses de sofrimento, a retirada de algo diferente do meu corpo, as noites sem sono, até mesmo o papel de mãe – ainda que de gato, e não de bebê. Bem, independentemente de onde você queira pensar que veio esse peso, ele vai embora.

No que diz respeito à saúde, ainda falta muito para eu sair correndo pelo parque (caramba, ainda estou correndo para a privada). A radioterapia continua sendo difícil e o cansaço está me fazendo lembrar da época da faculdade, das muitas noites em que dormia tarde, ficava com meninos malcheirosos e acabei com febre glandular. Mas ainda que me assuste, gosto de ter um lugar aonde ir todos os dias, e de ver bastante gente. É como ir para o trabalho: eu digo "oi" para o menino (ainda bonito) da recepção, digo "bom-dia" para os pacientes das 11:00 horas na sala de espera e converso um pouco com os funcionários da radioterapia.

Nas últimas semanas, estou encontrando os funcionários de que mais gosto na sala de radioterapia (de Pepsi e Shirlie a Bucks Fizz, e agora Dollar). Adoro Dollar (sério, isso está ficando esquisito). Eles sempre me contam as piadas do departamento, e nós rimos muito (além disso, acho que ganhei alguns pontos depois de contar-lhes algumas fofocas sobre a minha amiga Ant, repórter de Los Angeles). Só tenho mais nove sessões para fazer e vou sentir saudades deles quando terminar. Você acha que é aceitável ser amiga deles no Facebook? Ou assar um bolo seria uma forma melhor de demonstrar gratidão?

* * *

Quando postei uma foto minha não tão careca, recebi muitas mensagens.

"Essa é *exatamente* a coisa mais certa a se fazer", Tills disse.

"Estou com um pouco de medo de dizer isso, já que você baniu essa palavra, mas isso é uma coisa muito corajosa de se fazer", Weeza comentou.

Porém a verdade, receio, é que publicar aquela foto no blog foi mais um ato de covardia do que de coragem.

Começou com uma reunião de Ano-Novo na minha casa. Com Ant passando as festas em Londres vinda de Los Angeles, convidamos os amigos de sempre – Tills, Si, Polly, Martin – para irem até o apartamento jantar conosco. Era a primeira vez que Ant me via desde a minha viagem a Los Angeles, na época entre o momento em que descobri o caroço e o outro, em que descobri que tipo de caroço era.

– Oh, Mac! – ela exclamou quando abri a porta da minha casa. – Você ainda está igualzinha a você!

– Espero muito que não – eu disse. – Não *quero* parecer com isto!

– Oh, cala a boca – ela respondeu, enfiando uma garrafa de cava na minha mão. – Você está linda e pronto!

Olha, eu adoro a Ant, e adorei ainda mais quando ela me elogiou pela minha aparência quando eu estava usando uma peruca horrível (por ser uma ocasião especial, tirei a peruca da gaveta) e um vestido alguns números menor. Mas naquele momento, Ant estava enganada, eu não estava linda. Estava horrorosa. Porém não percebi como estava horrorosa até Ant colocar as fotos da sua viagem no Facebook.

"Antonia marcou uma foto sua", recebi um e-mail.

"Ah, droga", pensei, clicando no link. "Isso não pode ser bom."

Junho de 2008 a janeiro de 2009 tinha sido um período sem fotos; apenas no casamento de Jamie e Leanne eu aceitei que uma câmera apontasse na minha direção e, como isso aconteceu depois de uma maquiagem bem aplicada e de um bronzeamento com spray, eu estava preparada para deixar rolar.

"Você *precisa* apagar essa foto", pedi a Ant por e-mail assim que me desmarquei na foto. "Aquela não é uma foto minha. É a foto de uma louca gorda de peruca. Eu *não quero* que as pessoas me vejam dessa maneira."

Não costumo usar palavras grosseiras com meus amigos, e eu sabia que Ant ficaria surpresa com meu tom irritado. Não foi legal fazer aquilo, e quando cliquei em enviar, imediatamente me senti mal por escrever um e-mail tão grosseiro. Mas a verdade é que eu estava espumando de raiva.

Era para ser um novo começo, o início não apenas de um novo ano, mas de uma nova vida. Porém, naquele dia, chorando em cima do laptop ao ver o que a Porcaria havia feito comigo, fiquei muito longe de fazer isso. Ali estava eu, chorando ao ver uma foto minha me escondendo, quando o que havia por baixo era muito pior. E então, concluindo que estava na hora de sair do meu esconderijo aos poucos, tirei a minha primeira foto *sans* peruca, postei na internet e a enviei a Ant com um pedido de desculpas.

Meu disfarce tinha razão de ser, fique sabendo. Na semana seguinte, mais para o fim da radioterapia, com meu tratamento tendo se estendido por três semanas, corri (OK, caminhei rapidamente) para o carro e encontrei um guarda de trânsito parado diante dele, mexendo no seu bloquinho de multas, lambendo os beiços e autuando meu Astra como um lobo faminto. Algum guarda já disse que não poderia cancelar sua multa porque já tinha começado e não dá para voltar atrás? Bem, é MENTIRA. Porque aquele cara parou e desfez. E juro que foi por causa do meu lenço.

Não foi a primeira vez que meu lenço me garantiu tratamento especial. Naquela manhã, na sala de espera lotada da radioterapia, uma mulher me ofereceu a cadeira que ocupava.

– Oh, aqui, querida – ela sorriu. – Sente-se aqui, não sou paciente.

E na semana anterior, voltando do hospital depois de enfrentar um baita trânsito, consegui calar a boca de uma mulher muito nervosinha que gritava impropérios pela janela do seu carro a qualquer pessoa que cruzasse seu caminho nas vias tomadas.

Quando nossos carros se alinharam, com as janelas abaixadas, olhei calmamente na direção dela e disse:

– O que você tem para ter motivos para reclamar, senhora? – Ela não teve o que responder. E olha, foi bom.

Por mais feliz que eu ficasse com o lado bom do câncer, comecei a me perguntar se podia existir uma questão moral ali. Apesar de ter certeza de que ninguém negaria a um paciente de câncer tirar vantagem de algumas coisas sempre que possível, em que momento aceitar ajuda se tornava abuso? Quando se tratava do jogo do câncer, quais eram as regras? Claro que não é apenas um jogo. Existem diversas cartas nesse monte: câncer, saúde, idade, sexo... e é perfeitamente aceitável usar a desculpa da gravidez, não é? Seja para conseguir um assento no metrô ou um vagão melhor no trem. Então, desse ponto de vista, o câncer é uma desculpa justa? (Mostro minha careca.)

Não tenho por que mentir agora: usei o câncer de mama como desculpa algumas vezes. Mas não tanto quanto poderia ter feito. Estou longe de me encher de moralidade. Porque apesar de acreditar que a desculpa do câncer deveria ser reservada para ocasiões especiais, como sapatos vermelhos de salto que você guarda para usar em uma noite especial, não devo criticar ninguém que queira usá-lo quando quiser.

Enquanto dirigia para as minhas consultas, ficava pensando no que faria se fosse parada por estar acima da velocidade. E eu corria o risco de isso acontecer, levando em conta o tempo insuficiente que eu tinha para chegar ao hospital todas as manhãs (bem, estou sempre atrasada). E, sem dúvida, sem o recurso do decote para usar, eu tinha de usar o do câncer, mesmo. E convoco você a fazer o mesmo.

A verdade é que no meu segundo ano de câncer, decidi que já tinha cumprido penitência. Havia aguentado firme, realizado o tratamento e já tinha registrado a Porcaria em meu histórico. Eu tinha direito a usar aquela desculpa. O câncer não vem com benefícios. Seu médico não diz: "Sim, sinto muito por você estar com câncer. Mas, pelo menos, o moço da entrega vai deixar suas encomendas dentro da sua casa, em vez de apenas deixá-las na porta".

P. não usava a desculpa do câncer. Mas pensava em usar. Um dia, ele voltou para casa meio irritado com uma colega que o aborrecera o dia todo com sua voz chata, resmungante.

– Do que ela reclamava? – perguntei.

– Ah, sei lá. Do tempo, do peso, ou de algum problema qualquer. Eu queria agarrá-la pelo pescoço e dizer: "Cala a boca, mulher. Você tem ideia das coisas pelas quais estou passando?".

Mas ele não fez isso, porque P. é muito bom. Na verdade, poucas pessoas do seu escritório sabiam que ele estava cuidando da esposa com câncer de mama. Era algo que ele mantinha em segredo em sua vida profissional, desejando, ao mesmo tempo, evitar a pena das pessoas e continuar trabalhando como sempre.

Quando algo como o câncer entra na sua vida, você não tem um pingo de paciência com as lamúrias tolas das outras pessoas. Por isso, vou além e digo que não há problema algum em outra pessoa usar a desculpa do câncer por você. (Dentro do aceitável. Não quero que você não cumpra um prazo amanhã e me culpe.)

Por terem cancelado duas férias e diversos outros passeios por minha causa no ano anterior, meus pais reservaram para eles um bem merecido fim de semana prolongado pré-Natal em Nova York. Na hora do *check-in*, eles viram que o voo estava lotado e que a atendente estava ocupada tirando pessoas do avião.

– O que faremos se eles tentarem nos tirar daqui? – minha mãe perguntou.

– Aquela mulher vai saber *exatamente* o ano que tive – meu pai respondeu. Muito bem!

28

Até o fim

Uma mastectomia, cinco meses de quimioterapia, seis semanas de radioterapia e pronto. Meu tratamento de câncer (se não contarmos o restinho, com a cirurgia e os cinco anos de Tamoxifeno) terminou. Terminado. Nem acredito.

Outro dia, estava sentada no sofá com minha mãe, lendo os comentários que as pessoas deixavam em meu blog.

– Não acredito que tudo isso aconteceu – ela disse.

– Eu sei... é maluco, não é? Todas essas pessoas que nunca vi sendo gentis comigo. Não sei o que pensar – respondi.

Minha mãe pareceu surpresa.

– Sim, isso é ótimo, mas não foi o que eu quis dizer – ela explicou. – Eu me referi a tudo isso. Câncer de mama. Não acredito que aconteceu com você.

Na verdade, nem eu acredito. Faz quase oito meses desde o diagnóstico, sete meses desde a mastectomia, seis meses desde o início da quimioterapia e seis semanas desde a primeira sessão de radioterapia. Oito meses falando, me preocupando, chorando, ficando obcecada e escrevendo no meu blog sobre o câncer, e não sei se deveria estar delirantemente feliz por ter terminado ou ferrada da vida por ter acontecido. Vejo-me dividida entre me sentir hiperativa, procurando liberdade, e tomada pelo pânico. Mas, na maioria do tempo, sinto apatia. Choro, me sinto cansada e apática.

A realidade de ter câncer de mama acabou de me abater. Parece que fui lançada de novo àquele mesmo buraco negro dentro do qual estava no começo, naquela época horrorosa entre o diagnóstico e o tratamento quando não existe nada a ser feito além de ficar lendo coisas apavorantes na internet e tentar se convencer de que você não vai morrer. E então, na noite da minha última sessão, tive um ataque de pânico. Pelo menos acho que tive, não sei se já tinha acontecido. Mas tive aquela mesma sensação de sufocamento, coração aos pulos, estômago embrulhado, palidez e medo do futuro que senti em junho.

Quero que esta seja uma história positiva. Quero levantar, sacudir a poeira e dar a volta por cima. Assim como todos ao meu redor – por menos que eles digam, sei que eles se sentem frustrados por eu não estar tão bem (física e mentalmente) para voltar à vida como era antes. E é verdade que por mais que eu tenha falado, me preocupado, chorado, aterrorizado e escrito sobre a Porcaria por quase oito meses, foram eles quem escutaram tudo. Estão tão cansados de tudo quanto eu. Devem se sentir como se fossem os ouvintes de um único assunto. Mas também quero que esta seja uma história honesta. E a verdade é que no fim do tratamento há tanto a lamentar quanto a comemorar.

Existe uma comunidade maravilhosa da Macmillan de apoio a pacientes de câncer na internet chamada What Now? [E Agora?]. E para as pessoas destreinadas e não preparadas para o câncer, trata-se apenas de um título simples e fácil de lembrar. Mas para qualquer pessoa que já esteve na minha situação, dar o nome de "E agora?" para uma comunidade de apoio à doentes de câncer é algo brilhante.

* * *

– Tills? O que é...?

– Feliz dia do fim do tratamento! – ela gritou segurando uma garrafa de champanhe com um laço enorme enquanto eu caminhava para a sala de radioterapia para a minha última sessão.

– Sua maluca – eu disse dando-lhe um abraço enorme. – Quem te contou que eu estaria aqui?

– Bem, P. me ajudou – ela respondeu. – Ele me deu os dias, horários e tudo o mais. Oh, e vi o bonitinho da recepção.

– Ah, sim. Pensei que P. não tivesse dito nada – eu disse sentando-me ao lado dela na sala de espera, colocando a caixa com os *cupcakes* que eu tinha feito para entregar aos funcionários no chão, diante dos meus pés. – Na verdade, não entendi bem por que ele não havia se oferecido para me acompanhar hoje, mas acho que agora está explicado, não é?

– Certamente – Till disse. – Bem, eu não queria que você voltasse para casa sozinha depois disso, por isso vou levá-la para almoçar.

– Você é uma amiga *maravilhosa*, dona Till – eu disse beliscando o joelho dela.

Por ser uma amiga maravilhosa, Tills sabia, sem que eu precisasse dizer, que o último dia de tratamento tinha o potencial de ser cheio de emoção. Por fim, depois da minha rotina de tratamento meticulosamente coreografada e depois de estar livre, ela sabia muito bem que eu não saberia muito bem o que fazer sem um esquema de horários de consultas e tratamento me dizendo aonde ir em seguida. Deixar de lado o hábito de planejar com antecedência tinha sido a primeira dificuldade a ultrapassar depois do meu diagnóstico – apesar de ir contra o meu eu, a única maneira de me manter tranquila era aceitando o clichê de viver e aceitar um dia por vez. E era exatamente o que eu vinha fazendo havia sete meses – mas, naquele momento, eu precisava desligar de novo e encontrar o caminho de volta à minha velha maneira de viver a vida. E não era tão fácil quanto parecia.

– Você vai ficar bem pelo resto do dia? – Tills perguntou, preocupada, depois de sairmos do restaurante japonês onde eu havia chorado em cima do meu *tempura*.

– Vou ficar bem – respondi. – Sinto muito por não ter celebrado tanto hoje, principalmente depois de todo esse esforço.

– Moça – Tills disse, me abraçando –, acho que a essa altura já sabemos que a Porcaria não nos deixa celebrar quando queremos. Mas nossa hora vai chegar. Você sabe disso, não é?

– Eu sei, eu sei – eu disse. – E, olha só, por enquanto, tenho uma baita garrafa de champanhe e uma caixa de rosquinhas com meu nome esperando por nós.

– Isso aí, garota – Tills disse, levando-me para o estacionamento.

Por ter terminado a radioterapia em uma segunda-feira (para mostrar que o tratamento de câncer nunca termina no dia certo), o restante da semana estava igualmente incerto. E, no fim das contas, meu ataque de pânico pré-fim não seria meu último. Sempre pensei que os ataques de pânico eram como acessos: palpitações, visão estreitada, tontura, desmaios e médicos. Assim como acontece com o câncer, eu havia empurrado todos eles para debaixo do tapete dizendo: "Eles nunca vão acontecer comigo", e segui minha vida. Mas ao longo da semana, ficou claro que eles também estavam interferindo nas coisas; eram momentos desagradáveis, assustadores e incontroláveis que me tomavam, que tiravam meu fôlego, que me faziam tremer e chorar nos raros momentos em que eu não estava ocupada.

Manter-me ocupada era o segredo. Antes da Porcaria, eu adorava não fazer nada. Eu passava muitas horas deitada, feliz com meus pensamentos. Já tinha morado sozinha também e adorava. Sempre gostei da minha própria companhia, sem fazer nada. Mas, de repente, eu nunca ficava sem fazer nada, e nunca ficava sozinha (sem querer parecer uma doida pela minha gata, mas considero que ela me fazia companhia). Mesmo quando eu ficava sozinha, sempre pensava em alguma coisa. Assim como sempre estou pensando em uma música, comecei a ter sempre uma tarefa a cumprir, um e-mail a enviar, o *status* do Facebook para atualizar, uma mensagem para postar no Twitter, uma lista para escrever... Para quem era bem preguiçosa, eu estava me mantendo bastante ocupada. E era um estado que eu queria manter, porque eu simplesmente não *conseguia* ficar desocupada. Porque eram nesses momentos que os ataques de pânico surgiam.

O problema, é claro, era que quanto mais tempo eu evitava pensar nas coisas ruins quando me distraía, mais elas vinham me assombrar. A ansiedade continuava fervendo por dentro, forçando-se a sair como uma onda causada pela panela de pressão dos "e se?". E se o câncer voltasse? E se o tratamento não tivesse funcionado? E se existisse outro tumor do qual eu não tivesse conhecimento? E se existissem células de câncer desconhecidas? E se eu tivesse pouco tempo de vida? E foi assim que acabei passando vergonha no hospital naquela mesma semana.

A sexta-feira depois do fim da minha radioterapia tinha sido um X vermelho no meu calendário por meses: o dia em que o fim do meu tratamento seria marcado por uma última visita à Assistente Glamourosa do Médico Encaracolado. Em meus sonhos mais malucos (e eu sou o tipo de idiota que acredita nos próprios sonhos malucos), eu sairia do consultório depois de receber uma salva de palmas e um anúncio que começaria assim: "Bem, seu tratamento foi um sucesso estrondoso...", e talvez até a palavra "remissão". Bem idiota. Mas, na verdade, a informação que recebi foi um lembrete de como o meu diagnóstico tinha sido sério.

– Então, podemos dizer que estou em remissão agora? – perguntei à Assistente Glamourosa enquanto fazia furos em um lenço de papel com uma das mãos e segurava a mão de P. com a outra. (P. já tinha sido "furado" com o meu comportamento arredio naquela manhã, o mesmo tipo de comportamento que eu adotava nas sextas-feiras de quimio.)

– Não, não, não, ainda não – ela respondeu como se eu tivesse perguntado se ela seria capaz de fazer algo impossível. – O problema da palavra "remissão" é que ela se aplica a uma época em que o tratamento já terminou, e já que você vai tomar Tamoxifeno por cinco anos, seu tratamento ativo só vai terminar depois do tempo do remédio.

– Ótimo – eu disse com raiva, tentando controlar as lágrimas. – Pensei que você fosse me dizer que estou em remissão.

– Sinto muito, mas não posso – ela respondeu, bastante compreensiva com a minha tristeza. O discurso acerca do câncer é muito problemático. A imprensa não ajuda, claro, com as notícias de que "Kylie está totalmente livre da doença". Na verdade, receio que, com esse tipo de câncer, não há como ficar totalmente livre.

– Então serão cinco anos até a remissão – repeti desanimada.

– Vou buscar uma caixa de lenços – disse a Assistente Glamourosa. Até então, eu não tinha percebido que estava chorando.

P. e eu não dissemos nada enquanto ela ia até a sala ao lado. Nem mesmo nos entreolhamos; apenas apertamos mais as nossas mãos enquanto minha mente divagava com sarcasmo a respeito de todas as coisas que aconteceriam antes de eu sair do vermelho e entrar na zona neutra. As eleições. Os Jogos Olímpicos de Londres. O aniversário de trinta anos de Jamie. "Caramba", pensei, "a Miley Cyrus vai ter entrado na reabilitação, vai ter um filme de sexo, tido um filho de um pai desconhecido, e vai ter escrito sua autobiografia até eu entrar na remissão. Essa droga dura para sempre".

– Você está bem? – a Assistente Glamourosa perguntou, entregando-me uma caixa de lenços.

– Não, não estou.

– É que nunca termina – P. disse, tirando as palavras da minha boca. – Esperávamos que hoje fosse o fim.

– Muitos pacientes acham que esta parte é a mais difícil – ela disse, algo que foi, ao mesmo tempo, verdadeiro e inútil, mais ou menos como se dissessem: "Bem, você tem câncer de mama. Mas um monte de outras pessoas também têm".

– Não é difícil – chorei, agora sem nenhum controle. – É TORTURANTE. Não consigo dormir, não consigo pensar direito, não consigo seguir com a minha vida. E isso é tudo o que eu quero fazer.

P. me abraçou. Suspeitei que ele chorava também, mas não olhei para o rosto dele para conferir.

– ISSO É TUDO O QUE EU QUERO FAZER! – eu disse de novo, percebendo como estava falando alto. – Mas a doença não me deixa!

– Acredite – a Assistente Glamourosa disse, puxando a cadeira para mais perto de nós –, o que eu mais queria era poder dizer a vocês que está tudo bem agora, que podem pegar suas coisas e nunca mais voltar. Mas não é assim, por mais que eu queira.

Não havia dúvidas da sinceridade dela, e me perguntei por um momento por que ela havia escolhido um trabalho como aquele.

– Mas quero ajudar da maneira que for possível – ela continuou. – Talvez se eu ajudá-la a dormir melhor... Você acha que isso já seria alguma coisa?

– O que você acha, linda? – P. perguntou.

– Não sei, não sei – repeti de súbito. – Fico paranoica pensando que há mais câncer sobre o qual não sei. Preciso ter certeza de que não tem mais nada. Você precisa me dizer que o tratamento deu certo.

– Não compreendo – a Assistente Glamourosa disse confusa.

– Posso fazer mais uma tomografia? – perguntei, olhando nos olhos dela para que ela percebesse minha seriedade.

– Mas por que quer mais uma? Sua tomografia pré-quimioterapia mostrou que não há mais nada, não foi?

– Sim, mas e se alguma coisa aconteceu nesse meio-tempo? – perguntei, cada vez menos sensata. – E se houver outro tumor? E se houver mais células? Preciso saber. Não vou conseguir relaxar até saber. É muito importante para mim descobrir.

Eu não gostava de ser reduzida àquilo, e não foi legal. Eu havia concluído que uma tomografia sem problemas seria o prêmio que eu ganharia depois de meses de sofrimento. Mas, pelo visto, não me diria nada.

– Uma tomografia não consegue detectar células cancerígenas aleatórias – a Assistente Glamourosa explicou. – E não faria sentido realizar outra tomografia se a primeira saiu sem problemas.

– Posso pagar por uma? – perguntei, ainda que não soubesse de onde tiraria o dinheiro. – Porque, se voltar, quero saber imediatamente para poder fazer alguma coisa antes que chegue a este estágio de novo.

– Certo, vamos falar sobre isso – ela continuou com calma, que, para mim, ficou claro que ela queria que eu imitasse. – Mesmo que uma tomografia no futuro detectasse uma recorrência desse câncer, receio que o resultado não seria diferente.

Foi nesse momento que P. e eu nos entreolhamos. Apesar de sete meses árduos terem se passado desde a entrada a Porcaria em nossa vida, naquele momento percebemos que ainda sabíamos quase nada sobre ela. Porque, como a Assistente Glamourosa explicou, ainda que o câncer de mama voltasse, não havia nada que eles poderiam fazer para me curar. Poderiam lidar com a doença, e talvez deixar seu progresso mais lento, mas nunca curá-lo.

Sem pensarmos muito nos outros pacientes que esperavam, ficamos com a Assistente Glamourosa por mais meia hora, enquanto ela nos explicava as características do câncer estágio três, o que tê-lo havia significado na minha vida e o que eu teria de fazer para lidar com essa situação pelo resto dela. Tenho certeza de que foi exatamente a mesma coisa que o Cirurgião Sorridente havia nos dito em outro hospital no dia em que tomamos conhecimento do tumor em meu seio, mas naquele dia nenhum dos dois estava em condições de entender. Agora, estávamos vendo tudo mais claro, e o fato de termos passado pelo tratamento não deixava as coisas mais fáceis de enfrentar.

O câncer podia ser uma doença que você descobre, com a qual se chateia, trata e supera. Uma pessoa comentou comigo que, ao receber o diagnóstico, seu médico disse: "Não quero assustá-la, mas quero que entenda que sua vida nunca mais será a mesma". E ali estávamos nós, de olho na linha de chegada, dispostos a voltar à vida adorável que tínhamos. Mas não podíamos, porque a vida havia mudado.

Até aquele dia, eu havia tomado cuidado com a maneira como me comportava diante dos profissionais responsáveis pelo meu tratamento. Mas naquela tarde de sexta-feira, perdi não apenas a paciência, mas também a capacidade de me importar – então, em vez de ver a jovem alegre e educada (ou puxa-saco, no caso do Cirurgião Sorridente), a Assistente Glamourosa viu a irmã dela, chata, feia e boba. E, com isso, não me surpreende que ela tenha me mandado para casa com a receita de um antidepressivo: mais uma coisa na minha extensa lista de coisas que eu disse que nunca faria.

Tomei o remédio assim que cheguei em casa naquela noite, e então me sentei com uma xícara de chá para escrever um texto para o blog a respeito da consulta no hospital, que já estava fazendo com que eu morresse de vergonha por conta da minha atitude irritada, nervosa e mentalmente instável. Mas quando terminei de escrever, estava vendo o mundo dentro de um videoclipe dos Chemical Brothers, vendo meus chinelos virarem quatro, batendo contra as paredes enquanto caminhava e com dificuldade para reconhecer meu marido (que precisou finalizar o texto quando caí no sono). O que começou como desagradável se tornou algo mais assustador. Se o remédio tinha de me acalmar e me impedir de entrar em pânico, então ele não servia para nada.

Na manhã seguinte, ansiosa e tentando me controlar para o casamento da minha amiga Zonze, entreguei a chave do carro a P., que, naquele dia, não poderia beber. Mas mesmo 12 horas depois de ter tomado o antidepressivo, eu continuava tremendo, com dificuldade para me concentrar e andando meio torta. Não preciso nem dizer que o restante das pílulas foi parar no sistema de esgoto de Londres. Odiava o fato de ter tomado uma que fosse. Mas agora que sabia como elas faziam com que eu me sentisse, detestava ainda mais o fato de tomar outra. Porém teve mais: na manhã do outro dia, com a mente mais clara, tive certeza de que não precisava delas.

Uma vez que apenas oito meses antes eu estava me divertindo no México com montes de cerveja Corona e agora estava de pijama no sofá para me recuperar de um tratamento pesado de câncer, acredito que algumas loucuras podem ser perdoadas. Mas depois de ficarem sabendo qual remédio me havia sido receitado, as pessoas começaram a se preocupar comigo... principalmente meus pais. ("Como você está? É verdade? Mas como se sente?") Com certeza, a palavra "antidepressivo" causava a mesma reação neles que causava em mim, e percebi que eles podiam chegar a conclusões erradas: "Ela está deprimida? Devemos pegar leve com ela? Acha que devemos dizer isso?". Quando meus pais nos visitaram na semana seguinte, fiz *cookies* light terríveis de comer, mas mesmo assim ninguém teve coragem de admitir que eles estavam ruins. Isso me deixou furiosa. O pior foram as ideias a respeito do meu estado mental, e a minha falta de paciência deu a eles ainda mais motivo para achar que eu estava deprimida.

E assim, sabendo que minha família costumava acreditar mais no que eu escrevia do que naquilo que eu dizia, me voltei para o blog. "Deixe-me registrar isto", escrevi. "EU NÃO ESTOU DEPRIMIDA. Estou, na verdade, chocada, irritada e bem nervosa (ainda) por saber que a Porcaria me escolheu. E, posso admitir, toda essa droga me deixou mais propensa a ter variações de humor. Mas não estou desesperada. Claro que não há nada demais em estar deprimida; não é motivo de vergonha. Mas não estou, ponto final. Eu ficaria igualmente irritada se vocês tentassem me dizer que eu prefiro os Stones aos Beatles, que não sei escrever, ou que sou fã do Nottingham Forest. Isso, sim, é coisa para deixar uma mulher irritada."

29

Restauração

A última vez que vimos o Cirurgião Sorridente estava nevando, e o centro de Londres estava mais lindo do que nunca. A sala de estar que sempre costumava ficar lotada no hospital estava vazia graças a consultas desmarcadas, e os funcionários da recepção estavam felizes com o pouco trabalho, como duas crianças soltas na neve. P. e eu chegamos cedo (apenas a segunda vez que consegui esse feito; a primeira foi no dia do nosso casamento) e conseguimos os melhores assentos perto da porta do consultório do Cirurgião Sorridente.

O trabalho do bom e velho Cirurgião Sorridente é difícil. Em uma consulta ele diz a uma pessoa que ela tem câncer de mama, na consulta seguinte dá os parabéns porque a pessoa está se saindo bem (ou, melhor ainda, dizendo que ela não tem com o que se preocupar). E, pela cara do casal que entrou antes de nós, a mulher com certeza havia sido jogada dentro do buraco da primeira categoria.

Ela olhava diretamente para a frente quando saiu da sala no piloto automático, inconscientemente rasgando as bordas de um lenço de papel amassado. O marido a acompanhava de perto, uma das mãos apoiadas na parte inferior das costas dela, carregando o casaco e a bolsa da esposa porque era a única coisa que podia fazer. E, assim como fizemos quando saímos do consultório do Cirurgião

Sorridente pela primeira vez, eles viraram à esquerda e desceram um corredor em direção à última sala, onde seria avaliada a extensão do câncer dela. Enquanto eu imaginava se a mulher passaria também a detestar aquarela por ver os quadros daquela sala, eu me senti triste, olhei para P. e disse:

– Coitados... não vão conseguir aproveitar a neve agora.

Mas pelo menos para P. e eu, Londres estava mais bonita quando saímos da nossa consulta, após termos escutado o Cirurgião Sorridente dizer que estava impressionado com minha atitude ao longo do tratamento (não revelei a ele minhas reclamações da semana anterior), e que minha pele queimada pela radioterapia estava cicatrizando bem o suficiente para que ele marcasse uma data para a cirurgia de reconstrução. Um voto de confiança do Cirurgião Sorridente é como ganhar uma estrela dourada da professora cujo saco você vem puxando há muito tempo. E como não é segredo o fato de adorar esse cara, não sinto vergonha em dizer.

E, assim, a meta de finalizar o capítulo com a Operação Peito Novo foi estabelecida. Vou passar pela parte principal daqui a um mês: a cirurgia propriamente dita, para dar melhor forma ao meu seio (no momento, acho que ele se parece com um punho fechado), para me deixar com tudo em cima com a inserção de um implante de uma Dolly Parton modesta ("deixar em cima" não é o termo adequado, com certeza: parece que sou uma BMW que vai para a oficina) e assim criar um novo mamilo. E essa é a parte que mais me fascina.

Em resumo, o Cirurgião Sorridente vai erguer a pele onde está meu mamilo (a pele saiu originalmente das minhas costas), torcendo-a até prendê-la para formar uma pequena protuberância que fique na mesma altura do meu mamilo direito. Vai ficar mais alto do que uma picada de abelha, mas mais achatado do que um docinho de coco.

Como o Cirurgião Sorridente descreveu para mim (sem esses termos que usei, obviamente), ele abriu o avental um pouco e mostrou o processo apontando para o próprio mamilo da mesma maneira como você diz "espiral" e fazendo aquela torção com os dedos. Como uma adolescente no fundão da sala de aula eu não consegui conter o riso. E P. ficou boquiaberto.

Nesse momento, com minha roupa branca, pareço a segunda imagem de um jogo dos sete erros. Tem alguma coisa errada na imagem, mas você não sabe muito bem o que é. Mas como um prédio que já foi glorioso e agora está em ruínas, aos poucos estou voltando à minha glória de antes. Nunca mais vai ser a mesma coisa, mas torcemos para que as estruturas aguentem.

* * *

Com meus ataques de pânico fora de hora e a Assistente Glamourosa acalmando minha revolta ao fim do tratamento, P. e eu decidimos comemorar algo diferente: a normalidade. Um mês antes da minha cirurgia de reconstrução, tínhamos um bom intervalo nas consultas no hospital e fizemos o melhor que pudemos para dar continuidade à nossa vida normal.

Por termos convivido com muitos de nossos familiares ao longo dos últimos meses, uma vez que eles estavam por perto para ajudar sempre que fosse preciso, estava na hora de nos reunirmos com nossos amigos, por isso convidamos muitos deles para uma *open house* no sábado. Foi uma boa oportunidade de rever todas as pessoas que queriam nos visitar, mas que não tinham conseguido porque a Porcaria estava no caminho. É o que minha mãe chamaria de "reunião", já que ela faz de tudo para evitar a palavra "festa".

Reuniões significam jogar Monopólio, comer salgadinhos e pegar o último trem para casa. Festas significam arruaceiros, vizinhos irritados e bitucas de cigarro no sofá. Mas com as garrafas de bebidas, os Beastie Boys tocando alto e o fato de eu estar usando salto dentro de casa, acredito que podemos chamar nossa reunião de festa. (E servimos salgadinhos também. Afinal, caramba, não existe festa sem eles. Nem reunião.)

E, como acontece em festas, eu me embebedei. O que, tenho certeza, é uma noite normal de sábado para muitos de vocês. Mas não para esta paciente de câncer. Para mim, ficar bêbada em casa com os amigos é mais ou menos como rock'n'roll do tipo jogar a televisão pela janela, queimar dinheiro e afundar um carro numa piscina. É claro que o fato de ter tido a Porcaria não ajuda muito em sua capacidade de beber e, julgando pela ressaca animal do dia seguinte, não ajuda muito sua capacidade de vencer a ressaca. Eu me sentia mal, não conseguia parar de tremer, estava rouca, e minha cabeça doía tanto que parecia que eu tinha lutado com o Mike Tyson. Eu me sentia um lixo. Mas foi a melhor ressaca que tive.

Desde junho, quando me sentia um lixo, era por algum motivo bem horrível. Mas me sentir mal por ter bebido muito (tradução: uma quantidade modesta para a maioria das pessoas) foi maravilhoso; meu renascimento na vida normal. E, cara, funcionou. Fui para a cama de maquiagem. Fiz um baita sanduíche com bacon, ovos e ketchup quando acordei. Assisti esporte no sofá com as roupas com que tinha dormido, e fui para a minha cama quando ficar sentada se tornou um esforço muito grande. Assisti ao *Sex and the city – O filme* duas vezes (a segunda com os comentários do diretor) e comi uma caixa inteira de bombons. Sozinha. Assisti aos episódios atrasados da minha série favorita na TV a cabo comendo arroz e ovo com *curry* e batata frita, e mandei ver no salgadinho de camarão mais tarde, assistindo a outro seriado. Foi um sábado glorioso, e fui para a cama sorrindo, aconchegando minha cabeça em um travesseiro manchado de delineador e com farelos de salgadinho de camarão. Pensei: "Isso é o que as pessoas normais fazem".

Meu flerte com a normalidade não parou no fim de semana. Quando pensei que minha coragem de largar a história do câncer havia chegado ao fim, ultrapassei os limites e voltei ao trabalho por algumas horas pela primeira vez em meses. E, caramba, as coisas tinham mudado durante o tempo que passei dentro da minha bolha de câncer. Muitas lojas lindas que eu costumava frequentar tinham fechado. Havia um novo código de segurança na entrada. E pessoas diferentes em mesas diferentes. Eu tinha um novo nome de usuária. O chá fraco continuava nas canecas trincadas, fique sabendo, mas havia algo de poético nisso. Mas enquanto eu tentava perceber o que havia de diferente no escritório, as pessoas estavam mais curiosas para saber o que havia mudado em *mim*.

– E então, o câncer... – perguntou Kath enquanto tomávamos sopa de missô no almoço que ela quis pagar para mim. – Você acha que mudou você?

Sem pensar, imediatamente respondi "sim", e comecei a falar sobre minha tolerância reduzida diante de lágrimas, principalmente nos *reality shows* da TV: chorar no *reality show* de culinária porque você errou na receita de bolinho e tudo o que quer na vida é espalhar alegria com seus pratos; chorar nas audições de *American idol* porque você passou "pelo pior" para chegar à segunda fase; chorar na mesa de *O aprendiz* porque ser bem-sucedido nos negócios (seja lá o que isso quer dizer) é sua ambição na vida.

– Sei lá, pelo amor de Deus – eu disse. – Tenha perspectiva!

– Oba! Estou vendo que você continua sendo a mulher de sempre – Kath sorriu.

Mas por mais superficial e simples que fosse a resposta, a pergunta "eu mudei?" foi uma na qual passei muito tempo pensando. Poderia dizer que tudo muda de um jeito ou de outro. Um emprego diferente nos muda. Uma nova bolsa nos muda. Bom, uma grande porcaria nos muda. Mas estou falando sobre coisas mais profundas. Sou uma pessoa melhor por ter tido câncer? Tenho um tanto de gratidão a cada novo dia que começa. Descobri um significado cósmico para tudo isso. Não, não analiso com outro olhar o cheiro de uma rosa, o gosto do champanhe ou a beleza de uma folha de jornal solta ao vento. O câncer pode ter me transformado em muitas coisas, mas espiritualmente avançada não é uma delas. Este livro não se trata de *Zen e a arte do câncer*.

Tive a mesma conversa em minha última sessão com o dr. Parafusos Frouxos. Depois de confirmar que ele estava 100% convencido da minha explicação "não estou deprimida, é só o meu tratamento de câncer" (viram, antidepressivos?), ele me pediu para relacionar as coisas boas que tinham acontecido nos meses anteriores.

– *Nada* de bom aconteceu com isso – eu disse.

– Duvido – ele respondeu do modo agradável e tranquilo que os terapeutas usam, numa conversa que basicamente pode ser traduzida como "pare de falar bobagem". E, claro, ele tinha razão. (Talvez ele devesse montar uma equipe com a Enfermeira Sempre Certa e participar do *Quem quer ser um milionário?*)

Só não queria dar a ninguém a falsa impressão de que o câncer pode, de alguma forma, ser algo bom. Também não queria dar crédito às coisas boas que tinham ocorrido com minha experiência com o câncer. Então, em vez disso, o dr. Parafusos Frouxos e eu decidimos: claro que eu tinha mudado por causa do câncer de mama, e diversas coisas boas tinham acontecido como consequência – mas com ou sem a Porcaria (e com ou sem a terapia), eu teria chegado lá em algum momento. O câncer só foi o trampolim, nada mais. Só fez com que eu chegasse lá mais depressa. E, assim como pegar o avião e não o ônibus, ele me custou um pouco mais também.

De maneira tola, tentei puxar a conversa do "alguma coisa que o câncer trouxe de bom" com Jamie também.

– Na verdade, mana, acho que você fez um favor a todos nós – ele disse ao telefone uma noite antes da nossa viagem em família "o tratamento terminou" para Roma. – Porque se você não tivesse tido câncer, talvez não estivéssemos indo viajar este fim de semana.

– Certo. Então está dizendo que o fato de eu ter tido câncer foi apenas um ato de bondade para que você faça um passeio?

– Exatamente. Você orquestrou tudo. E em nome da família, gostaria de dizer que agradecemos bastante.

30

Quantos anos eu tenho mesmo?

Março de 2009

Provavelmente por saber que os dias dela estão contados, tenho usado mais a peruca recentemente, apesar de os fios que crescem na minha cabeça tornarem seu uso ainda mais desconfortável. Além disso, reconheço que vou sentir saudades do "aaahhh" de alívio quando a tiro. (O que também se aplica a ter as algemas soltas, ao primeiro gole de cerveja num dia quente e a tirar o sapato de salto no táxi de volta para casa.) No início da minha época de peruca – quando meu cabelo estava caindo depressa, mas eu ainda não estava careca –, comprei uma touca de náilon, feita especialmente para quem usa peruca, para poder assentar os fios restantes, garantindo assim um melhor caimento. Foi mais ou menos como vestir uma touca de meia. Se eu a abaixasse até os olhos, estaria a um passo de me tornar um bandido que assalta bancos em desenhos animados. Mas a touca funcionou e eu suspeito de que, se continuar usando peruca com os fios que estão crescendo, vou ser forçada a voltar a uma das lojas de peruca nas quais jurei nunca mais colocar os pés para comprar um novo equipamento para esconder os fios.

Ainda não descartei o lenço de cabeça por completo. Mas é que, ultimamente, tenho precisado usar peruca em algumas situações. Para o passaporte, por exemplo. Qual é o protocolo para perda de cabelo e fotos de passaporte? (Viu? *Esse* é o tipo de coisa que aqueles folhetos do tipo "bem-vindo ao câncer" deveriam mencionar.) Quero praticidade, caramba, não algo como "compreenda suas emoções". Na foto do meu passaporte sou uma moça bronzeada e de cabelos loiros (que, inexplicavelmente, parece ter abusado do Valium). Mas a realidade agora é outra (parece que exagerei na cera fria). Então, para isso, preciso de uma nova foto de passaporte. Eu seria parada ao passar pela segurança dos aeroportos usando um lenço de cabeça? Seria humilhada publicamente ao ser forçada a passar pela máquina de raio X com minhas botas na mão e então levá-las a bordo do avião dentro de um plástico transparente? Será que agora os lenços de cabeça são considerados artigos do mal, assim como fósforos, pinças e cópias do Alcorão são sinais de suspeita terrorista?

Só pensei nisso na noite anterior à nossa viagem a Roma; então, para me proteger, peguei a peruca na esperança de que pareceria que eu havia cortado o cabelo, e não que minha cabeça tivesse sido raspada à força em alguma escola de terroristas. Não que a peruca tenha me impedido de agir de modo suspeito ao entregar meu passaporte, saiba disso. Tentei agir como se pegasse voos para a Itália o tempo todo (chiclete + fones de ouvido + iPhone = viajante esporádico), mas não consegui impedir minhas mãos de tremer, as palmas de suar e as ondas de calor. Eles me deixaram passar, claro. Tenho certeza de que mesmo seguranças de aeroportos preferem ter problemas com um terrorista a mexer com uma mulher na pré-menopausa.

E então há o lance da recomendação do uso da peruca no caso de você ser uma turista em Roma. E não porque acho que os italianos, sempre preocupados com a moda, preferissem um lenço

Hermès ao meu. Não, turismo = tirar fotos, e de jeito nenhum eu tiraria fotos com todos reunidos ao lado de uma paciente de câncer posando meio incomodada diante do Coliseu, como uma idosa num dia de passeio fora da casa de repouso. Existem poucas fotos minhas de lenço, e é assim que as coisas continuarão.

Com isso, descobri da maneira mais difícil que certas situações na cidade são menos favoráveis à peruca do que outras. Dica de turismo para os pacientes de câncer: perucas e ônibus abertos não combinam.

* * *

– Você contou à sua família que ia fazer isso? – Tills perguntou.

– E arruinar um ótimo fim de semana em Roma? Claro que não.

– Mas sua mãe vai pirar, não vai?

– Provavelmente sim. Mas paciência, Tills. Estou fazendo isso por mim. Bom, é bem esquisito eu estar aqui, com quase trinta anos, preocupada com o que minha mãe vai pensar.

– Sim, pode ser. Mas é bem esquisito o fato de você estar sentindo ondas de calor aos trinta também – ela disse, entregando-me uma revista com a qual eu pudesse me abanar enquanto tomávamos nosso café.

– Então vou fazer – eu disse.

– Você vai fazer mesmo – Tills repetiu.

Poder voltar ao tipo de familiaridade de bater papo tomando café numa viagem de fim de semana, algo que eu vinha desejando por tanto tempo, era maravilhoso, sem dúvida, mas também um lembrete de como as coisas tinham mudado antes de eu conseguir voltar à normalidade. Quando sua vida muda de modo tão forte, você tem vontade de mudar alguma outra coisa para combinar – seja seu penteado, sua carreira, seu relacionamento. E então, com meu cabelo ainda crescendo, meu emprego me esperando de volta e meu casamento na lista de coisas com as quais eu não deveria mexer, acho que foi assim que acabei saindo daquela cafeteria e entrando com Tills em um estúdio de tatuagem.

Desde o fim do tratamento, eu vinha pensando seriamente no poema favorito de minha mãe, "Warning", de Jenny Joseph, e em seu tema a respeito de envelhecer de modo ousado. Graças a uma incapacidade repentina de saber como agir na minha idade, me identifiquei com a frase "e compensar a sobriedade da minha juventude". Em um momento eu fazia planos de ir a Glastonbury para o festival de música, e no momento seguinte me sentia sufocada por uma onda de calor enquanto minha amiga me abanava com uma revista de fofoca. Estava na hora de fazer alguma coisa a respeito.

E sim, fazer uma tatuagem provavelmente seria um ato 15 anos atrasado de rebeldia adolescente. Mas pensei que nada em meu processo de envelhecimento estava seguindo as regras, então, passar de uma onda de calor para uma agulha cheia de tinta parecia estranhamente adequado. Naquela manhã, uma hora de pesquisa no Google sobre a menopausa havia confirmado que aquela era a coisa certa a fazer. Durante minha pesquisa, descobri uma "planilha de acompanhamento da menopausa", na qual você podia registrar a gravidade dos seus sintomas e aprender... bem, nada que eu já não soubesse. Mas no topo da página havia uma imagem de três mulheres sorridentes na faixa dos cinquenta anos passando aquela sensação de "estamos todas juntas nesta". Uma delas estava até usando roupa esportiva, claramente se preparando para uma tarde de chá e tênis no clube das mulheres na menopausa, do qual eu fazia parte, com folha de acompanhamento aprovada.

O problema era que, apesar das fortes ondas de calor, da dificuldade para dormir, das mudanças na pele, da interrupção da menstruação e das dores nas articulações de uma mulher com o dobro da minha idade, eu me considerava mais gatinha do que velhinha, e não estava pronta para receber o pacote de boas-vindas do clube das mulheres na menopausa.

Assim como o câncer de mama e o uso da peruca, sempre pensei que a menopausa seria um dos problemas com os quais eu teria de me preocupar muitos anos mais tarde. Por isso, agora, com a mente de uma mulher de 29 anos, mas com o corpo de uma de 59, eu precisava me esforçar para saber como me comportar. Sob muitos aspectos, fazer uma tatuagem marcava o fim do meu Grande Plano de Vida e dava início a uma fase totalmente nova – e infinitamente menos rígida. Ou talvez isso seja apenas papo de terapia, e talvez seja apenas o que é: uma marca de tinta em forma de estrela.

Ainda gosto de pensar que minha estrela marca o ponto final de uma frase: o fim de meu tratamento de radioterapia (fica no meu pulso direito, ao lado do ponto em que as agulhas da quimioterapia eram inseridas), a recompensa por ter passado por aqueles meses difíceis (não é por coincidência que a estrela se pareça com aquelas dadas pelas professoras de ensino básico para recompensar os bons alunos), além de determinar que minha vida mudou de maneira irreparável e que os planos nem sempre dão certo.

Ainda assim, fico feliz por ter seguido o plano original pelo tempo que pude. Fico feliz por ter sido uma boa menina. Fiz o que tinha de fazer. Mas agora não havia planos – apenas uma nova tatuagem e uma página em branco. E ainda que aquilo me assustasse e me animasse ao mesmo tempo, eu estava curiosa para descobrir o que viria em seguida, assim que a Operação Peito Novo fosse finalizada.

Os planos estavam sem força no dia em que Tills e eu fomos ao estúdio de tatuagem, como descobrimos durante um drinque de comemoração no restaurante de uma loja de departamentos depois de sairmos do tatuador. Ali estávamos nós, com nossas bolsas de grife, enquanto outras mulheres da nossa idade empurravam carrinhos de bebê. Nós batemos nossas garrafas de cerveja enquanto elas chacoalhavam suas mamadeiras. Falávamos de tatuagens enquanto elas falavam de crianças. E ainda que meses antes eu tivesse sentido inveja das mulheres nas mesas que nos cercavam, percebi que havia muito a gostar em minha abordagem esquisita à chegada da idade. Benjamin Button, atenção: aquele era *O curioso caso de Lisa Lynch.* E assim, em homenagem à minha menopausa toda torta aos vinte e poucos anos, escrevi meu próprio poema "Warning":

Quando tiver trinta anos, talvez tenha cabelos curtos e arrepiados
E talvez vista saias com saltos Louboutin.
Pode ser que gaste meu dinheiro em pedicure e em tranqueiras da Mac
E em férias em hotéis cinco estrelas, mostrando o dedo do meio à
[minha previdência privada
Pode ser que eu ensine piadas sujas aos filhos dos meus amigos
Pode ser que xingue no trânsito ou pisque para pedreiros
E pode ser também que eu paquere garçons adolescentes tímidos
Fingindo estar no episódio de um seriado.
Pode ser que eu exiba minha tatuagem com blusas de manga curta
E use maquiagem brilhante para ir ao mercado
E aprenda a escrever rap.

31

Pondo os pingos nos Is

Existe, no livro dos recordes, uma categoria para "o maior mamilo do mundo"? Porque acho que o meu ganha. Parece um mamute. Mas como existem mais mamilos no mundo do que mamutes, vou me dar o prêmio. Parabéns para mim.

Só consegui ver um pouco até agora, uma olhadinha no meio do barato da morfina, saindo da maca do hospital onde uma enfermeira se aproximou para ver meus cortes (podem ter sido os remédios, mas tenho certeza de que o nome no crachá dela era "Mariwana"), mas nem mesmo dopada acreditei no que vi embaixo dos meus curativos. Caramba, foi de arrasar. Sério, é do tamanho de uma uva. Não é o pequeno monte que eu esperava ver depois da Operação Peito Novo, mas é um baita mamilo reconstruído de modo ereto e cheio. Eu sei! Ereto! Nossa! Não posso dizer isso a respeito do meu mamilo direito. Um mamilo deve ser algo normal, que só fica eriçado quando totalmente necessário. Mas não o meu mamute. Essa belezinha (ou melhor, belezona) é coisa de outro nível.

Na verdade, no momento, parece coisa de filme de terror, cheio de pontos, inchado e vermelho. A Enfermeira Sempre Certa foi conversar comigo no quarto antes da cirurgia, para explicar o procedimento, explicar que o novo mamilo ficaria "meio grande" depois da operação, uma vez que o Cirurgião Sorridente queria, de propósito, deixá-lo maior do que ficaria na realidade. Como ele não é feito com tecido vivo, parte dele vai morrer e cair, como aquela parte que resta do umbigo de um recém-nascido.

Foi uma surpresa muito boa ver a Enfermeira Sempre Certa. Como ela não costuma trabalhar aos sábados, não esperava encontrá-la no dia do meu procedimento, e a visita dela foi uma tática para me acalmar que deu certo. Sob muitos aspectos, voltar para o hospital era como ter de volta a mesma rotina de tratamento de câncer: minha frustração e nervosismo foram descontados em P. na noite anterior (dessa vez porque eu queria que as cortinas ficassem retas, ou qualquer outra loucura do tipo), entupi o vaso sanitário antes de sair de casa, chorei dentro do táxi no caminho, e então entupi o vaso sanitário quando cheguei ao hospital (não posso fazer nada, o nervosismo tem esse efeito sobre o intestino). Foi uma experiência surreal e emotiva ser levada à mesma ala onde eu havia passado muitos dias em junho, para a remoção do que estava prestes a ser substituído. O Cirurgião Sorridente e a Enfermeira Sempre Certa disseram que os meses desde nossa conversa sobre a substituição tinham passado muito depressa. E acredito que, de fato, pareça pouco tempo para eles. Afinal, os dois fazem essas coisas todos os dias, mas para mim trata-se de um processo demorado, odioso, trabalhoso, que me rendeu muitos fios brancos. ("Não me diga", meu pai disse ao arrancá-los da minha cabeça.)

Não haveria preparação suficiente para fazer com que eu me comportasse perto do Cirurgião Sorridente quando ele foi me visitar antes do início do seu plantão no sábado à tarde. Eu continuava sendo a resmungona e boba de sempre. Na verdade, estava pior: estava uma chata completa. Ele espiou pela porta e – por ser a primeira vez que me via sem lenço de cabeça, sem peruca e sem cabelo –, por um segundo, não me reconheceu.

– Uau! Seu cabelo! – ele exclamou, percebendo que estava no local certo e caminhando na minha direção com a prancheta na mão.

– É, então... – eu disse com embaraço. – Ei, olha só – eu disse, apontando para a cabeça dele –, o seu cabelo!

Pelo canto dos olhos vi P. fazer uma careta ao cobrir o rosto com as mãos, e meu rosto ficou ainda mais quente enquanto eu me arrependia por ser tão boba.

Geralmente sou uma pessoa que pensa antes de falar, mas quando estou perto desse homem, simplesmente não consigo deixar de dizer essas coisas tolas. É mais ou menos como tentar agir de maneira normal diante de um Beatle. Ainda que eu tenha certeza de que ficaria mais bem-comportada perto de Paul McCartney do que fico perto do Cirurgião Sorridente. Bem, pensando melhor, pela maneira como me comporto perto dele, eu seria a imagem da tranquilidade perto da rainha, do Dalai Lama e de Dave Grohl. O cara é uma lenda. Enquanto eu, por outro lado, sou uma boboca.

Como sempre faz com muita propriedade, o Cirurgião Sorridente delicadamente analisou a situação, pensando na Operação Peito Novo. Ficou do outro lado da cama onde eu estava sentada, analisando meu seio real e o seio de mentira, explicando que não achava que o tamanho e o peso seriam um problema, mas que talvez precisasse de um tempo para conseguir acertar a projeção (o que acredito ter sido uma maneira simpática de dizer que meus seios têm bom formato, mas não se destacam muito). Parece que, antes da cirurgia, ele enfileira todos os implantes disponíveis no tamanho relevante e então testa os mais prováveis depois de fazer a incisão, antes de decidir qual será implantado. Adorei imaginar o Cirurgião Sorridente diante de uma mesa repleta de seios falsos de diferentes tamanhos, como um mestre-cuca prestes a preparar uma receita, e me concentrei nessa imagem enquanto o anestesista me fazia dormir.

Quando acordei, três horas depois, me peguei murmurando o nome de P. (ainda bem que não foi o do Cirurgião Sorridente), enquanto o anestesista me entregava um lenço para secar as lágrimas. Eu estava muito emocionada. Ali estava eu, de avental e dopada pelos remédios, na mesma sala de recuperação na qual acordei depois da minha mastectomia, diante do relógio prateado e cercado pelos odores familiares de detergente e de curativos que não percebi da vez anterior.

Também chorei baixinho ao voltar para o quarto, e mais uma vez quando me colocaram na cama. Não dava para segurar. Não era por dor nem por desconforto, mas por angústia. Até trauma. Eu estava muito chocada com os meses de tratamento enfrentados para chegar àquilo, mas estarrecida por finalmente – *finalmente* – ter conseguido. A experiência toda estava se transformando em um lembrete muito ruim de tudo que eu lutava com muita força para esquecer, e o impacto inacreditável do meu diagnóstico me atingia de novo.

Felizmente, P. sabia exatamente o que colocaria fim às minhas lágrimas e, encostando-se do lado da cama, entregou para mim uma sacolinha da Tiffany's que me tirou rapidinho do estupor induzido pela morfina. Dentro dela havia um cartão no qual estava escrito: "Para a minha esposa maravilhosa, um anel maravilhoso para comemorarmos nosso futuro maravilhoso". É claro que isso me fez cair no choro de novo, e mesmo sem nem ver o que havia dentro da caixa.

– Bem – P. disse fazendo um gesto para o meu peito novo –, você passou por tudo isso para me dar algo novo com que brincar. O mínimo que posso fazer é retribuir.

Que bela troca! Vou brincar bastante, pode ter certeza. Ele tem razão: *é* maravilhoso. Um lindo, maravilhoso, deslumbrante anel para usar no dedo do meio – nossa maneira de mandar a Porcaria para o inferno. Mas não consigo deixar de pensar que P. ficou com a pior parte da situação. Afinal, o brinquedo dele vai encolher. Mas o meu, não. O meu vai ficar no dedo do meio, ereto, para sempre.

* * *

Na semana anterior à minha cirurgia, foi o aniversário de trinta anos da Lil, e eu usei a festa dela como minha última oportunidade de usar peruca. E como da primeira vez em que a usei, foi um pouco anticlímax. Tive visões nas quais eu saía cambaleando do pub e um amigo a arrancava da minha cabeça com animação no meio da rua, assustando as *drag queens* que circulavam pelo local, e ao som de trombetas e de aplausos das pessoas (acho que sou mais *drama queen* do que *drag queen*). Na verdade, não foi uma experiência tão libertadora quanto pensei. Eu estava irritada e suando por causa de uma noite repleta de ondas de calor, esforçando-me para me equilibrar em meus sapatos de salto alto com os dedos à mostra, prova de como eu estava destreinada na arte da socialização em Londres. Assim, a peruca não foi arrancada ao som de uma trilha sonora libertadora; foi arrancada por P. ao coro exasperado de buzinas enquanto eu tentava manobrar o carro para sair de uma vaga apertada. E isso resume minha experiência como alguém que usou peruca: destrambelhada, atrapalhada e nem um pouco envergonhada.

O plano original era continuar com os lenços de cabeça (ou com a peruca, em ocasiões especiais) por mais alguns meses. Mas até mesmo eu sabia que seria difícil demais manter a situação no hospital, e então concluí que estava na hora de me assumir como uma pessoa de cabelos muito curtos. Ao perguntar à minha família o que eu deveria fazer com meus equipamentos de cobertura de careca, todos disseram que eu devia jogá-las fora com gosto. Talvez até lançá-los de um canhão ou ao mar, alguma coisa assim. Essas ideias eram muito boas, ainda que eu sentisse muito medo de precisar desse arsenal de novo depois de dispensá-los. E então, enquanto escrevo isto, com a cabeça cheia de fios de cabelo e muitos meses depois de ter delegado a Peruca 1 à última gaveta, é exatamente onde ela está: na minha última gaveta, envolvida no caos de escovas e faixas de cabelo. Arruinada, claro. Mas, por algum motivo, não consigo jogá-la fora.

Com minha mala feita e meu pijama de pessoa enferma lavado e passado pela mamãe (que ainda cumpria a promessa de ajudar a amenizar esses momentos da melhor maneira que sabia), tudo estava pronto para a Operação Peito Novo. Bem, tudo menos eu. Aquela era a parte que eu estava esperando – a chance de finalmente recuperar o belo peito que o câncer havia tomado de mim. E ainda que eu soubesse que o motivo da segunda cirurgia não era nada parecido com o da primeira, que eu soubesse que o motivo para aquele procedimento era positivo e que a minha estadia no hospital não seria tão longa, não estava encarando aquilo com a ansiedade de uma criança na véspera de Natal, mas com o medo de um aluno um dia antes de ver os resultados das provas escolares.

Eu sabia que meu nervosismo estava beirando o irracional e sabia o motivo disso. Da última vez que havia me recuperado de uma anestesia, o Cirurgião Sorridente havia se aproximado de mim com a notícia de que o câncer havia se espalhado. E não consegui não me preparar para notícias ruins daquela segunda vez também. Detestava não saber o que estava ocorrendo em meu corpo. Não que eu soubesse antes da Porcaria, claro, mas naquele momento, eu estava obcecada com isso.

Todo mundo não hesitou em me dizer que as coisas ficariam bem, que não havia com o que se preocupar, que eu devia simplesmente me concentrar no resultado final. Mas além de tentar evitar o assunto da cirurgia atacando as pessoas, eu tentava *não* pensar no resultado final. Não queria criar expectativas, como tinha feito com a questão da compra da peruca. Naquela época, eu queria a réplica perfeita dos meus cabelos originais. E agora queria a réplica perfeita do meu peito original. Mas eu tinha aprendido a lição: sabia que não teria o que queria. A peruca podia ser lisa, sem frisado e firme, mas não era o *meu* cabelo. E fiquei preocupada achando que me sentiria da mesma maneira em relação ao meu superpeito especialmente construído, feliz e contente que o Cirurgião Sorridente passaria a tarde de sábado criando. (Você se lembra de quando Carrie Bradshaw perdeu a correntinha com o nome "Carrie" e o carinha russo comprou um colar de diamante para ela em substituição? Agora, substitua o colar "Carrie" pelo meu seio antigo e o colar de diamantes pelo meu seio novo e vai começar a entender. Lembrete para mim mesma: *Sex and the city* não é a vida real.)

Mas antes da minha cirurgia houve uma operação para a Sgt. Pepper, quando a levamos para ser castrada. E até mesmo isso foi traumático. Serviu um pouco para que eu imaginasse como deveria ter sido difícil para P., Jamie e meus pais esperar durante minha mastectomia de oito horas. Fiquei péssima durante o tempo que ela passou no veterinário – esperando com nervosismo ao lado do telefone, tentando manter a cabeça ocupada escrevendo um post para o blog (que mais tarde descartei por ter ficado muito ruim), derrubando chá no canto do sofá, arrancando o que restava das minhas unhas.

Então, como concluí da última vez, sob muitos aspectos, eu ficaria com a parte mais fácil: apagaria, sem saber o que estaria acontecendo enquanto minha família contaria os minutos, bebendo inúmeras xícaras de chá e tentando ficar ocupados. Felizmente, diferentemente da Sgt. Pepper, eu não sairia da operação com um cone de plástico pendurado no pescoço. Mas quando acordei depois da cirurgia, fiquei bastante aliviada ao encontrar algo em forma de cone sob o lado esquerdo do meu avental de hospital.

Naquela manhã, tirei uma foto do meu peito antigo com o iPhone. E mesmo através do meu avental percebi que a foto do "depois" ficaria muito mais interessante.

– E então, o que acha? – eu perguntei sorrindo com orgulho ao Cirurgião Sorridente, olhando para o meu peito enquanto entrava no consultório dele uma semana depois, para minha consulta de acompanhamento pós-cirúrgico. (Eu havia me acostumado tanto com pessoas olhando para os meus peitos que já começava a me ofender quando conversavam comigo no mundo real olhando-me nos olhos.)

Tentando parecer menos abobalhada, disse num tom estranhamente estridente:

– Tô feita, cara! (Certo, acrescentei "cara" só para dar efeito, mas mesmo assim. Qual era o meu problema?)

– Ceeerrto, vamos dar uma olhada – ele concordou, apontando para a cama atrás da cortina.

A Enfermeira Sempre Certa estava posicionada para retirar meus curativos e, pela primeira vez desde a olhadela que dei na cama do hospital, consegui ver toda a glória do meu novo mamilo-mamute.

Sem falar do monte bonito e perfeitamente redondo sobre o qual ele estava posicionado, como um pãozinho recém-saído do forno. Enquanto o Cirurgião Sorridente mexia no meu novo seio, olhei com admiração (para ele *e* para o peito novo). Se você tivesse um monte de argila e equipamentos para a confecção de cerâmica, além de sessenta segundos para criar um seio, o Cirurgião Sorridente teria sido o especialista cujo modelo você teria de copiar. (Ele não é o máximo?)

Sem dúvida, a parte mais interessante da minha consulta, no entanto, foi ver o rosto sorridente do Cirurgião Sorridente (P. tem certeza de que ele só sorri para mim e que deve ser o Cirurgião Sério com outros pacientes) enquanto ele explicava que, no meio da cirurgia, ele havia analisado direitinho "as coisas lá". (Isso me deixa muito feliz, só por saber que ele havia cuidado com tanta atenção de mim.) Mas ele continuou com uma frase que terminava com aquelas palavrinhas que toda mulher sonha em escutar: "... sem nenhum sinal de câncer". Eu estava com muito medo de perguntar o que ele havia descoberto dentro do meu seio, com medo de que ele dissesse ter visto um tumor alienígena que tentou invadir a sala de cirurgia causando estragos, por isso fiquei feliz por ele ter percebido minha angústia e me acalmado. NENHUM SINAL DE CÂNCER. Essas são as palavras mais bonitas do mundo.

Mas por mais lindas que sejam essas palavras, escutá-las foi esquisito. Eu não soube o que dizer além de "Ufa", e saí do consultório de uma maneira estranhamente tímida. Pensei que escutar "nenhum sinal de câncer" faria com que eu saísse dando piruetas pela cozinha. E além do fato de que: a) doeria muito, b) não sei dar pirueta e c) mesmo que eu soubesse, o tamanho da nossa cozinha não permitiria e eu não queria me machucar. É estranhamente anticlímax, uma lição que você acha que eu deveria ter aprendido depois de tantos finais falsos que eu esperei para a Porcaria.

Então, apesar do que havia sido dito, entrei em pânico depois de contar à minha família e amigos as palavras que o Cirurgião Sorridente havia dito. Seria falar cedo demais? Deveria me calar? Eu pensei que era saudável antes... a Porcaria poderia chegar para me assustar de novo? Eu detestava ser pessimista daquela maneira com as minhas coisas, porque, afinal, as notícias tinham sido excelentes. Melhor do que isso: tinham sido as notícias mais excelentes do mundo. Mas também foi só mais um final falso.

É uma questão de semântica – algo no qual o mundo médico é muito habilidoso, e no qual eu precisava orientar outras pessoas.

– Uau, você está livre do câncer – as pessoas diziam.

– Hum, não é bem isso – eu respondia.

– Mas seu médico disse...

– Ele disse que não havia sinais de câncer no meu seio esquerdo.

– E isso não é a mesma coisa?

– Infelizmente, não.

Câncer maldito. Ele muda até o sentido das palavras. E quando as pessoas acreditavam ter entendido a minha situação, eu entrava para corrigi-las, como uma pedante que corrige os erros gramaticais de todo mundo (opa, sou assim também). Mas eu não podia fazer outra coisa. Porque "nenhum sinal de câncer" não quer dizer "livre do câncer". Depois de ter câncer, não há como ficar "livre do câncer".

Mas, naquele momento, simplesmente aceitar aquelas palavras parecia pouco. Eu queria gritar "Consegui!". Queria contar às pessoas que tinha "derrotado" o câncer de mama. Queria me referir a ele no passado. Mas a maldita e sabichona medicina diz que eu *nunca* posso fazer isso. Como mencionei cem vezes antes, não existe cura definitiva para o câncer de mama. Não existe *tudo limpo*. E, assim, você precisa se contentar com um segundo lugar no pódio. (Mais ou menos como fiquei quando o meu time perdeu na final do campeonato de 1994 – e ainda não superei isso.)

Mas aquilo não significava que não havia nada a ser comemorado, claro. O *consegui* apenas significava algo diferente, apenas isso. Significava que eu havia passado com sucesso por seis sessões de quimioterapia, por 28 horas de sessões de radioterapia, pelo primeiro estágio de uma reconstrução e estava cada vez mais preparada para levar uma vida mais normal. E como sabemos muito bem que nem todas as pessoas conseguem comemorar esses sucessos, decidi que aproveitaria o momento da melhor maneira que conseguisse. Então, por não poder subir no telhado para gritar, recorri ao meu blog e gritei de lá: "Consegui! Eu consegui!".

32

Imagem que combina

Abril de 2009

Na última vez que usei chapinha, me sentei em cima dela. Não por cima do jeans e rapidamente, mas na minha pele nua, com as nádegas se posicionando acima do alumínio quente e descendo na direção certa, como a garra de uma daquelas máquinas de pegar ursinhos. Costumo dizer que foi a maneira que a vida encontrou de colocar fim ao meu procedimento de alisar o cabelo. Porque, em minha busca para deixar bonito o cabelo que continuava na minha cabeça, eu não estava conseguindo manter os cachos, mas dando uma ajuda à alopecia.

O pior foi a marca de queimadura que ficou na minha nádega direita. Duas linhas fortes e paralelas, com cerca de oito centímetros de comprimento cada uma, fazendo com que a parte menos atraente do meu corpo recebesse mais uma marca para competir com a celulite, recebendo atenção indesejada na praia. Mostrei a P. e aos meus pais o estrago quando meus gritos fizeram com que eles corressem para o quarto.

– Sabe de uma coisa? – minha mãe perguntou, sempre vendo o lado bom dos fatos. – Tenho certeza de que essas marcas terão desaparecido quando você precisar usar a chapinha de novo.

Mas ao me olhar no espelho ontem à noite, vi que meus cabelos curtos não são o único lembrete do meu período careca. Meu traseiro esculpido pelos esteroides também tem história. Porque, apesar de estar meio escondida, ainda assim a marca da queimadura é visível. Não tão forte quanto antes, mas ainda óbvia o suficiente para mostrar minha idiotice a quem quiser ver na praia.

Pegar a chapinha de novo foi um tanto prematuro. Foi mais ou menos como da vez em que eu disse a P. que podia acabar com o frisado dos fios dele com dez minutos de chapinha, mas o que consegui apenas foi esquentar o seu couro cabeludo. Não é que eu não queira assumir meus novos fios (afinal, pouco cabelo é melhor do que nada), mas não tem muito do que cuidar no momento. E assim, vou gastar o PIB de um país pequeno no meu primeiro corte e coloração pós-quimio.

A recomendação é que você espere seis meses depois da data final da quimio para pintar o cabelo. E apesar de eu estar 15 dias adiantada, espero que isso não traga problemas, uma vez que estou escolhendo um salão preocupado com as questões ambientais, com 97% de colorantes naturais para cabelo (o que faz com que o local se torne caro de doer). Além disso, como já faz quase um ano desde que consegui um corte de cabelo que me deixou satisfeita, estou ansiosa como se fosse a véspera do meu aniversário e mal posso esperar. Exagerando: duas semanas parecem milênios.

Você deve estar achando que já me acostumei com meu cabelo curto, mas ainda fico surpresa quando vejo meu reflexo no espelho. Na minha mente, ainda tenho cabelos como o de Jessica Rabbit. Não que eu admitisse isso antes. Na verdade, nunca admitiria porque não acreditava nisso. Mas é engraçado como seis sessões de quimioterapia mudam sua cabeça. Agora, quando vejo fotos do meu antigo eu, percebo que o ex-colega de trabalho que encontrei no bar um pouco antes do meu diagnóstico tinha razão. Ainda que tenha sido a fonte mais improvável de elogio que recebi, ele deu um passo para trás e olhou com admiração para minha franja recém-crescida.

– Caraca, mulher – ele disse –, seu cabelo está lindo de morrer. – E ele não estava errado.

Meu penteado pós-quimioterapia veio como parte da Semana da Nova Imagem, na qual também encontrarei uma consultora de estilo. (Não tenho roupas de primavera/verão para usar, pois joguei fora a maioria das minhas roupas naquele triste acesso de raiva pós-diagnóstico.) Além disso, investirei em um batom vermelho pela primeira vez, matriculando-me na Alice Cooper School of Eyeliner, disfarçarei minha cor pálida com banhos de sol em St. Tropez até ficar parecida com um Oompa Loompa. E também preciso sair para comprar roupa íntima. Vai ser uma semana meio cara. (Tudo bem se eu usar a desculpa L'Oreal com meu gerente? "Por que precisa de um limite tão maior, sra. Lynch?", "Porque eu mereço.")

Adoraria dizer que tudo isso é para que eu me sinta melhor. Algo que estou fazendo só por mim, porque há muito tempo preciso de atenção, porque mereço e porque é a oportunidade perfeita de testar todos os *looks* que eu nunca ia querer experimentar antes da Porcaria. E ainda que todos esses motivos sejam verdadeiros, eles não são os únicos por trás do novo eu. (A verdade é que, com ou sem câncer de mama, eu sempre encontro um motivo para fazer compras.) Assim como a tatuagem, a Semana da Nova Imagem é minha maneira de mandar uma mensagem a todas as pessoas que encontrarei de novo em pubs, bares, cafés, restaurantes e no trabalho. É uma afirmação do tipo "Oi, mudei". Porque não tem como escapar. *Eu* mudei.

Não que o velho eu esteja totalmente morto e enterrado. Pode existir uma estrela permanente no lado de dentro do pulso do novo eu, mas sempre terei um lembrete da menina que fui na minha nádega direita.

* * *

Para minha surpresa, depois de abandonar o lenço de cabeça, não passei automaticamente a ostentar o corte curto que a Kylie exibia com tanta confiança. Eu tinha o cabelo de um bebê de seis meses. Meu cabelo parecia algo que simplesmente havia acontecido. E eu queria que ele parecesse algo que eu *tivesse feito acontecer*. Então, com a ajuda de muitas revistas femininas, resolvi ficar loira. Não loira como antes. Loira de se notar. Pense em Marilyn Monroe, Agyness Deyn, Gwen Stefani ou Gary Barlow aproximadamente em 1992. Dessa maneira, eu teria um cabelo que pareceria que eu tinha criado porque quis, não porque o câncer me havia imposto suas regras. Mas, olha só, eu estava enganada.

É engraçado o que as pessoas dizem em comparação ao que realmente querem dizer. Pode ser um "a gente precisa se encontrar" ou um "não, querida, sua bunda não está gorda"; a educação dita que é melhor evitar ofender alguém sem dizer a verdade. É um ótimo trabalho. Porque, depois do que pensei que seria uma baita mudança positiva de imagem, havia uma pergunta à qual eu não queria saber a resposta: "Como está o meu cabelo?".

– Adorei – Tills disse. – Está sexy.

– Acho que cometi um baita erro – eu disse enquanto dirigíamos do salão para a minha sessão com a consultora de estilo.

– Não, de jeito nenhum – ela disse sem me convencer. – Foi só uma baita mudança, só isso. Mas é o que você queria, certo?

– Pensei que fosse – respondi olhando meu cabelo descolorido no espelho retrovisor. – Mas agora que consegui, não sei se quero mantê-lo.

Havíamos passado uma manhã de meninas no salão, eu e Tills. Eu havia pagado a manicure para ela, na tentativa de agradecer por sua ajuda sem limites. Havíamos desfrutado de um almoço delicioso enquanto víamos as propagandas de roupas e conversamos o tempo todo, perturbando o cabeleireiro com histórias sobre os nossos gatos. Com Tills no comando das cores, o cabeleireiro foi atento ao prestar atenção ao que eu pedia e fez tudo direitinho. As coisas estavam indo bem. A Semana da Nova Imagem parecia que seria um sucesso e, com todos ao meu redor sendo especialmente amáveis e elogiosos ao choque do cabelo curto e platinado em contraste com a minha blusa preta, não havia motivo para eu me sentir mal. Finalmente eu estava com os cabelos que havia *desejado*.

Mas como o dia seguinte e diversos olhares de rabo de olho depois mostraram, o cabelo que eu havia escolhido não combinava comigo. Eu queria algo moderno, bacana, de chocar, mas não sou a Lady Gaga e, assim, minha cara *poker face* durou o trajeto entre o salão e a loja da consultora de moda, onde Tills tirou algumas fotos do meu novo *look* com o celular e eu comecei a chorar quando as vi, assim como havia feito quando vi a foto da moça gorda de peruca que Ant havia postado no Facebook.

A culpa era totalmente minha. Eu tinha conseguido o que queria: um *look* moderno, chamativo, do tipo EU NUNCA TERIA TENTADO ALGO PARECIDO que mostraria ao mundo como eu havia mudado, como eu havia superado o câncer, como estava pronta para superar o que viesse. Mas o que eu havia pedido não estava certo. Não era o cabelo que eu havia *escolhido* ter – se eu pudesse ter escolhido, ele estaria exatamente como era antes da Porcaria, sem que o câncer me forçasse a adotar aquilo. E eu tinha de enfrentar o fato de que simplesmente não estava 100% confiante para manter a aparência que pensei que quisesse. Era um cabelo que se destacava na multidão – e eu não queria me destacar. Era um cabelo que demonstrava total confiança – e eu não estava tão confiante quanto pensei. Era um cabelo que sugeria que sua dona era bacana, atraente, sensual e ousada – e eu nunca havia me sentido mais diferente de tudo isso. Eu podia falar o que quisesse, anunciando minha nova imagem de triunfo e de derrota do câncer, tornando-me uma moça muito mais bacana do que eu era antes da Porcaria. Mas após perder tudo juntamente com o cabelo, aquele não era o momento para querer mostrar autoconfiança. Era hora de começar a construí-la de novo, aos poucos.

Soluçando de tanto chorar numa cafeteria com Tills e P. ao meu lado, senti raiva de mim mesma por não ter aprendido nada desde a última vez em que nós três havíamos tentado resolver a situação da perda de cabelo. "Aqui estamos nós de novo", pensei, "de volta à minha primeira experiência de compra de peruca." Naquela época, entrei na loja esperando sair dali com algo que eu adorasse tanto quanto meu cabelo original. E dessa segunda vez eu havia esperado exatamente a mesma coisa. Melhor ainda: eu queria que as pessoas passassem por mim na rua e não me vissem. Não queria que pensassem "Puxa, ela está usando peruca" ou "Caramba, que moça nova usando um lenço de cabeça". Não queria nem mesmo "Minha nossa! Olha a confiança dela ao usar esse lenço!". Nada. Porque se eles não pensassem nada, eu não seria diferente de ninguém. E, pensando bem, era *isso* que eu queria.

Meu problema não foi apenas não ter me dado conta de que uma moça cheia de sardas precisa de algo um pouco mais quente do que cabelos loiros-brancos, como permitir minha expectativa de fugir de mim mesma. Na minha mente, eu sairia daquele salão uma nova mulher. Melhor ainda, na verdade: sairia dali como o novo eu. Eu havia criado o Dia da Nova Imagem para que fosse um momento da minha fuga do câncer: o dia em que eu deixaria de ser a moça com câncer de mama e começaria a ser a moça com cabelo bacana. O dia em que eu poderia deixar de me esconder e voltar ao mundo com minhas madeixas lindas e loiras. Aquele dia tinha sido até batizado, gente! O Dia da Nova Imagem seria um divisor de águas, assim como o dia do meu diagnóstico, o dia da mastectomia ou o último dia da quimioterapia.

Quase 11 meses depois da minha experiência com a Porcaria, eu ainda não conseguia entender que não estava no controle. O câncer estava. E não havia roupas novas, tinta de cabelo ou Dia da Nova Imagem que pudessem mudar isso. A verdade é que os marcos não são as ocasiões planejadas, mas os aparentemente insignificantes ritos de passagem que você só percebe depois que passam. Lavar o cabelo pela primeira vez depois de perdê-lo. Subir a sua rua toda sem precisar parar para retomar o fôlego. Dormir sem precisar de calmantes. Flagrar-se dizendo "eu *tive* câncer" em vez de "eu *tenho* câncer". *Essas* são as coisas que importam. Essas são as que fazem diferença. São essas as coisinhas que garantem sua segurança no fim do período tortuoso. Não são coisas bonitas, memoráveis, e não serão as de maior destaque, mas mesmo assim são essenciais. São as coisas sobre as quais eu deveria estar escrevendo no blog, quando na verdade estava mais interessada nas metas de ostentação que criariam um melhor pacote de fatos a destacar.

– Quando vou aprender a lição? – perguntei a Tills depois de largarmos a consultora de estilo para voltarmos ao salão de cabeleireiro naquele mesmo dia.

– Você não sabia como ia se sentir, querida – ela me confortou. – Além disso, você queria ser loira fatal hoje e tentou. Agora também pode tentar outra coisa.

A cabeleireira olhou para mim como se eu fosse uma doida de pedra. – Deixa eu entender... você pintou seu cabelo hoje?

– Isso mesmo – Tills disse sem querer perder tempo com enrolação. – E ela quer uma cor menos chamativa, um pouco mais escura. Você pode fazer isso?

– Hum, sim, acredito que sim – ela disse, atravessando o salão para misturar mais cores.

– Ninguém fala sobre essa parte – reclamei com Tills enquanto tomávamos uma caneca de chá. – As pessoas dizem que é difícil receber um diagnóstico, passar pela quimioterapia e perder o cabelo. Mas ninguém nunca me disse como seria difícil passar pelo tratamento, ou quanto tempo demoraria até eu me sentir bem depois da quimioterapia, ou como seria difícil recuperar meu cabelo. Não há folhetos explicativos para essas coisas.

Mas como poderia existir? Caramba, nem mesmo naquela situação eu saberia como dizer a alguém que acabou de receber o diagnóstico de câncer que existem coisas muito mais difíceis pelas quais passar quando o tratamento termina, que de repente você precisa saber lidar com a seriedade do que aconteceu com você, que de repente precisa mudar todas as suas expectativas.

Mas mais difícil do que fazer essas coisas é aceitar que você precisa fazê-las, para começo de conversa. O câncer mudou a minha vida, mas eu não queria mudar a maneira como eu vivia para acomodá-lo. Não *queria* diminuir minhas expectativas. Queria ficar animada, olhar para a frente e enfrentar meu futuro com otimismo. Queria planejar com antecedência. Queria me sentir normal. Queria parar de ver o câncer quando olhasse no espelho. Queria levar o mérito pelas minhas madeixas. Queria transformar as coisas que o câncer me obrigava a fazer em momentos divertidos e significativos, nos quais eu estivesse no controle. Queria transformar a Porcaria em algo brilhante.

Na manhã seguinte – na minha terceira sessão no cabeleireiro no período de 24 horas –, abri meu coração para outro cabeleireiro, que não conseguia acreditar que eu quisera uma mudança tão drástica.

– Você sempre teve cabelos longos antes da doença, não é? – ele perguntou com seu sotaque francês extremamente sensual.

– Hum-hum – assenti.

– Então, de repente, ter cabelo curto é o suficiente para uma nova imagem! Não precisa tascar um tom maluco de loiro por cima – ele aconselhou antes de deixar meu cabelo apenas dois tons mais claro do que a cor natural.

E, assim, não houve novo eu.

Mas também não houve velho eu.

Havia apenas eu. Ainda que com um pouco menos de cabelo (e um pouco mais de peito).

33

Uma mudança de estação

Maio de 2009

Sempre quis morar no tipo de bairro em que eu pudesse andar, entrar no bar, conhecer todos ali e pedir "o de sempre". Infelizmente, o mais próximo que cheguei disso foi dividir uma porção de batatas fritas e as últimas notícias da minha vida amorosa com meus amigos favoritos no bar do clube de golfe no qual já trabalhei. Mas semana passada, acho que finalmente consegui encontrar o bar dos meus sonhos. A diferença é que a construção é um hospital, não algo público; os frequentadores são funcionários do serviço de saúde que trabalham demais; e o meu de sempre não é um gim-tônica, mas tirar a blusa para mostrar meus seios.

Com P. viajando a trabalho, Tills foi comigo, comentando que era engraçado o fato de eu não mais precisar passar pela recepção. E ainda que encarar as clínicas como um escritório onde eu já havia trabalhado pudesse ser visto como algo trágico, na verdade é algo que gosto de fazer. E eu entro, possivelmente contente, assentindo para todos os pacientes que já vi antes e pulando as formalidades normais com as recepcionistas para fofocar em vez de falar sobre consultas. Os médicos me levam para dentro com um "Oi, Lisa", e não com um "sra. Lynch, por favor", recepcionando-me de uma maneira que sugere que estamos prestes a conversar tomando chá e comendo biscoitos, e não discutir a questão do meu mamilo esquerdo.

– Que bom ver você! Estou analisando seus seios... – começou o Cirurgião Sorridente, com uma frase inicial com a qual eu nunca vou me acostumar (nem aprender a controlar o riso ao escutá-la) – e a simetria parece bem melhor do que na última vez. E olha só, seu mamilo está cicatrizando muito bem – ele continuou, prometendo me encaminhar à enfermeira da tatuagem no mamilo para uma consulta em duas semanas. Ele não está enganado a respeito do mamilo-mamute – que agora encolheu para um tamanho menor do que uma uva e está bem bonito. Tão bonito, na verdade, que comecei a brincar com P. de "aponte o falso" sempre que meus mamilos podem ser vistos através de uma blusa.

Mas nem todo mundo está muito impressionado com meu peito novo. Depois de uma conversa meio surreal com a Enfermeira Sempre Certa a respeito da minha vida sexual pós-tratamento e dos melhores cremes de lubrificação no mercado, ela perguntou se eu deixaria uma mulher que havia acabado de receber o diagnóstico de câncer da mama dar uma olhada em meu mamilo esculpido pela cirurgia. E como hoje não dou a mínima para abrir a blusa a qualquer pessoa, e penso que talvez até mostrasse meus peitos para o entregador de pizza se ele pedisse com jeitinho, concordei. Minha falta de vergonha diz muito sobre o orgulho que sinto do seio que o Cirurgião Sorridente criou para mim. Depois de amar e perder um seio valioso, nunca imaginei que fosse gostar do substituto, e por isso estou pronta para me gabar do meu novo bebê como qualquer mãe de primeira viagem. Mas quando entrei toda confiante na sala de consulta, não estava preparada para o olhar no rosto da pobre mulher, assim como ela não estava preparada para ver meu peito.

Seria aquele o mesmo olhar assustado que eu demonstrei ao receber um diagnóstico parecido? Suspeito que sim. Ela parecia ter sido atingida por um trem. Assustada, assombrada, confusa. Seu pequeno corpo não conseguia carregar o peso das preocupações que ela tinha de controlar, assim como os olhos não conseguiam conter as lágrimas que ela tentava esconder da mãe idosa. Na casa dos cinquenta anos e vivendo a vida com alegria até uma semana antes, ela passaria pelo mesmo tipo de mastectomia com reconstrução pela qual eu passei e, com a gravidade das notícias com as quais ela ainda tentava se conformar, não conseguia pensar no que encontraria dentro da camisola quando acordasse da operação. E ainda que meu resultado quase final seja bem diferente do que o que ela vai encontrar em um primeiro momento, a Enfermeira Sempre Certa acreditou que ver o trabalho do Cirurgião Sorridente faria, pelo menos em parte, com que ela se acalmasse.

Mas quando tirei a blusa e fiquei seminua na frente dela, ela se encolheu de susto. Literalmente. Deu um passo para trás de maneira instintiva, levando as mãos à boca. Por fim, se inclinou um pouco para a frente sem mexer os pés, com o dedo indicador cobrindo os lábios, como se analisasse um cocô de gato em seu tapete limpíssimo. "Caramba, mulher, não ficou tão ruim", eu pensei, ofendida pela reação dela ao meu belo seio.

– Devo dizer que ele não está igual ao outro – ela disse. E foi nesse momento que percebi como ela tinha expectativas distantes da realidade.

– Bem, não – respondi, tentando me manter positiva. – Mas você não saberia se eu estivesse vestida. O mamilo novo parece diferente do antigo. Mas ele ainda será tatuado.

Ela analisou mais, ainda um ou dois metros distante. – E então... espere... o que aconteceu com seu antigo mamilo? – ela perguntou.

– Hum, ele se foi – respondi, olhando para a Enfermeira Sempre Certa sem saber o que dizer em seguida. Ela explicou que o mamilo precisa ser removido para que o cirurgião possa trabalhar dentro do seio e que o mamilo substituto para o qual ela estava olhando tinha sido criado com pele das minhas costas.

– Nossa! – a mulher suspirou, corrigindo a postura e visivelmente trêmula. – Preciso aprender muita coisa.

Segurei a mão dela, pedindo que não se preocupasse, e logo percebi que pedido tolo estava fazendo.

– Olha – continuei –, você tem razão. São muitas informações, mais do que você consegue entender no momento, mas logo, logo, depois que terminar sua cirurgia e o tratamento começar, prometo que você vai se sentir um pouco melhor porque as coisas ficarão mais claras. Vai tomar providências para melhorar tudo. E VAI melhorar – eu disse a ela de modo um tanto animado.

– Oh, o tratamento – ela disse, revirando os olhos. – Você perdeu o cabelo?

Por um segundo, não consegui entender a pergunta. "Não está bem óbvio que perdi o cabelo?", pensei, então lembrei que, na verdade, eu tinha cabelo naquele momento e que, para ela, eu era apenas uma moça de cabelo curto. Então lhe respondi que sim.

– Não posso perder meu cabelo – ela disse. – Não posso mesmo.

O cabelo dela era quase do tamanho do meu antes da Porcaria.

– Você comprou uma peruca?

Assenti.

– E um lenço de cabeça?

Assenti de novo e ela parecia prestes a vomitar.

– Mas olha, cresceu de novo – eu disse, puxando algumas madeixas. – E eu os cortei e pintei depois do tratamento também.

Ela olhou para mim e curiosamente analisou minha cabeça com uma expressão de derrota no rosto.

– Mas eu não quero ficar assim.

– Eu também não, querida – eu disse.

Enquanto eu vestia minha blusa, ela perguntou a respeito do ritmo com que a perda de cabelo ocorreria, como era usar uma peruca e se eu usava o lenço na cama. Aqueles pequenos detalhes que você precisa saber. Agora. Apesar dos termos médicos, apesar dos problemas maiores, apesar de perceber que você tem um problema que colocará sua vida em risco. (Lembro-me de me preocupar em aprender a desenhar sobrancelhas, tentava decidir se os cílios falsos podiam parecer reais e como fazer com que meu marido nunca visse minha cabeça careca.)

– E quanto à quimioterapia... – perguntou, trazendo o assunto que esperei que ela fosse evitar. – Você ficou muito mal?

Olhei para a Enfermeira Sempre Certa e não soube o que dizer. Como responder a uma pergunta dessas?

Ela interveio.

– A quimioterapia não foi tão ruim quanto você pensou que seria, certo, Lisa?

Pausa desconfortável. Eu quis responder: "Não, foi muito pior", mas me segurei por causa da novata diante de mim.

Fiquei confusa, sem entender muito bem por que a Enfermeira Sempre Certa havia dito isso. Tudo bem, eu não ia revelar os horrores das alucinações, a prisão de ventre, as dores nos ossos ou a cara dos meus pais enquanto eu vomitava sem parar. Mas também não queria amenizar o desconforto da quimioterapia. Afinal de contas, eu tinha sido muito bem avisada: eu sabia que o tratamento poderia afetar minha saúde e, apesar de os panfletos não terem me preparado corretamente, pelo menos eu sabia que as coisas não seriam fáceis.

Até que me dei conta. Pela primeira vez percebi que, na verdade, eu sempre tinha procurado amenizar os efeitos da quimio para o Cirurgião Sorridente e para a Enfermeira Sempre Certa. Eu não havia mentido; simplesmente nunca tinha passado a eles a situação real. E por vê-los apenas nas "boas semanas" da quimioterapia, conseguia me livrar dos piores momentos. Não apenas me livrar, mas podia fingir que estava tudo bem. Então eu dizia nada além de que havia passado por algumas semanas turbulentas, mas que tudo estava bem agora. Sem detalhes. Apenas coisas vagas. Acredito que, naquelas "boas semanas", eu não queria estragar tudo de novo. Aproveitava para poder me sentir melhor. Além disso, claro, existia a puxa-saco dentro de mim que preferia impressionar meus dois profissionais favoritos antes de contar a verdade não muito incrível, querendo que eles pensassem que eu era um tipo de superpaciente por me manter tão positiva ao longo de algo tão horrível, e afastava o câncer de mama como se fosse poeira na minha roupa.

No fim, para ser justa com a mulher que havia acabado de receber o diagnóstico, me preparei para dar uma resposta um tanto enigmática para a Enfermeira Sempre Certa:

– Não vou mentir para você – comecei meio mentindo. – Às vezes, a quimioterapia era horrível. Não sei se ela foi melhor ou pior do que eu havia imaginado, mas apenas foi muito diferente do que eu esperava. Porém a experiência da quimio é totalmente diferente de uma pessoa para outra.

E, ainda segurando as pequenas mãos dela, concluí:

– É claro que nem sempre é fácil; às vezes é muito difícil. Mas funciona. Funcionou para mim e vai funcionar para você.

Ela me abraçou e eu fiz uma cara de nervosismo enquanto a abraçava de volta, esperando ter dito a coisa certa. A Enfermeira Sempre Certa piscou na minha direção. Talvez ela soubesse a verdadeira resposta, apesar da minha relutância em dizê-la.

* * *

– Como pode dizer que não tem roupas de verão? – Kath perguntou enquanto almoçávamos.

– Bom, joguei todas fora, não foi? – respondi. – Pensando bem, não foi a decisão mais inteligente que tomei.

– Oh, e você tinha roupas tão lindas antes do diagnóstico.

– É – concordei, bebericando meu chá de hortelã. – Mas ainda não estou pronta para um guarda-roupa de verão.

– Como assim? – Kath perguntou. – Você está indo para Madri! Uma das maiores capitais da moda no mundo! Não pode simplesmente andar por aí de jeans e camiseta, mocinha.

– Bem, eu tenho isto – disse, segurando a barra do meu velho e fiel vestido preto.

– Mas não basta – Kath avisou. – A moda agora são os vestidões, óculos bacanas e bolsas modernas. Vá comprar essas coisas agora mesmo.

– Mas nosso almoço já acabou! E vou viajar hoje!

– Então eu quero que saia mais cedo hoje – ela insistiu.

– É?

– Considere isso como trabalho. Sua tarefa hoje é se preparar para o verão.

– Se você acha, patroa – eu disse, sem querer recusar a oferta.

– E aproveitando, compre roupas de verão. Lisa Lynch, seu verão de diversão começa aqui.

Kath não era a única preocupada com a minha preparação para o verão – havia outra fada madrinha me esperando na Espanha. Na faixa dos quarenta anos e antes de conhecer Terry, o irmão mais velho de P., minha cunhada espanhola Paloma descobriu que tinha câncer de mama. Aquele diagnóstico havia sido feito mais de oito anos antes e hoje ela está bem. Mais do que bem. Ela é uma recém-aposentada feliz, sem problemas, que gosta de se divertir, beber cerveja, fumar, e estava muito bem quando fomos visitá-la.

– Você sente ondas de calor, não é? – ela perguntou, colocando um leque na minha mão momentos antes de aterrissarmos. Piscou para mim, abrindo o próprio leque e balançando-o diante do rosto com um movimento simples e constante do braço. Pisquei de volta, tentando imitar seus movimentos, mas acabei prendendo uma das partes no meu dedo mínimo e apenas o estendi de modo que ficasse parecido com uma fatia preta e rendada de pizza. Eu estava nervosa; a Aprendiz Jedi do Câncer com a Mestre Jedi do Câncer.

Foi um momento simples, mesmo, mas naquela simples troca de piscadelas, percebi que ela compreendia tudo o que eu havia sentido no último ano, todas as coisas que eu havia mantido em segredo com o dr. Parafusos Frouxos, todos os sentimentos que eu não tinha sido capaz de explicar à minha família, todas as coisas que não consegui descrever corretamente em meu blog. Ela simplesmente entendeu. Nada de conversas profundas, lágrimas, nada de "espanglês" confuso. Apenas uma piscadela, um sorriso e um movimento com o leque que indicava: "Sim, eu sei". (Talvez: "Que a força esteja com você", ou algo do gênero.)

Mas a história do "espanglês" foi uma maneira mais divertida de dividirmos nossa história do câncer, principalmente desde que nossos garotos Lynch disseram que o máximo que sabemos a respeito do idioma uma da outra é "Are you stupid or what?" (Paloma) e "Cariño, he encogido a los niños" (eu).

– E então, a quimioterapia – ela disse, pronunciando as palavras melhor do que eu faço em minha língua mãe. – Horrível?

Eu ergui as sobrancelhas para confirmar.

– Sim, um inferno.

Ela concordou.

– Depressão também, não? – nós balançamos a cabeça como duas cachorrinhas depois de muitas *cervezas*. – E filhos? Não é possível? (Insira aqui a pausa de surpresa.) Dei de ombros, dizendo a frase que P. e eu usamos muito, que somos bem felizes e que nossa vida apenas tomou um rumo diferente da vida dos outros.

– Sim, temos muita sorte por termos esses homens. Eu nunca quis ser mãe, mesmo – Paloma disse, e eu vi nossos meninos escutando do outro lado da mesa, os dois com olhos brilhando. – Mas vocês estão bem – ela disse, no que pensei ser mais uma afirmação do que uma pergunta. – Quando você chegou ao aeroporto e eu vi sua pele, seu cabelo, eu pensei: "Sim, ela está bem; ela é corajosa". (Viu? A força está comigo.)

Sorri, escolhendo aproveitar a menção ao meu cabelo para falar da minha saga com os tratamentos capilares com quem se interessa.

No entanto, conforme fomos conversando, foi ficando cada vez mais clara a semelhança em nossas histórias, apesar da diferença de quase vinte anos no diagnóstico. Seio esquerdo? Sim. Estágio três? Sim. Receptivo a estrógeno? Sim. Sem histórico familiar? Sim. Falamos sobre encontrar os nódulos que pensávamos ser cistos: o dela, na hora do banho; o meu, na cama com P. Falei sobre o Cirurgião Sorridente, e a orientação que ele me deu para comer agrião e cereja. Paloma me contou sobre seu oncologista e a insistência para que ela apenas comesse carne vermelha de vez em quando, bebesse uma taça de vinho tinto todos os dias, fizesse massagens regularmente e se mantivesse longe de situações de estresse.

– Ah, esse foi meu conselho favorito – eu disse a ela, ainda que, de modo estranho, foi a atendente de uma loja da minha região, e não meu oncologista, quem me deu. "Você precisa, querida", ela insistiu comigo e com mamãe quando entrei na loja depois da Quimio 1, "tirar todas as fontes de estresse de sua vida. Trabalho, dinheiro, preocupações, tudo. Permita que as outras pessoas cuidem disso. Concentre-se apenas em você."

Tive sorte por poder fazer isso. Minha empresa, dando-me total apoio, me dispensou no mesmo instante, P. tomou conta de todas as responsabilidades financeiras (o que não foi nada ruim para uma moça viciada em iTunes e bolsas como eu), e meus pais cuidavam das coisas do meu apartamento sempre que estavam lá. Tudo foi feito. O único estresse que eu tive foi aquele que o tumor me causou, o que, francamente, foi preocupação suficiente pra começar. Mas antes do câncer, minha cunhada e eu dividimos outra semelhança. Cerca de um ano antes da descoberta do tumor, nós duas passamos por mudanças no trabalho – daquelas que fazem com que você se sinta inseguro a ponto de perder o sono, que faz com que você tenha vontade de brigar com seu marido por tirá-la da cama de manhã.

– Esse tipo de estresse causa câncer – disse a minha cunhada. Eu me vi concordando meio que por educação. Ela foi direta comigo.

– Não, não, é verdade – ela disse. – Meu oncologista disse. Eu havia passado por poucas consultas com meu oncologista, mas não conseguia imaginar a Assistente Glamourosa me dizendo que o estresse causava câncer, assim como não conseguia imaginá-la me orientando a beber gim-tônica toda manhã ou que uma dieta de *fondue* de chocolate seria um caminho rápido para uma saúde melhor. Mas estava claro que Paloma acreditava nisso. E foi aí que nossas histórias mudaram.

É estranho como um pouco de mar consegue separar as conclusões de dois países para a Porcaria. Neste lado do canal, pelo que parece, somos mais cuidadosos com a semântica. Assim como podemos aceitar "nenhum sinal de câncer", mas não aceitamos "livre do câncer", tenho certeza de que a maioria dos médicos britânicos riria da afirmação de que estresse "causa" câncer. E, pelo que percebi observando minha cunhada, os oncologistas espanhóis colocam muito mais ênfase do que seus colegas britânicos no estilo de vida, estresse, atitude e pensamento positivo – essas coisas esquisitas que não podem ser medidas por meio de um exame de sangue. E ainda que eu não tenha admitido ao longo daquela conversa, na minha mente, essa estratégia é muito perigosa. Deveríamos conseguir controlar o estresse, não é? Assim como podemos diminuir os níveis de colesterol. Então, se o estresse causa câncer, nós que o tivemos somos responsáveis por isso? Se não conseguirmos manter uma atitude positiva, quer dizer que estamos piorando as coisas?

É engraçada essa questão do estresse. Ainda que eu acredite que existe uma conexão médica muito tênue entre o estresse e a boa saúde (de que ele pode, de alguma maneira, enfraquecer o sistema imunológico), não duvido que ele tenha participação. Não tenho base em que apoiar essa teoria e, correndo o risco de parecer tanto *new age*, sempre acreditei muito na relação do mental com o físico. Mesmo de maneira simples: corar ao ficar com vergonha, tremer de nervosismo, ficar ansioso a ponto de ter ânsia de vômito na manhã de um teste de direção, sentir frio na barriga antes de um primeiro encontro. Mas sugerir que o estresse causa câncer? Até parece. Se fosse assim, haveria um vagão de quimioterapia em todos os trens.

O problema, creio, é que é da natureza do ser humano procurar por respostas. Por que isso aconteceu comigo? Fiz alguma coisa de errado? O que poderia ter feito diferente? Então, atribuir o estresse ao câncer pode apenas ser um caso de encontrar resposta onde não existe. E, sim, admito que em alguns momentos de raiva coloquei a culpa pela Porcaria por ter ficado irritada com tudo, desde chefes que gritavam, passando por corretores de imóveis, juízes ruins e James Blunt. Mas, na verdade, não acredito nisso. Não acredito porque, assim, o câncer seria a minha culpa. E eu assumo responsabilidade por muitas coisas: o esmalte rosa em nossos lençóis brancos de linho, encher a programação da TV a cabo com episódios de *Hollyoaks*, ter sentido atração por Mick Hucknall... mas a Porcaria não é uma delas. E ainda que seja difícil aceitar que não tenho nada a que culpar, além de uma droga de combinação entre estrógeno e azar, é assim que precisa ser. "O que será, será".

34

Feliz aniversário

Junho de 2009

– Oh, acalme-se – disse a técnica de mamografia que já tinha visto de tudo quando subi o zíper de meu vestido depois da mamografia anual da semana passada. – Procure relaxar. – Eu fiquei verde, saindo do sério.

– Relaxar? – perguntei. – RELAXAR? (sei que me alterei levemente por um momento). – Como posso relaxar? Da última vez em que fiz uma coisa dessas – eu disse, apontando com desdém para a máquina que havia acabado de apertar meu seio direito como se fosse uma daquelas bolinhas antiestresse –, era para não ter sido nada demais, e eu acabei com CÂNCER DE MAMA. Acho que você tem essa informação aí, não é? – Acho que ela achou a minha reação divertida e deu um sorrisinho, claramente não acreditando que eu estava falando sério, tão sério quanto a doença da qual havia recebido o diagnóstico.

Minha última mamografia tinha sido feita na clínica do Cirurgião Sorridente, poucos minutos antes de meu diagnóstico. Eu nem sabia que faria uma naquele dia – até onde sabia, estava apenas indo ao hospital para pegar os resultados de uma "biópsia de rotina" de meu "cisto". E como havia pagado por aquela consulta para realizar o exame oito semanas antes do que o Serviço de Saúde Nacional permitiria, tudo poderia ser feito – o exame, o resultado, tudo – em um dia. Enquanto eu me vestia depois da mamografia, os resultados do exame de raio X já estavam sendo impressos. E então, com aquela sendo minha única experiência com os melões amassados, pensei que saberia de novo daquela vez – apesar de estar em um hospital diferente – se havia algo de errado com minha mamografia.

– Vou contar a verdade – eu disse à técnica ao abrir meu sutiã antes de ela colocar a máquina para funcionar. – Estou muito assustada com isso. – Ela deu um sorrisinho, o que parecia ser sua reação a qualquer coisa. – Então quero que me diga se perceber qualquer coisa fora do normal – pedi.

– Não posso fazer isso – ela respondeu. – Não posso dizer nada. Não tenho permissão. Você precisa esperar para conversar com os médicos.

Lágrimas caíram na beira da máquina diante de mim.

– E daqui a quanto tempo isso vai acontecer? – resmunguei.

– Acredito que entre duas e três semanas. Eles vão escrever para você. Ou telefonar. Às vezes eles telefonam. – Concluí que "às vezes" significava "se houver algum problema".

Continuei chorando enquanto a máquina trabalhava, tanto por causa da dor no meu seio comprimido quanto pela espera pelos resultados.

– Certo, muito bem – disse a técnica quando o som parou. Olhei para ela. Seria aquele "muito bem" um sinal de que nada havia aparecido ou algo como "terminamos"? Não ousei perguntar, por medo de receber a mesma reação de "não posso dizer" e por medo de que minha rebeldia infantil me fizesse prender a cabeça dela entre as placas de metal que haviam acabado de transformar meu peito direito em bife.

E então agora esperamos.

De novo.

Mais uma droga de vez.

Estou tentando me controlar da melhor maneira, mantendo-me ocupada até onde meu cansaço permite, fingindo conseguir ignorar o barulho em minha caixa de correspondências e o toque do telefone. Estou tentando mudar todos os assuntos relacionados à Porcaria, tentando deixar todos os pensamentos negativos de lado e usando todas as táticas de relaxamento que o dr. Parafusos Frouxos me ensinou a usar sempre que minhas ansiedades encontrarem uma maneira de surgir. (Esse pensamento é racional? Tenho motivos para acreditar que isso é verdade? Posso justificar?) O problema é que minha mente às vezes gosta de dar uma de espertinha e considera uma grande bobagem toda essa história de terapia.

– Bem, sim, está certo – digo com sarcasmo. – Essa preocupação é racional e, sim, você tem motivo para acreditar nela e, sim, você pode até justificá-la – caramba, da última vez em que você pensou que não tinha câncer, levou uma baita rasteira, então que se dane o dr. Parafusos Frouxos e suas táticas de relaxamento... continue se preocupando.

Mas ser racional não é necessariamente se sentir melhor. Acima de tudo, é lidar com os fatos. E assim as pessoas podem dizer "você vai ficar bem", "não haverá problema nenhum" e "sei que tudo vai dar certo", mas será que elas sabem mesmo de tudo isso? Conseguem sentir que é o que vai acontecer? É claro que não. Assim como eu não consigo, nem os médicos conseguem, nem ninguém consegue. E então me concentro no momento para assentir de modo educado sempre que alguém diz algo assim, e mordo os lábios para não começar um monólogo sobre como tenho que estar aberta a receber notícias ruins, como estou me preparando para o pior e como odiaria dizer "eu disse" se receber o tipo de diagnóstico que apenas satisfaria meu desejo por simetria.

O pior nessa situação é que não há nada que eu possa fazer a respeito dos resultados ainda não conhecidos. Se eu estiver com câncer no peito direito (com a remoção do esquerdo, não havia motivos para analisar aquele lado), poderei apenas me revoltar, aceitar esse fato, tirar a camisa e passar pelo tratamento que eles acharem melhor me dar na segunda vez.

E se houver qualquer sinal de mais Porcaria, vai ser um inferno.

* * *

Um ano depois de ter sido diagnosticada com câncer de mama, marquei para fazer a tatuagem no mamilo. Havia diversos horários em aberto naquela semana, mas pensei que ir para a Clínica do Mamilo (como eu queria que o local se chamasse) no dia do aniversário da Porcaria era bem poético e assim, sempre pronta para encontrar sentido em todas as situações, escolhi 17 de junho como o dia em que eu poderia substituir o mamilo que o Cirurgião Sorridente havia sugerido remover um ano antes.

Mesmo 12 meses depois eu ainda morria de medo de meu diagnóstico como sentira no dia em que ele me foi revelado. "O quê, eu? Câncer de mama? Tem certeza?" Ainda parecia que eu estava conversando com outra pessoa – alguma coitada sobre a qual eu havia lido em alguma revista ou sobre quem tivesse escutado em uma conversa qualquer no ônibus. Não havia caído a ficha. Eu ainda não tinha me ligado. Talvez nunca me ligasse.

Depois de uma semana desde a realização da mamografia, P. e eu passamos diversos dias telefonando para o hospital pelo menos duas vezes por dia para saber se meus resultados já tinham chegado. Nós dois estávamos muito ansiosos e morremos de medo quando meu nome foi chamado na sala de espera por uma voz estridente. Olhei para cima para ver quem havia me chamado de maneira tão animada, e ali estava uma loira baixinha cheia de energia, com uma sombra de assustar e um casaco de lã cor-de-rosa. Tudo nela – as roupas, a maquiagem, o cabelo, os sapatos – mostrava que era a moça da tatuagem. A Moça Rosa, como passou a ser chamada, era uma enfermeira dos cuidados aos seios, mas com o tempo foi recebendo treinamento para se tornar uma especialista em mamilos que ajuda as mulheres a substituir as auréolas que foram perdidas na mastectomia. Acho que "especialista em mamilos" é o nome errado. Deve haver um título que impressione mais do que isso. Consultora de auréola substituta, talvez, ou doutora em restauração mamilar.

No início de minha consulta, a Moça Rosa me mostrou um álbum de fotos que encheu minha mente com mais imagens de seios do que uma assinatura anual da *Playboy*. Enquanto eu analisava as páginas, fiquei encantada com fotos de "antes" de peitos com um só mamilo ao lado de fotos de "depois" mostrando seios ostentando orgulho e dois mamilos gloriosos. Tentei emitir todos os sons corretos, que indicassem admiração e não excitação, mas devo dizer que foi um lance meio *reality show* sensual, com auréolas tatuadas como *trompe l'oeili* (Laurence Llewellyn Bowen ficaria orgulhoso), e com meu mamilo como próximo candidato para a transformação. E então a Moça Rosa pegou uma câmera Polaroid (pensei que ela precisasse usar uma câmera de fotos instantâneas – porque, afinal, não podia mandar para revelação um filme repleto de peitos) e tirou uma foto do meu peito no "antes". E, nesse momento, ri feito uma idiota.

Deitada na cama, a Moça Rosa inclinou-se sobre mim e inspecionou meu mamilo inexistente e meu mamilo direito.

– Hum – ela avaliou –, eles têm um lindo tom de rosa, não têm? – Eu quis dar um beijo nela. Que elogio mais lindo! Deve ter sido o mais agradável que já recebi e, por isso, ignorei o uso que ela fez do plural quando deveria ter dito no singular. – Acho que vamos precisar de um rosa muito claro com um toque de marrom – ela continuou. Enquanto ela trabalhava no meio peito com exatamente o mesmo tipo de máquina de tatuar que havia criado a estrela em meu punho, tentei pensar no trabalho que eu fazia nas revistas de decoração, tentando me lembrar dos nomes dos tons de rosa com toques de marrom para poder surpreendê-la com meu conhecimento sobre cores. "Hum, sim, imagino que um tom parecido seria o pigmento rosa, não acha? Ou morango e creme, talvez?" Felizmente não fiz isso, o que foi bom, devido à tendência que meu rosto tem de ficar rosa choque.

Mas por mais feliz que eu estivesse de ter uma ilusão ótica de um mamilo-mamute cuja cor quase lembrava a do companheiro do lado, não consegui deixar de me sentir desapontada. Com meu novo seio, o implante de silicone substituto não apenas compensava aquele que havia sido retirado, mas acertava em cheio com seu formato arredondado. Porém o mamilo substituto, no entanto, parecia ser o primo pobre de meu mamilo direito. Porque, por mais impressionante que seja a tatuagem da Moça Rosa, não é *tão* boa. E então ouso dizer que pigmentar a pele que eu chamo de mamilo-mamute foi como passar batom Mac em um porco.

Talvez fosse meu estado de espírito naquele dia, é claro. Pode ser que se tivesse tatuado meu mamilo uma semana depois, por exemplo, ou mesmo antes de minha mamografia anual, eu estivesse com a cabeça totalmente diferente.

– O que acha? – P. perguntou quando eu saí do consultório.

– Está... normal – respondi sem ajudar muito.

– Normal? – P. repetiu.

– É, está normal. Você vai ver – eu disse.

– Certo, querida – ele disse, carregando minha bolsa enquanto caminhávamos para fora da clínica. – O que faremos agora, então? Devemos voltar pra casa e ficar numa boa?

– Sim, pode ser – concordei. – Mas preciso fazer uma coisa antes.

Sem precisar de explicação, P. procurou na minha bolsa e pegou o telefone.

Não foi apenas o desejo de ter um "cancerversário" feliz que fez com que eu quisesse notícias de uma mamografia sem problemas no dia 17 de junho. Para começar, fiquei com medo de pegar meus resultados no meio das festividades de Glastonbury e acabar tendo de ficar longe da folia por mais problemas com meu seio. Se conseguisse um bom resultado naquele dia, pensei, poderia declarar aquele Glastonbury como sendo *meu* e aproveitá-lo da maneira que eu queria desde que havia comprado meus ingressos naquele dia triste de quimioterapia em outubro. Mais ainda maior do que as minhas esperanças de ter uma festa divertida estava meu desejo de poder terminar bem este livro. Como revelei ao longo destas páginas, adoro finais bem definidos, e pensar em ter de terminar esta história com uma recorrência do câncer – ou, pior ainda, um resultado inconclusivo –, me preocupava ainda mais do que o retorno de um tumor. Eu queria que este livro terminasse bem e assim: "um ano na vida da Porcaria". Eu queria marcar meu primeiro aniversário de câncer como se fosse algo bom e declarar os 365 dias anteriores como o "ano em que escrevi um livro", e não "o ano em que tive câncer".

Mas com resultado bom ou não, até mesmo esta tola otimista sabia que o dia 17 de junho de 2009 não seria o fim do caminho. Havia muito mais a ser feito. Porque por mais que a fase mais pesada de minha experiência com a Porcaria tenha se estendido por 12 meses, a maior luta duraria a vida toda. E ainda que se passasse um ano ou trinta desde o diagnóstico, acredito que a sensação de medo que eu sentia dentro de mim quando telefonei para o hospital para saber o resultado de minha mamografia seria exatamente o mesmo, ano após ano.

– Droga, P., ela vai me chamar de novo em um minuto. Não pode ser coisa boa, não é?

– O quê? Não. NÃO! – P. disse ao volante, aumentando a voz a cada sílaba. – Conte-me EXATAMENTE o que ela disse.

– Ela me disse que estava com os resultados diante dela, mas precisava conversar com um médico antes de me contar quais eram.

– Foi isso mesmo que ela disse a você? – P. perguntou de modo acusador.

– Sim, sem dúvida... acho que sim. DROGA, P., NÃO CONSIGO PENSAR!

– Por que ela diria isso? – ele gritou na direção dos turistas que o ignoravam no Marble Arch. – POR QUE DIABOS ELA DIRIA ISSO?

– Meudeusmeudeusmeudeusmeudeus – resmunguei, enfiando as unhas nas coxas quando sentei em cima de minhas mãos, balançando para a frente e para trás no banco do passageiro.

Quando chegamos em casa, P. e eu largamos nossas bolsas na sala de estar e nos jogamos na cama, deitados lado a lado, de costas, olhando para o teto branco em silêncio. O telefone tocou.

– Mana! *Fo shizzle ma nizzle* – Jamie cantarolou do outro lado da linha. – Como estão...?

– Nãodáprafalar,J,estouesperandoresultadomamografia – eu disse, transformando minha frase numa palavra só, incompreensível.

– Caramba, beleza, depois eu ligo – ele disse e desligou.

– Era o Jamie – eu disse a P., confirmando o que ele já sabia.

– Por que isso sempre acontece? – P. reclamou. – Você espera o dia inteiro sem que o telefone toque e quando está esperando um telefonema importante...

– Mesma coisa com os ônibus – resmunguei, preocupada demais para responder qualquer coisa que não fosse um clichê.

Voltamos às nossas posições, lado a lado na cama, com alguns centímetros de algodão nos separando, nervosa demais para permitir que nossos dedos se tocassem, analisando as imperfeições no teto e também o rosto em meu espelho.

E então aconteceu.

– São eles – eu disse, reconhecendo o número no identificador de chamadas. P. se sentou e cruzou as pernas, mantendo a cabeça nas mãos da mesma maneira que havia feito quando descobrimos a gravidade de meu diagnóstico.

– Oi, é a Lisa – respondi correndo. – Pode me dizer agora?

– Lisa, sim, sinto muito pela demora – a enfermeira disse, parando para uma pausa dramática que eu não gostei. – Está normal.

35

A melhor atitude

Julho de 2009

Durante o fim de um Top 40, eu estava usando minha camiseta de Fred Perry na casa alugada de praia de minha família, tentando obter sinal de rádio para ver se Blur ou Oasis tinham ficado em primeiro lugar. Receio que "casa de praia" passe a impressão errada – na verdade era uma casinha amarela que atraía vespas na calma (e quase morta) cidade de Sutton on Sea em meio à onda de Lincolnshire. Era onde minha família passava as mesmas duas semanas todos os anos e onde, em 1995, a trilha de meus 15 dias foi *Country house*, do Blur.

Adiante 14 anos até a noite do último domingo, em algum ponto no meio da multidão que se reunia diante do palco Pirâmide de Glastonbury e, enquanto a nova formação do Blur tocava a mesma música, pensei imediatamente em picadas de vespas, batata e areia sendo retirada de dentro de meu tênis Adidas. *Country house* não é uma música maravilhosa, tudo bem, mas fui transportada de volta a Sutton on Sea.

Então, graças ao elo entre as canções pop e as lembranças, provavelmente não é coincidência o fato de eu ter comprado mais álbuns nos últimos três meses do que durante todo o ano passado.

Pode ser que você considere essa decisão esquisita, uma vez que tive tanto tempo nos últimos 12 meses que poderia muito bem ter passado um tempo reconhecendo músicas de trás para a frente, desde Pink Floyd a Elvis Presley. Mas, na verdade, eu não prestei muita atenção na música durante o meu ano da Porcaria. Deixou um vazio, admito, mas simplesmente procurei pensar que minha indiferença foi apenas uma falta de interesse, energia e desejo.

Fico me perguntando se foi uma decisão inconsciente não estragar a trilha sonora de 2008-2009 com a pior época de minha vida. O único álbum que escutei naquela época ("The seldom seen kid"), eu fazia questão de só escutar quando estava me sentindo gente, tomando o cuidado de não associar as músicas a lembranças do câncer. Espero que esse distanciamento das músicas tenha sido proposital, porque pode ter sido a coisa mais inteligente que fiz.

Chegando a Glastonbury com P., Tills e Si não foi algo tão grandioso que fiz nesse "ano de intervalo", mas me ajudou a reconhecer que é possível voltar para os braços confortantes das coisas que você ama (ou das quais ama ouvir), como saltar de uma corda bamba para uma rede enorme de proteção. E o simples fato de tudo acontecer em uma fazenda em Somerset apenas aumenta a diversão. Porque quando você tem pouco sinal de celular, quando as mensagens de texto estão demorando 48 horas para chegar e quando se está a quilômetros de seu laptop, e-mail ou conta de Twitter, fica ainda mais afastada da vida cheia de comunicação sem a qual não consegue ficar quando está em casa. E por mais estranhamente confortante que seja no resto do tempo, você não precisa voltar ao hospital diversas vezes, repetir pedidos de prescrições, marcar consultas de acompanhamento ou responder diversas vezes ao dia como está se sentindo. E isso é glorioso.

Assustada, Si desviou o olhar de seu copo de cidra - ou de xixi, não sabemos ao certo - certa tarde no festival.

- Caramba - ele disse do nada -, eu me esqueci de que você ficou doente.

E o mais bonito foi que - pela primeira vez em um ano - eu também me esqueci. O bom e velho Glastonbury. Todo mundo volta cheio de picadas, hematomas e lama de lá, com mais germe do que sanitário de rodoviária, mas qualquer lugar que tenha a capacidade de fazer com que eu esqueça da Porcaria passa a ser amado por mim. E assim aqueles quatro dias na fazenda marcaram mais do que apenas um ótimo show do Blur, o retorno de bandas parecidas com as de Springsteen e a percepção de que Neil Young consegue fazer com que *Down by the river* dure por três semanas. Também marcou o momento em que eu tirei o dedo do botão de pausa e finalmente apertei o *play* de minha linda vida de novo.

* * *

– Se alguém tivesse me dito há um ano – P. disse, enquanto nos mantínhamos aquecidos diante de luzes de vela em nosso cobertor usado no festival – que estaríamos aqui e que você estaria melhor, bem...

– Bem...? – perguntei.

– Bem, sabe, acho que ia acreditar – ele disse, no que poderia ser a maior enrolação do mundo.

– É, eu provavelmente também acreditaria – concordei, imitando o jeito dele.

Meses antes, alguém muito esperto havia deixado um recado em meu blog dizendo que um dia eu perceberia que as coisas tinham ficado normais de novo, sem perceber que elas haviam se normalizado.

E naquela conversa, na qual o câncer era apenas um detalhe para meu marido e para mim, acho que finalmente aconteceu.

Por mais de um ano, desejei levar uma conversa que não começasse com meu diagnóstico, meus cabelos, o estado de meu sistema imunológico, minhas cicatrizes, minha infecção, minhas ondas de calor ou meus peitos. Eu já tinha perdido a conta de quantas pessoas me ligaram começando a conversa com "Como você está se sentindo?" em vez de "Alô!". Era extremamente lindo que todo mundo estivesse investindo tanta atenção para que eu melhorasse, e que estivessem interessados em saber em qual estágio de minha recuperação eu me encontrava. Mas as perguntas repetidas a respeito de meu bem-estar também deixavam claro que havia algo de errado.

E assim, por mais que buscasse a cura do câncer, um seio sem tumor, cabelos bonitos ou um novo mamilo, eu queria, mais do que tudo, a normalidade. O tipo de normalidade na qual eu pudesse falar de minha série preferida antes de falar de câncer. Na qual eu estivesse enjoada por ter bebido demais, e não por causa da quimioterapia. Na qual as pessoas pudessem perguntar "Como estão as coisas?" e não "Como está se sentindo hoje?". O tipo de normalidade na qual eu pudesse reclamar de meu cabelo apesar de por um tempo não tê-lo, ou reclamar da grossura de minhas coxas, como se a gordura nelas fosse a pior coisa que pudesse acontecer comigo. Na qual nossos familiares pudessem nos visitar no fim de semana porque queriam nos ver, e não porque tinham de cuidar de nós. E na qual eu pudesse dizer a meu marido que o amava porque queria, e não porque estava com medo de não ser capaz de dizer isso muito mais vezes. O tipo de normalidade na qual eu pudesse me sentar em um cobertor em um campo, e não ficar sob o cobertor no sofá. O tipo de normalidade na qual eu fosse apenas mais um rosto entre 180 mil.

Então, sim, eu estava livre do tratamento de câncer de mama. Mas eu não queria necessariamente ser vista como uma heroína por isso. Eu só queria ser uma moça comum levando uma vida comum – como havia acontecido antes da Porcaria. Eu queria poder responder à pergunta diária que meu pai fazia de "quais são as novas?" com um "nada" e que ele respondesse de maneira satisfeita "nada já está bom pra mim". E ainda que eu minta se disser que não havia uma parte de mim com vontade de parar todas as pessoas de Glastonbury e dizer "Olha só, eu sobrevivi ao câncer de mama" para poder ganhar uma cerveja como parabéns, eu também sabia que sobreviver à Porcaria não era necessariamente algo pelo qual pudesse levar o mérito. Porque não venci o câncer. Eu simplesmente tive o tipo de câncer que podia ser tratado e uma equipe médica maravilhosa que me ajudou a exterminá-lo. Minha tarefa foi simplesmente permitir que eles fizessem isso, aceitar o tratamento, aceitar a maneira com que aquele tratamento faria com que eu ficasse e me sentisse, e esperar o melhor.

Mas uma vez que isso é meio zen, e por ser o tipo de mulher que: a) prefere o fim total ao desaparecimento lento e b) nunca perderá a chance de ter uma recompensa, levei P. a uma saída para compras muito especial pós-Glastonbury.

– Vou comprar isto – ele disse.

– Não, *eu* vou – protestei, perguntando por que estávamos discutindo para ver quem entregaria o cartão de nossa conta-conjunta.

– Mas *eu* quero comprar – P. disse.

– Tudo bem – concordei. – Mas se alguém perguntar, eu os comprei sozinha. De presente para mim. Tá?

– Tá, você que sabe – ele disse, erguendo uma sobrancelha suspeita para os produtos da vitrine.

Se você ignorar o fato de que tivemos de tocar uma campainha para entrar na loja, e de que eu tinha uma vendedora dedicada e incrivelmente solícita, aquela foi uma tarde de compras normais de um sábado: comigo na frente de um espelho por mais tempo do que o necessário, fazendo várias caretas; e P. esperando num canto, conferindo o placar do críquete em seu telefone.

– P. – resmunguei – quero uma opinião honesta! Este ou este?

– Hum, caminhe até aqui – ele disse, colocando o telefone para trás, mas mantendo um dos dedos em um botão para não perder sua página. – Não sei, linda. *Você* é que vai usar.

– E *você* vai olhar – eu disse.

– Não sei, gosto dos dois – ele concluiu.

– Bem, isso ajuda – eu disse, virando-me para a vendedora da loja para que ela me ajudasse naquele momento de compras entre marido e mulher. – Mas a verdade é que quero usar isto *para sempre*. Se vou gastar tudo isso de dinheiro, ele precisa combinar com *tudo* – eu disse a ela enquanto P. voltava para o jogo. Eu achava que seria bobagem fingirmos que passávamos por aquele momento o tempo todo, por mais óbvio que estivesse que estávamos acostumados a fazer compras em Kennington, e não em Knightsbridge.

– Nesse caso, acredito que ambos são bons – ela respondeu com educação, reforçando a opinião que P. havia quase dado.

Pensei um pouco mais na frente do espelho antes de me virar para P.

– Este – eu disse, apontando para o meu pé direito. – Este é o melhor.

– Tem certeza? – P. perguntou ao trocar seu cartão de crédito por uma bolsa marrom estilo mensageiro que parecia cara. – É uma ótima compra.

– Com certeza é – concordei.

* * *

– Vou assistir a um pouco de televisão enquanto você brinca com seu brinquedinho novo – P. disse, espreguiçando-se no sofá, depois de enfrentar, de maneira muito bem-comportada, horas de coisas de mulher. Com restos do festival ainda espalhados por nosso quarto, abri um pouco de espaço na cama entre as roupas e sacolas para tirar a minha melhor compra da caixa. Enfiando as roupas sujas embaixo da cama para abrir espaço no chão entre o espelho e eu, tirei meus sapatos sujos e experimentei pela primeira vez meus sapatos Christian Louboutin *peep-toe*.

– Ha-ha! – exclamei com excitação ao olhar para meu reflexo de 1,85 metro, levantando os braços, quase sem conseguir me manter em pé. Depois do câncer de mama, eu já estava tendo de aprender a andar de novo – e ali estava eu, adicionando 12 centímetros à cena. Mas depois de um ano da Porcaria, com testes terríveis nos quais só pude *torcer* para continuar em pé, decidi que essa menina normal estava pronta para um novo desafio.

Agradecimentos

Eu sempre li os encartes dos álbuns de grandes bandas com muitos agradecimentos e sempre sonhei em fazer igual, então peço desculpas por partir para os agradecimentos com uma fome de consumidora em dia de promoção pós-Natal.

Gostaria de agradecer ~~à Academia~~ às seguintes pessoas, não apenas pelo papel que desempenharam para que este livro fosse publicado, mas pelo papel que desempenharam em me arrastar pela porcaria que foi a Porcaria.

Em primeiro lugar, para todos os maravilhosos amigos da internet (oh, amigos), que já leram, divulgaram o link, comentaram, deram RT no Twitter, passaram adiante ou fuçaram meu blog. Beijos nas duas bochechas. A Marsha Shandur, que chegou cedo, sempre um passo na frente de todos. A Stan Cattermole, pela grande inspiração. A Stuart Bradbury, pelo lindo design do blog que me deu popularidade. A Matt Thomas, por insistir para que eu entrasse no Twitter. A Stephen Fry, por me deixar nas nuvens com suas palavras gentis.

A Kath, por ser a melhor chefe (e brilhante má influência), e a todos na Forward. A Shirley, por e-mails carinhosos e flores suficientes para abrir uma floricultura. Ao sr. Bancroft, a quem eu disse que sempre agradeceria se escrevesse um livro. A Dave Grohl, por ignorar as referências constantes que fiz a ele, como boa obcecada. (Esta é minha tentativa final de fazer com que ele me note.) A Derby County, por se manter em pé por uma temporada que eu não teria conseguido lidar com a derrota. À Sgt. Pepper, por me forçar a fazer intervalos sentando-se sobre o teclado (qualquer erro de digitação é culpa dela, já deixo avisado), e por me mudar mais do que o câncer conseguiu.

A meu agente Matthew Hamilton, por descobrir meus textos e sempre me dar boas notícias antes do fim de semana. A todos na Arrow, especialmente Steph Sweeney, Gillian Holmes, Claire Round, Louisa Gibbs, Charlotte Bush, Amélia Harvell, Richard Ogle, David Wardle e a equipe de vendas, pelo grande entusiasmo e crença em meu livro e pelo trabalho árduo (e bebedeira árdua) até que ele fosse publicado.

A todos os profissionais da área médica no London Breast Institute e Royal Marsden Hospital (e os mais memoráveis são mencionados neste livro), cujo conhecimento me ajudou a chegar aqui. Devo tudo a vocês. Mas, por enquanto, estes agradecimentos e alguns bolinhos bastam.

A todos os meus maravilhosos amigos que me deram apoio desde meu primeiro post no blog, que sempre me incentivaram como uma mãe. Em especial, à querida Tills, por sempre ter encontrado algo a fazer na semana de Quimio 3 e chegando a ser a irmã que nunca tive; e Si, por ter me ajudado com as coisas do tipo "faça você mesmo" e comentários engraçados. A Ant, por se manter totalmente por perto apesar de estar tão longe. A Polly e Martin, pelas reações de alívio mais sinceras quando minha mamografia não acusou nenhum problema. E à nossa "Goldsmiths Mum", Angela, por acalmar o pânico. À Weeza, por tornar a minha vida melhor simplesmente por estar de volta. À Busby, pelas brincadeiras com a peruca e por plantar a semente da esperança. À Lil, por sempre manter as conversas sobre assuntos normais, e por ser a tia favorita de Sgt. Pepper; e a Sal e Ive, pela *Abigail's Party* [Festa de Abigail] e pelos cartões de melhoras com cores combinando. À Ali, pelas infinitas xícaras de chá; e à Leaks, por *nunca* levar as coisas a sério. À Entidade WardJonza, pelos 12 anos de humor e o livro que ainda não havíamos escrito. A Jon, Suze e os meninos, por tornarem P. e eu parte da família. E a todos os outros amigos impossíveis de relacionar que já telefonaram, chamaram, deram carinho, cutucaram, mandaram e-mails, visitaram, enviaram mensagens de texto, assaram biscoitos de gengibre ou me deram peruca. Até mesmo àqueles que não sabiam o que dizer.

Ao clã Lynch: Val, Terry, Ted, Paloma, Andy, Tracey, Izzy, John, Val (e aos outros familiares para os quais eu precisaria de outro livro para relacionar), uma força familiar a ser valorizada. Vamos comemorar logo no The Star, OK?

A Jean e Hedley, por sempre fazerem com que eu sentisse estar nos trilhos. A Paul, por doar uma quantia obscena ao Breast Cancer Care para o primeiro exemplar deste livro. A Will, por pesquisar câncer de mama no Google quando deveria estar envolvido em Lego. A Non, por manter a calma de forma característica. À tia Anne, minha companheira de câncer, heroína e matriarca de todas as matriarcas. Ao tio Frank, pelos melhores carinhos. A Matthew, pelas fugas para Isle of Wight e por ovos mexidos com *curry*. E a todos os outros a quem tenho a sorte de chamar de família e amigos.

A Jamie, o irmão mais carinhoso, gentil, amoroso, engraçado, bobo, palhaço que já existiu. E à sua linda Leanne, por ser corajosa o suficiente para entrar para a família Mac (e que representa muito bem o nome). À minha incrível mãe e a meu incrível pai, por TUDO. Mesmo nos momentos mais difíceis da Porcaria, nunca me senti menos do que muito sortuda por ter nascido de um casal tão maravilhoso. Espero que tenham noção da família muito invejada que criaram.

E, por fim e mais importante de tudo, a meu orgulho e alegria, à minha razão de viver, a meu mundo, a meu tudo: meu P.